W0210037

BOSS ME AROUND

Du même auteur chez

addictives

Stepbrother Love

ZOÉ MURAT

BOSS ME AROUND

addictives

À toutes celles qui se battent
pour se faire une place
dans un milieu professionnel.

1

DÉCROCHER LE GRAAL

Hazel

Ma gorge se noue un peu plus lorsque je sors du métro, le cœur battant. J'ai le trac comme jamais je n'ai eu le trac. Je prie pour que celui-ci ne se lise pas sur mon visage, mais avec ma peau de blonde, je ne me fais aucune illusion : mes joues seront bientôt en feu.

Je m'applique à respirer calmement pendant que je me dirige vers le building qui abrite Brevitz & Cie, chez qui je dois passer un entretien pour un stage d'assistante juridique. L'unique entretien que j'ai décroché. Pour le stage indispensable à la validation de mon diplôme de droit. Autant dire que la pression est maximale et mon appréhension stratosphérique. La porte vitrée automatique s'ouvre devant moi. Je cherche des yeux l'ascenseur qui me mènera au cabinet d'avocats, qui se trouve au treizième étage.

Pourvu que ça ne me porte pas malheur…

L'ascenseur arrive et je vérifie pour la millième fois ma tenue avant d'appuyer sur le bouton. J'ai tout fait pour ne pas ressembler à une étudiante, en optant pour un tailleur bleu marine ajusté sans être moulant et un chignon bas sur la nuque. Talons, pochette, tablette avec mon CV enregistré, j'ai tout. Tout sauf confiance en moi, mais plutôt mourir que laisser quiconque s'en apercevoir. Troisième étage. Je souffle un grand coup et jette un œil à mon reflet, renvoyé par les portes métallisées.

En fait, ma peau de blonde réagit d'une manière inédite : je suis livide de peur.

Je sais qu'au sein de ma promotion, je suis la dernière dans la course au stage. Malgré mes bonnes notes, malgré les appréciations élogieuses des enseignants. Mon père n'est pas associé d'un cabinet, ma mère n'a jamais gagné de procès, ma tante ne serre pas la main du procureur et je ne connais personne qui siège au Congrès ! Je n'ai ni piston ni carte de visite intéressante. Je suis Hazel Rivendale, étudiante boursière, dont les parents habitent en Arizona. Cinquième étage. Ma respiration se bloque. Je souris. Mes yeux bleu-vert trahissent mon stress, mais je tente d'afficher un air calme et déterminé.

Déterminée, ça, je le suis, mais calme… on verra après l'entretien.

Peut-être y a-t-il quelque chose qui coince dans mon parcours, une option mal choisie ou un trop grand manque d'expérience sur mon CV. Je dois aussi envisager ce cas de figure.

Non, je dois me concentrer et cesser de jouer à me faire peur.

Mon parcours est brillant et mon expérience plutôt honorable pour une fille née à Phoenix, ayant réussi à intégrer Yale et à finir dans les dix premiers étudiants de sa promotion ! Il me manque un carnet d'adresses, c'est tout.

Et c'est l'essentiel, hélas.

Je souffle encore pour évacuer mes pensées négatives.

Le cabinet Brevitz & Cie a une bonne réputation, même s'ils ont récemment perdu leur plus gros dossier contre The Energy Company. J'ai encore en tête l'intégralité de l'article qui en parlait le mois dernier.

« Me Brevitz et Me Soporovski, avocats du cabinet Brevitz & Cie, ont refusé toute déclaration après l'annonce d'un accord entre les habitants de la zone polluée par les émissions de gaz et la très puissante Energy Company.

Il y a quelques semaines, les deux avocats annonçaient être sur le point de déposer une plainte contre la TEC au nom d'un collectif de victimes. Pour rappel, les riverains accusaient l'entreprise TEC d'avoir ignoré une fuite à l'origine d'une pollution responsable de nombreuses maladies et décès dans les environs.

Me Brevitz soutenait alors que “les plaignants et [son]

cabinet ne reculeraient pas devant une multinationale". Mais les habitants ont finalement accepté un accord financier proposé par le cabinet d'avocats VFC Lawyers, au nom de la TEC. La société échappe donc à un procès qui s'annonçait difficile. »

En d'autres termes, Brevitz & Cie a perdu un procès d'action collective avant même qu'il ne débute et a donc vu lui échapper plusieurs millions de dollars de bénéfices.

C'était le genre de procès qui lance un cabinet sur orbite pour une décennie.

Paradoxalement, c'est peut-être ma chance d'obtenir un stage. Mes chers camarades ont certainement dû mettre ce cabinet en bas de leur liste déjà bien remplie. De toute façon, au point où j'en suis, je n'ai pas le choix. J'ai envoyé plus de quarante candidatures dans tous les États de la côte est et j'ai récolté deux réponses : une négative et une convocation. Chez Brevitz & Cie, donc. Je n'ai pas droit à l'erreur.

Il faut que j'arrête de me dire ça.

Treizième étage. Les portes s'ouvrent, mon cœur s'arrête. Mes pieds se mettent en route indépendamment de ma volonté. Je suis recroquevillée à l'intérieur de mon corps, qui s'avance tout seul vers la banque d'accueil, où se tient une jeune femme de mon âge ou à peu près. Blonde, pulpeuse, elle me sourit chaleureusement dès qu'elle m'aperçoit. Je lui souris en retour, contaminée par la joie décontractée qui émane d'elle.

– Bonjour, je suis Hazel Rivendale, j'ai rendez-vous avec Me Soporovski pour…

– Ah, pour le poste d'assistante ! me coupe la jeune femme. Je vous annonce tout de suite.

– Merci.

Elle se détourne pour passer son appel. J'en profite pour regarder autour de moi. Les lieux sont lumineux, très modernes, peut-être un peu froids. L'accueil est situé dans une sorte de hall, sur lequel donnent tous les bureaux. Les murs vitrés et les portes ouvertes laissent voir le personnel, hommes et femmes en costume et tailleur, sourcils froncés devant un ordinateur, en train de discuter ou de prendre des notes. La décoration est sobre. Du gris, du beige, quelques plantes en pots, des lithographies d'art abstrait aux murs. Seul l'éclairage apporte une touche de chaleur.

– Il arrive, fait l'hôtesse d'accueil en raccrochant. Je suis Selena, veuillez me suivre, je vais vous indiquer où vous pouvez patienter.

Elle se lève, me laissant voir son tailleur tout aussi strict que le mien, mais sérieusement réveillé par une paire d'escarpins rose vif. Elle surprend mon regard sur ses chaussures et me fait un clin d'œil, avant de me désigner une espèce de petit salon, un peu à part. Les sofas de cuir crème semblent confortables, une petite table basse propose des magazines divers, un énorme bouquet d'iris décore une élégante console, qui supporte des tasses de porcelaine blanche.

– Je peux vous proposer un café, un thé, une boisson fraîche ? récite Selena, sans se départir de son lumineux sourire.

– Merci, ça ira. Je suis assez nerveuse comme ça, ajouté-je, le cœur battant.

Mais qu'est-ce que je raconte ? Je vais avoir l'air d'une gamine qui débarque de sa campagne !

Heureusement, Selena ne relève pas. Elle se dirige d'un pas assuré vers une fontaine à eau, dissimulée derrière un énorme yucca, et remplit un gobelet en carton.

– Buvez, ça vous évitera d'avoir la bouche sèche, murmure-t-elle avant de s'éclipser.

Je la regarde partir, un peu surprise. Cette attention désintéressée m'apparaît comme un signe. Je bois consciencieusement le verre d'eau, à petites gorgées, puis prends place dans un fauteuil, face à la baie vitrée. Je révise mentalement tout ce que j'ai découvert sur Me Mary Soporovski, 54 ans, associée principale du cabinet, deuxième portefeuille de clients : une avocate brillante, connue pour sa ténacité et sa connaissance encyclopédique du droit. Un vrai modèle.

– OK, on va faire vite, je suis pressé ! lance une voix masculine.

Je me retourne, doutant presque qu'on s'adresse à moi, mais je reconnais sans peine celui qui vient de parler avec un débit de mitraillette.

– Maître Brevitz, annoncé-je aussitôt en me levant. Je suis ravie de…

– Dans mon bureau.

OK, c'est donc une tradition de couper la parole, ici. Bon à savoir.

Ma petite blague intérieure ne suffit pas à dissiper mon trac, mais l'attitude expéditive de l'autre associé du cabinet ne me laisse pas le temps d'angoisser davantage.

Me Brevitz marche au pas de course, pénètre dans une immense pièce – vitrée, évidemment –, sans fermer la porte derrière lui. Il se dirige vers un bureau gigantesque, envahi de papiers, dossiers, de trois tablettes et d'une bonne dizaine de tasses de café vides.

– Ce n'est donc pas Me Soporovski qui me fait passer l'entretien ? m'étonné-je en restant debout, face à lui.

– Mary est en vacances. Fauteuil, ajoute-t-il en me désignant vaguement un siège en cuir.

Je prends place, puis sors ma tablette que j'allume d'un geste. Je toussote pour me donner une contenance, tandis qu'en face de moi Me Brevitz balaie son bureau de ses yeux noisette. Son costume manifestement hors de prix est légèrement froissé. Ses cheveux en bataille et son air un peu largué ne me font pas oublier que c'est lui qui a fondé ce cabinet. À 35 ans, avoir son nom sur la plaque, c'est tout simplement exceptionnel.

– Ah, voilà votre CV ! s'exclame-t-il soudain, avant de se laisser tomber dans son propre fauteuil.

Je souris, patientant tant bien que mal tandis qu'il semble découvrir mon parcours et ma lettre de motivation en temps réel. Le papier épais que j'avais soigneusement choisi est taché de café.

– Ma dernière expérience en tant que stagiaire s'est très bien déroulée et j'avais joint la lettre de recommandation de mon…

– Hum, oui, Mary m'a dit que votre profil était pas mal, me coupe-t-il encore.

Ah non, ça suffit.

– De mon précédent responsable, terminé-je, un peu crispée.

Il ne relève pas, mais me lance un regard bref. Un instant, je crains d'avoir fait le mauvais choix. Souvent, les avocats cherchent des assistantes qui savent prendre des initiatives, certes, mais aussi rester discrètes.

Oh non, pitié, il me faut ce stage.

J'hésite un instant, puis décide de poursuivre sur ma lancée.

– J'ai donc apporté le double, au cas où, afin que vous puissiez jeter un œil.

– Prévoyante, marmonne-t-il sans détourner le regard. Bon ! Votre CV me semble correct, votre expérience aussi. Vous passerez un entretien de routine avec Mary… Me Soporovski à son retour de vacances, afin qu'elle confirme votre embauche. Mais pour moi, c'est bon.

Déjà ? Pas de question ? Rien ? Tant mieux, mais… c'est expéditif.

Le cœur battant, je hoche la tête avec enthousiasme.

Euh… Mais quand rentre-t-elle de vacances ? Je

dois attendre une autre convocation ?

– Et ce second entretien, demandé-je, tentant d'avoir l'air sûr de moi, vous pouvez me dire quand il aura lieu ?

– Leonard, tu... Ah, j'ignorais que tu étais en rendez-vous.

L'homme qui vient de pénétrer dans la pièce est immense. La seconde chose que je remarque, c'est son regard. Bleu glacier. Ses yeux froids se posent sur moi une demi-seconde. Leur pupille noircit alors le lac gelé de ses iris et il se détourne aussitôt. Je reste figée.

– Ce n'est rien, je faisais passer un entretien pour un stage, mais Mlle Rivendale allait partir.

Je comprends le message et me lève, les jambes flageolantes. Leonard Brevitz se lève aussi, poliment, et m'accorde enfin un peu d'attention en me raccompagnant à la porte de son bureau. Lorsqu'il arrive près de l'homme au regard glaçon, qui passe négligemment la main dans sa chevelure brune, je remarque qu'ils font la même taille.

Mais clairement pas le même effet.

– Merci encore, j'attends donc que vous me rappeliez pour le second entretien, tenté-je.

– Voilà.

L'homme au regard froid s'assied alors que je sors, un peu sonnée par ce rendez-vous qui s'est déroulé d'une manière complètement différente de tout ce que j'avais imaginé. Pourtant, j'avais envisagé mille versions, toutes plus stressantes les unes que les autres, histoire de me sentir parfaitement préparée ! J'ai lu tout ce que j'ai pu trouver sur Brevitz & Cie et les principaux avocats, j'étais prête à réciter le Code civil, le Code pénal et le mode d'emploi des photocopieuses de n'importe quelle marque.

Encore que j'espère bien faire autre chose que des photocopies.

Un léger malaise ne me lâche pas : si Me Brevitz ne m'a pas interrogée davantage, est-ce parce que mes tâches seront secondaires ? Ou laisse-t-il le soin à Me Soporovski de me questionner ? Je suis soulagée d'avoir décroché un stage, mais je ne peux m'empêcher de me demander dans quoi je viens de mettre les pieds.

***

J'entends la musique d'Esther avant même d'ouvrir la porte. Lorsque j'entre, elle est complètement absorbée par son activité et pousse un cri de surprise en me voyant.

– Ah ! Mais la trouille ! Je ne suis pas encore habituée à avoir une colocataire, j'ai failli avoir une crise cardiaque, s'exclame-t-elle en riant, la main sur le cœur.

– Désolée, m'excusé-je, sincère. Un nouveau tableau ?

– Oui, j'étais inspirée !

J'avance au milieu du salon, où elle a posé un chevalet et une toile qui fait bien un mètre sur un mètre. Elle y a esquissé un nu masculin, en érection, dont le visage porte un maquillage de clown.

Je n'arrive pas à savoir si c'est drôle ou dérangeant.

– Alors ? me demande-t-elle, les mains sur les hanches, en mordillant son pinceau.

– Euh… prometteur.

– Merci !

Esther et moi sommes aussi différentes que le jour et la nuit. Avec elle dans le rôle de la noctambule, bien sûr. Moi, je suis plutôt lève-tôt. Elle aussi vient de Phoenix, mais pas exactement du même milieu que moi. Ses parents enseignent tous les deux à l'université privée de la ville – sociologie et sciences politiques, il me semble – et ils ont écrit ensemble un livre analysant leur expérience en tant que couple mixte, qui leur avait valu une certaine notoriété. À l'époque où on s'est rencontrées, au collège, Esther faisait partie des élèves « cool », que tout le monde voulait avoir pour amie, et moi, avec mon appareil dentaire et mes livres scolaires sous le bras, j'étais « l'intello » qu'il était de bon ton d'ignorer.

Qui aurait cru qu'on se retrouverait ici ?

– Bon, et toi ? Cet entretien ? me demande-t-elle soudainement, attentive. Dis-moi que tu restes !

– Je ne suis pas encore sûre, mais j'ai passé la première épreuve, annoncé-je, prudente.

– Ce suspense est trop pénible, soupire-t-elle.

À qui le dis-tu !

– En tout cas, tu me tiens au courant dès que tu sais, OK ? Et tu restes ici tant que tu veux, dans n'importe quel cas ! insiste Esther, pointant son pinceau vers mon visage.

– Chef, oui, chef ! me moqué-je.

Elle sourit, puis retourne à sa peinture. Je reste un instant à la regarder, songeuse. Sa concentration quand elle peint me fascine. Plus rien n'existe autour d'elle. Et c'est bien le seul moment où elle est aussi calme ! Esther a toujours été vibrionnante, bruyante, exubérante…

Elle aime se faire remarquer et a tous les atouts pour ça : grande, belle, drôle, cultivée. Avec sa peau caramel et ses cheveux noirs bouclés, ses yeux sombres bordés de cils extraordinairement longs, elle attire tous les regards dès qu'elle sort. Et elle sort beaucoup. Je la soupçonne d'apprécier le fait que je sois plutôt casanière, sérieuse, n'aimant pas particulièrement les mondanités. En réalité, j'ignore si j'aime ça ou pas : je n'ai jamais eu l'occasion d'en faire l'expérience. J'ai 25 ans et ça fait bien vingt ans que ma principale activité consiste à travailler, réviser et avoir de bons résultats pour un jour, enfin, devenir une avocate réputée. C'est d'ailleurs un miracle que nos chemins, à Esther et moi, se soient recroisés ici, à New York ! Le hasard des petites annonces sur Internet a bien fait les choses. J'ai tout simplement cherché une chambre sur Airbnb, et qui m'a ouvert la porte ? Esther ! Elle m'a aussitôt proposé de devenir officiellement sa colocataire si jamais j'obtenais ce stage, vu qu'elle venait d'abandonner son travail d'hôtesse d'accueil pour devenir artiste à plein temps. Depuis, elle travaille d'arrache-pied, mais ça ne suffit pas toujours à payer son loyer.

Peut-être que nous nous ressemblons un peu, finalement.

Ma bourse et le stage devraient me suffire pour payer ma part, afin que je puisse me consacrer à mes études. Perdue dans mes pensées, je laisse mon stress de la journée retomber lentement, jusqu'à éprouver le besoin irrépressible d'aller m'étendre sur mon lit. En silence pour ne pas rompre la concentration de mon amie, je vais me réfugier dans ma chambre, où je m'allonge, ma tablette sous les yeux, histoire d'en profiter pour lire un peu la presse juridique.

Esther trouverait ça ennuyeux et rébarbatif… Moi, je trouve ça tellement excitant de deviner les stratégies juridiques dissimulées derrière les communiqués officiels !

***

La sonnerie de mon téléphone me sort de ma prise de notes effrénée. Je suis en plein milieu d'un récit de procès par un professeur de droit qui a créé des podcasts à destination des futurs avocats. Fascinée par ses propos, je mets quelques secondes à m'apercevoir que le numéro en question commence par l'indicatif de New York et que les seules personnes que je connaisse ici sont…

– Oui, Hazel Rivendale ! Je vous écoute ! m'écrié-je en décrochant comme une furie.

– Mademoiselle Rivendale ? C'est Selena, on s'est parlées ce matin chez Brevitz & Cie, vous vous souvenez ?

Évidemment ! Dis-moi que le second entretien a lieu demain ! Je serai la meilleure des assistantes juridiques, promis !

– Bien sûr, bien sûr, balbutié-je, les yeux fermés, en croisant les doigts de toutes mes forces.

– Me Brevitz m'a chargée de vous annoncer que vous commenciez votre stage dès demain.

Je me redresse sur mon lit, stupéfaite.

Sans entretien digne de ce nom ?

– Je serai là à la première heure ! Merci mille fois ! lancé-je, contente, mais un peu sonnée par la nouvelle. Me Soporovski sera donc rentrée de ses vacances ?

– Non, elle ne rentre que dans une semaine, me répond Selena, comme si tout ça n'avait pas vraiment d'importance.

Alors avec qui vais-je travailler ?

– Je vous dis à demain, alors ? me demande-t-elle encore.

– Absolument, à demain ! Et bonne soirée ! Et merci !

– Avec plaisir, répond-elle en riant avant de raccrocher.

Je grimace, réalisant que j'en ai trop fait. Je reste un instant immobile, déstabilisée par ce qui vient de se passer. Bien sûr, je suis soulagée d'avoir obtenu un stage, mais… c'est comme si mon recrutement s'était fait à la va-vite, sans que mon profil ait réellement eu d'importance. Je secoue la tête.

Ce n'est pas comme si j'avais le choix, et puis je voulais un stage et j'en ai un !

C'est tout moi : je doute en permanence. J'ai été acceptée par un bon cabinet juridique et je suis déjà en train de me demander si c'est mérité. Je soupire et me précipite pour annoncer la nouvelle à Esther ! La musique est toujours à fond, mais cette fois dans sa chambre. Je fonce, ouvre la porte et… Peau caramel, peau noire, peau tatouée ondulent sous mes yeux ébahis.

– Oups ! Pardon ! lâché-je précipitamment en refermant aussitôt la porte.

Je me sens rougir, gênée d'avoir vu Esther et ses deux amants en pleine action. Moi qui frappe toujours aux portes avant d'entrer, c'est un rappel salutaire du bien-fondé de cette pratique.

– Pas grave ! me lance Esther de l'autre côté de la porte. Tu voulais dire un truc ?

Un grognement grave se fait entendre, suivi d'un gémissement étouffé de ma désormais colocataire. Je retiens un éclat de rire, entre amusement et gêne.

– J'ai le stage ! lui dis-je avant de retourner dans mon antre.

– Génial !

Je n'attends pas la suite et referme ma propre porte, avant de lancer moi aussi une playlist et d'enfiler un casque pour être sûre de ne pas en entendre davantage.

Je ne suis pas prude, mais… la liberté d'Esther me met face au désert que constitue ma propre vie sentimentale et sexuelle. Je ne sors pas dans les fêtes où les rencontres entre étudiants se font, je n'ai pas le temps de flirter entre deux cours, j'ai une relation exclusive avec mon plan de carrière ! Mais c'est vrai, la chaleur d'un corps contre le mien ou une main qui saisirait la mienne, tout ça me manque parfois. Ma playlist me propose « Make You Feel my Love » d'Adele, mais je ne laisse aucune chance à la mélancolie de ce morceau et le remplace aussitôt par « Stupid Girls » de Pink : je ne connais rien de mieux pour fêter une victoire pour une fille comme moi. Debout sur mon lit, je danse, pour la première fois depuis longtemps, heureuse d'avoir tout de même décroché le fameux Graal !

2

LA FILLE AUX YEUX BLEU-VERT

Cole

Son attitude est assurée : jambes croisées, sourire calme et professionnel. Mais c'est de la panique que j'ai lue dans ses yeux. Elle est aux abois et utilise toutes ses ressources pour n'en rien laisser paraître. Toute son énergie passe dans cet effort et elle en oublie vraisemblablement de quoi elle a l'air.

Parfaite.

L'adjectif qui vient de traverser mon esprit comme une fulgurance me fait détourner les yeux.

– Ce n'est rien, je faisais passer un entretien pour un stage, m'explique Leonard. Mais Mlle Rivendale allait partir.

Elle se lève aussitôt. Leonard la raccompagne. Je m'assieds dans l'autre fauteuil pour éviter de recroiser ce regard bleu-vert aux reflets de noyade.

– Merci encore, j'attends donc que vous me rappeliez pour le second entretien, insiste-t-elle d'une voix douce, mais déterminée.

– Voilà, répond distraitement Leonard.

J'entends ses talons s'éloigner. Je ne me retourne pas, mais observe son reflet dans la baie vitrée qui me fait face. Les attaches fines de ses chevilles vacillent, mais le staccato rapide de ses pas ne ralentit pas une seule fois.

– Tu embauches ? demandé-je négligemment.

– Une stagiaire en tant qu'assistante juridique pour Mary, me répond-il en se rasseyant, avant de se relever aussitôt pour se servir un de ses éternels cafés.

– C'est son CV, là ?

Il hoche la tête, reprend place dans son fauteuil et me tend le document sur lequel s'affichent le visage délicat, la bouche mordue, les yeux bleu-vert qui attrapent mon regard.

Hazel Rivendale… Hazel…

Son prénom est à mi-chemin entre caresse et griffure. Je fronce les sourcils, parcours ses références.

– Yale ! Impressionnant, commenté-je.

– Oui, pas mal.

Je souris en constatant que parmi les hobbies, elle indique la marche rapide – dans une grande ville, tout le monde pratique la marche rapide – et… le Scrabble !

Quelle femme de 25 ans joue à ça ?

Mais à part ce détail gentiment vieillot, c'est une étudiante brillante, avec de solides références. Et surtout, arrivant de Phoenix sans autres recommandations que celles de ses professeurs, je suis à peu près certain qu'elle n'a pas de relations qui pourraient nous porter préjudice.

– Je la veux, déclaré-je en reposant la feuille.

– Dans quel sens, Cole ? s'amuse Leonard, en guise de réponse.

Son sous-entendu me met mal à l'aise. Je ne peux pas parler de cet aspect de ma vie avec lui, pas avec ce qu'il sait de mon passé.

– Dans le sens où ton cabinet a désespérément besoin de personnes de confiance et qu'une Hazel Rivendale, nouvelle dans le métier, sans réseau professionnel, sans parrainage d'aucune sorte ni lien suspect avec VFC Lawyers serait parfaite dans le rôle, asséné-je d'un ton sec.

Leonard grimace, puis soupire.

– Certes, mais a-t-elle les compétences requises pour t'assister sur le dossier qui t'attend ? objecte-t-il. C'est une chose de mettre cette fille sur les affaires courantes, mais là… avec le procès pour harcèlement contre VFC, on est sur quelque chose d'énorme. S'ils l'approchent, comment peux-tu être sûr qu'elle ne se laissera pas corrompre par une promesse d'argent ou même de poste chez eux ? Cette méthode leur a déjà réussi une fois !

Leonard finit son café d'un trait.

– Franchement, poursuit-il, alors que son débit s'accélère, si on perd ce procès contre eux, mon cabinet est fini !

– Je le sais, c'est pour ça que tu fais appel à moi, rétorqué-je en balayant ses objections d'un revers de main. Je me renseignerai sur elle, de toute façon. Puis rassure-toi, je n'ai pas l'intention de lui confier tous tes petits secrets.

Mon meilleur ami me lance un regard sombre. Je souris, sachant très bien que ce trait d'humour ne lui a pas plu.

– Concrètement, en quelle assistante déjà en poste as-tu entièrement confiance ? demandé-je.

Je sais pertinemment qu'après ce qui s'est passé avec le dossier de The Energy Company, Leonard se méfie de tout le monde ou presque, au sein de son cabinet.

D'ailleurs, il se passe les mains sur le visage, puis ébouriffe ses cheveux pourtant déjà en pétard.

– Je pourrais te dire Penelope, mais c'est elle qui assistait Christopher Lincoln, donc je n'ai aucun nom à te proposer. De manière générale, ajoute-t-il, je n'ai confiance qu'en Milton Ross et Marina Greco, mes détectives, que tu vas bientôt rencontrer. Et bien sûr Mary Soporovski, mon associée que tu connais déjà ! C'est d'ailleurs pour ça qu'on avait décidé de plaider tous les deux contre la TEC, mais on a commis l'erreur stupide de se faire assister dans la préparation du dossier par ce petit enfoiré de Christopher !

Quant à moi, je me méfie de tous, y compris de ceux en qui tu as confiance.

Je suis bien placé, hélas, pour savoir qu'on n'est jamais aussi bien trahis que par ceux qui sont au-dessus de tout soupçon.

– Donc, le cas de cette Hazel Rivendale est réglé. Fais-moi confiance, je saurai lui inspirer de la loyauté, ajouté-je pour achever de le convaincre.

Leonard lève les mains, jetant l'éponge.

– Je dirai à Mary de prendre Penelope comme assistante, afin de l'avoir à l'œil. Ça ne lui plaira pas.

– Je ne suis pas ici pour plaire à tes associés, mais pour remettre ton cabinet sur pied.

Mon meilleur ami grommelle, puis appuie sur une touche de son téléphone.

– Selena, veuillez avertir Mlle Rivendale, que j'ai reçue plus tôt en entretien, qu'elle commence demain en tant qu'assistante juridique stagiaire. Merci… Je compte sur toi pour massacrer ces salopards de VFC lors du procès Pintoro ! ajoute-t-il en s'adressant à moi. On ne peut pas prouver légalement qu'ils ont soudoyé certains de nos employés pour nous empêcher de conduire une action collective contre la TEC, faisons-les couler avec ce procès.

J'acquiesce silencieusement. Il me paie pour ça, je ferai tout ce qui est en mon pouvoir pour atteindre ce résultat. Leonard reste un moment perdu dans ses pensées.

– Franchement, harceler sexuellement une employée, ça fait vraiment tache quand on est l'associé d'un cabinet d'avocats, tu ne trouves pas ? lance-t-il, semblant abasourdi de la bêtise de son concurrent.

– Est-ce que j'ai besoin de te répondre ? Promets-moi juste de rester mesuré, de ne pas prendre ça trop personnellement.

Il grimace, comme pris en faute.

– C'est pour ça que j'ai embauché un avocat free-lance, toi en l'occurrence ! se justifie-t-il, tendu. Pour ne pas trop m'impliquer et parce que je ne sais plus à qui me fier ici ! Et puis parce que si je croise cette raclure de Christopher, je…

Leonard saisit une des tasses abandonnées sur son bureau et se retient au dernier moment de la balancer contre le mur vitré. Je me contente de hausser un sourcil.

– Tu devrais venir avec moi frapper dans un sac, de temps à autre…

– Si tu crois que j'ai le temps pour ça, me répond-il avec agacement. J'ai fait installer des mouchards dans tous les ordinateurs de la société et je suis en train de faire vérifier le travail de la boîte que j'ai embauchée par leurs concurrents, pour être sûr que tout est sécurisé.

– Tu fais espionner les espions, donc…

– Je ferai espionner les espions qui ont espionné les espions si ça me chante, Cole. Personne ne se foutra plus jamais de moi comme VFC s'est permis de le faire !

Il prend ça avec beaucoup de recul.

Quand il est dans cet état de nerfs, c'est peine perdue d'essayer de faire entendre raison à Leonard, donc je mets fin à notre entrevue.

– Le sac de frappe, Leonard, penses-y, ajouté-je tout de même avant de sortir.

– Et dire que le sort de Brevitz & Cie est dans tes mains et celles d'une stagiaire, l'entends-je marmonner avant de quitter son cabinet.

3

AMBIANCE GLACIALE ET REGARD BANQUISE

Hazel

Mes mains ne tremblent pas et je me sens presque sereine.

OK, tout est dans le « presque ».

J'ai enfilé un de mes tailleurs les plus élégants, le beige, sur une blouse noire, histoire de faire sérieux. Je suis en train d'attacher mes cheveux quand mon téléphone sonne. J'hésite un instant à ignorer l'appel, mais je jette finalement un œil sur l'écran. Et je bondis.

– Maman, papa ? commencé-je, un sourire dans la voix. Je suis pressée, je ne peux pas rester trop longtemps.

– Oui, on voulait juste te féliciter, on a lu ton mail hier, mais il était trop tard pour appeler ! Alors on a mis le réveil ce matin pour parler à notre avocate de fille ! explique ma mère, presque hilare de joie.

– Je ne suis pas encore avocate, maman, c'est juste un stage.

– Félicitations, ma grande ! Ils ont de la chance, ceux qui t'ont prise en stage ! ajoute mon père.

Je souris, attendrie par leur foi inébranlable en moi. Pourtant, ça n'était pas gagné. Respectivement jardinier et femme de ménage, ils naviguent dans un univers tellement différent de celui de leur unique fille que ça ne doit pas toujours être facile pour eux de comprendre à quoi ressemble ma vie.

– Promets-nous juste de nous envoyer un autre mail pour nous raconter ta première journée, ajoute ma mère à toute vitesse.

– Promis !

– Et tu nous raconteras tout ça quand tu viendras à la maison ! conclut mon père.

Je grimace, à la fois parce que je sais que je leur manque et parce qu'à moi aussi, le temps me semble parfois bien long, entre deux visites.

– Promis aussi, mais ça ne sera pas avant Noël, les avertis-je.

Un silence consterné me répond.

Je sais, huit mois, c'est une éternité…

– Après le stage, j'ai l'examen à passer, m'expliqué-je.

Puis j'espère décrocher un job grâce au réseau que je suis en train de me construire.

– On comprend, ma puce, répond ma mère.

– Oui, ne t'inquiète pas, renchérit mon père. Allez, file ! On t'embrasse.

– Je t'aime, ma chérie ! lance ma mère.

– Je vous aime aussi et je vous écris très vite !

Je raccroche, songeuse. Ils me manquent et je sais qu'ils travaillent dur pour rembourser leur emprunt immobilier et m'envoyer de temps à autre un peu d'argent. En tout cas, leur appel m'a remotivée. Je vais tout faire pour enchaîner stage, diplôme et premier contrat d'avocate junior !

Les entendre parler au téléphone, complices, me fait chaud au cœur. Je ne garde pas un très bon souvenir de mon adolescence pour plusieurs raisons, mais la principale fut tout de même cette année épouvantable où j'ai bien cru qu'ils allaient divorcer. Mon père a eu une liaison avec une collègue à lui et… Phoenix n'est pas une petite ville, mais ma mère l'a appris. Elle en a été dévastée. Je m'en souviens comme si c'était hier. Ce jour-là, je rentrais de la piscine et je l'ai trouvée cachée dans leur chambre, avec dans les mains une chemise de mon père… sur laquelle même moi j'avais pu sentir le parfum de l'autre. Ma mère, que j'avais toujours connue d'humeur égale, souriante et calme, pleurait à gros sanglots, sans aucune retenue.

Je n'arrivais pas à la calmer, je n'osais pas la laisser

seule. Et quand mon père est rentré, le soir même, je lui en voulais tellement que j'ai refusé de lui parler.

Ma mère n'a pas crié sur lui, n'a rien dit. Je crois que c'est ce qui a fait le plus honte à son mari…

Tout ça est terminé ! Je ne sais pas pourquoi j'y repense.

Je me secoue. C'est sûrement la pression qui fait faire des loopings à mon inconscient !

Merci de me faire revivre les moments les plus stressants de ma vie.

Mes parents ont su surmonter cette crise, et moi j'ai décidé de ne jamais être impliquée dans une infidélité, de quelque manière que ce soit. La bonne nouvelle, c'est que ma colocataire ne me demandera jamais de lui servir de couverture pour aller voir un de ses amants : ils sont tous au courant qu'elle voit plusieurs personnes !

D'ailleurs, je sors de ma chambre sur la pointe des pieds, de peur de réveiller les trois personnes qui dorment dans la chambre d'à côté. Lorsque j'arrive dans la cuisine, surprise ! Esther est debout, en peignoir, et me tend une tasse de café chaud avec le sourire.

– Oh, merci, tu es chou ! dis-je, touchée.

– C'est bien le moins que je puisse faire vu qu'on t'a sûrement brûlé la rétine, hier, quand tu as vu ce que tu as vu, me répond-elle en souriant ironiquement, à peine gênée.

– Je n'ai RIEN vu, prétends-je. Ils sont déjà repartis, tes Roméo ?

– Bien sûr que non, ils dorment encore.

– Ton truc de polyamour m'étonne chaque jour un peu plus, déclaré-je en buvant mon café. Trouver une personne avec qui on se sente en phase, c'est déjà compliqué, alors plusieurs…

– Je sais. Mais moi, c'est justement d'être seule face à une autre personne que je trouve compliqué !

– Hier, c'était qui, exactement ?

Esther tartine férocement son bagel de fromage frais, ajoute une pincée d'aneth séché et mord dedans à pleines dents.

– Ben et Qachim.

– Qasim ?

– Ch'est che que ch'ai dit.

– Pas de Thomas ?

Ce sont les trois petits amis attitrés d'Esther. D'après ce que j'ai compris. Aussi étonnant que ça puisse paraître, ils cohabitent dans sa vie amoureuse depuis plus d'un an. Mais je devine que tout n'est pas toujours aussi fluide qu'Esther le voudrait.

– Il boude, che crois.

Ben tiens.

– En même temps, je le comprends un peu. Si j'étais lui, j'aurais du mal à te partager avec deux autres personnes !

À sa place, je me demanderais tout le temps si je ne suis pas en train d'être préférée, remplacée… quel cauchemar !

Esther cesse de manger son bagel, les yeux écarquillés.

– Oh, mais c'est trop mignon ce que tu me dis !

Je ris, amusée de nous voir à ce point différentes. Mon propos n'était pas de lui déclarer ma flamme, mais visiblement, Esther n'a pas envie d'une joute sur les mérites comparés entre polyamour et monogamie conventionnelle.

Cela dit, qui suis-je pour lui faire la leçon ? Ma dernière relation durable remonte au lycée et je n'ai eu depuis qu'une misérable petite aventure de deux semaines.

– En tout cas, je suis impressionnée ! remarque-t-elle soudain. Regarde-toi ! On dirait déjà une avocate.

– Arrête, je crois entendre ma mère, plaisanté-je.

– Ah oui ?

– J'ai eu mes parents au téléphone et j'ai dû leur annoncer qu'on ne se verrait pas avant huit mois, à Noël. Ils n'ont rien dit, mais je crois qu'ils ne comprennent toujours pas très bien en quoi consiste ma vie, soupiré-je.

Esther hausse les épaules et balaie l'appartement d'un geste vague.

– Tu crois que les miens comprennent mieux ?

Effectivement, ses parents avaient rêvé pour elle d'un diplôme en littérature ou, au pire, en arts plastiques, puis d'une carrière dans l'enseignement, avec sans doute un mariage entre universitaires, des vacances en famille, la totale. Au lieu de ça, leur fille batifole sans aucune intention de se fixer et vit de performances obscures et de tableaux de nus excentriques.

Mais elle comme moi sommes heureuses du chemin qu'on s'est choisi.

Un regard à mon portable m'indique qu'il est temps pour moi de rincer ma tasse et de filer. J'attrape un bagel sur la table avant de serrer Esther contre moi.

– Souhaite-moi bonne chance, coloc !

– Tu vas tous les ébouriffer de tes compétences, je ne suis pas inquiète, me répond-elle en levant les deux pouces.

Pourvu qu'elle ait raison…

***

À force d'avoir peur d'être en retard, j'arrive tellement tôt devant le bâtiment qui abrite Brevitz & Cie que le hall est désert. Je prends l'ascenseur tout de même. Lorsque j'arrive au treizième étage, les portes s'ouvrent sur un hall éclairé et, à ma grande surprise, Selena est déjà à son poste.

– Bonjour ! Tu es matinale ! me lance-t-elle avec son fameux sourire.

– Oui, je suis impatiente de commencer, réponds-je en faisant passer mon sac d'une épaule à l'autre.

– Le trac du premier jour ? me demande-t-elle, perspicace.

Je reste interdite un instant, puis baisse la garde.

– Un peu, oui…

– Ça va aller, tu vas voir.

Selena passe devant son comptoir, un paquet de café à la main. Elle porte encore ses fameux escarpins roses, avec une robe portefeuille bleu pétrole. Le contraste avec ma tenue est tel que je me sens comme un personnage de cinéma muet qui rencontrerait une héroïne de comédie romantique !

Bon, en même temps, je voulais avoir l'air sérieuse, c'est réussi, j'imagine.

– Je viens toujours plus tôt ; comme ça, je prépare les machines à expresso pour tout le monde, et ça me laisse encore le temps de regarder ce qui m'attend, les rendez-vous prévus, les appels à bloquer, ce genre de choses. Tu me suis, je te fais visiter !

Je lui emboîte le pas, mon sac sur l'épaule. Selena parle tout en marchant, ne s'interrompt pas plus quand elle verse le café moulu et vérifie qu'il y a assez d'eau dans les réservoirs, suffisamment de papier dans les imprimantes et les photocopieuses, des mouchoirs en papier sur les bureaux…

– C'est pour les clients, précise-t-elle à mon intention. On ne sait jamais, parfois les gens pleurent, tout ça… Tu sais avec qui tu vas travailler ?

– Euh, non, je pensais que ce serait avec Me Soporovski, mais vous m'avez dit qu'elle était toujours en vacances.

Selena se fige, puis me fait face, mains sur les hanches. Je me pétrifie.

– Ah non, hein, on se tutoie ! déclare-t-elle, décidée.

Je souris, soulagée.

– Tu m'as dit qu'elle était en vacances, répété-je. Me Brevitz ne t'a rien précisé, alors ?

– Non, mais bon, j'imagine que tu vas vite savoir de qui tu vas être l'assistante.

La boule d'angoisse qui s'est nichée au creux de mon estomac prend un peu plus d'ampleur. Bien sûr, je suis ravie de travailler dans ce cabinet, mais cette incertitude s'ajoute à mon anxiété. Et si je devais assister un vieil avocat grognon qui ne traite que des cas complexes ? Et s'il me trouvait incompétente ou trop expérimentée ? Il risquerait de me cantonner au café et aux photocopies ; alors je n'apprendrais rien et perdrais toute occasion de me faire des contacts intéressants… Finalement, mes diplômes de droit et toutes ces heures passées à étudier ne me serviraient à rien !

Pire encore, en regardant Selena préparer les réglages des machines à expresso, je réalise que je suis probablement incapable de faire un café digne de ce nom.

Et si je me faisais virer pour incompétences multiples ?

– Ça va ? me demande soudain Selena, l'air surpris. Tu es toute pâle.

– Moi ? Euh, oui, je… pensais à des trucs, je me suis un peu perdue ! réponds-je avec un rire gêné. OK. Les gens arrivent vers quelle heure, en général ?

– Ça dépend, neuf ou dix heures. Pour les avocats, ça dépend aussi s'ils ont des rendez-vous au tribunal, évidemment.

– Évidemment.

– Bon, alors, là, tu as la salle de réunion où ont lieu les rendez-vous avec les plus gros clients, mais aussi les assemblées du cabinet, durant lesquelles se prennent les décisions stratégiques, m'apprend-elle. C'est aussi là qu'on discute des gros dossiers.

La pièce est située dans un coin de l'immeuble et comporte donc deux murs entièrement vitrés. L'effet est assez ébouriffant.

Mieux vaut ne pas être sujet au vertige quand on travaille ici.

Une grande table ovale en verre trempé occupe la majeure partie de la salle. Tout autour, des fauteuils de cuir gris souris offrent leurs larges accoudoirs. Sur l'un des deux murs blancs, il y a un écran géant, prévu pour être connecté afin de diffuser infos, graphiques, photos…

– On numérise tout, maintenant, me précise Selena qui a suivi mon regard.

OK, donc mon angoisse de devenir préposée à la photocopieuse est dépassée, je serai préposée au scanner.

Selena, inconsciente de mes tourments intérieurs, me remorque dans les bureaux attenants en me donnant les noms et fonctions de leurs occupants. Plus on monte dans la pyramide des responsabilités, plus les bureaux sont vastes, lumineux et pourvus en surface vitrée.

En revanche, tous ont les mêmes fauteuils de cuir gris, les mêmes tables de verre trempé, les mêmes équipements informatiques dernier cri. L'endroit respire le sérieux, l'argent et la modernité. Au loin, j'entends la porte de l'ascenseur s'ouvrir.

– Salut, Selena. Oh, pardon, bonjour, lance une jeune femme qui me fait immédiatement penser à un écureuil à lunettes.

De taille moyenne, plutôt mince, elle a les cheveux courts, un visage fin mangé par de grosses lunettes écaille, des yeux noisette, un tailleur sombre et un air incroyablement sérieux. Tout en elle hurle qu'elle est efficace, quel que soit son domaine.

– Hello, Penelope. Je te présente Hazel Rivendale qui commence un stage en tant qu'assistante juridique, mais on ne sait pas encore de qui, débite Selena avec un sourire dans ma direction. Hazel, voici Penelope Gardera, qui est assistante juridique. L'avocat avec qui elle travaillait ne fait plus partie du cabinet…

– C'est bon, Selena, inutile de détailler, la coupe Penelope, le ton subitement moins enjoué.

– Hum, oui. Je lui fais la visite des lieux, explique Selena, comme pour se rattraper.

Je souris, cherche quelque chose d'amical et professionnel à dire.

– Je serai ravie de profiter de ton expérience, en tout cas, tenté-je.

– J'ai du travail, réplique froidement Penelope en nous plantant là.

Perplexe, j'interroge Selena du regard, qui hausse les épaules, avant de se remettre en marche.

– Le bureau de Me Brevitz, que tu connais.

Justement, celui-ci débarque au bout du couloir, le nez sur son smartphone. Selena me pousse à l'extérieur.

– Bonjour, maître, lance-t-elle, joyeusement.

– Bonjour, répété-je, un peu impressionnée.

– Le café est prêt ? demande-t-il sans même lever la tête.

– Comme tous les matins !

– Hum. Merci.

Il entre sans paraître avoir remarqué ma présence et s'installe à son bureau. Selena et moi nous éloignons sans plus attendre.

Les bureaux se remplissent peu à peu, des bribes de conversation me parviennent. Chaque fois que j'aperçois un nouveau visage, je cherche à deviner s'il s'agit d'un avocat et si, par hasard, ce ne serait pas celui que je vais devoir assister.

Selena me présente chaque personne que nous croisons.

– Voici Marina Greco, l'une de nos deux détectives. Bonjour, Marina. Voici Hazel Rivendale, notre nouvelle assistante juridique.

– Ah, bonjour, Hazel, bienvenue chez nous ! me dit

gentiment une femme brune, replète, vêtue d'un pantalon chino et d'un chemisier démodé, sur lequel je remarque une tache.

Sauce tomate ? Chocolat ?

– J'ai déposé une assiette de cookies dans la cuisine, tu te sers, ajoute-t-elle avant de se tourner vers moi. Alors, vous venez de quelle université ? New York ?

– Euh, non… Yale, réponds-je.

Toutes deux échangent un regard impressionné.

– Eh bien… félicitations et bienvenue ! me dit Marina avant de sortir une clé et d'ouvrir un bureau dans lequel elle disparaît.

Dans le bureau contigu se trouve un homme blême, avec un début de calvitie que ses cheveux ramenés vers le haut de son crâne ne peuvent dissimuler. Il porte une chemise à carreaux et un costume épais, alors que nous sommes en avril. En pleine conversation téléphonique, il ne lève pas les yeux vers nous lorsque nous passons devant sa porte.

– C'est Milton Ross. Marina et lui sont les deux détectives du cabinet, m'explique Selena à mi-voix. Tu les verras rarement au bureau, ils sont souvent en train d'enquêter à l'extérieur. Et ce sont les seuls à fermer leur bureau à clé.

– C'est noté.

– Et enfin, la salle de pause ! m'annonce mon guide avec un geste large.

Curieuse, je passe la tête par l'embrasure de la porte

ouverte et découvre une sorte de salon, où les fauteuils de bureaux ont été remplacés par des sofas du même cuir. Le long d'un mur se trouvent des éléments de cuisine. Il y a tout ce qu'il faut pour se préparer à manger ou réchauffer des aliments, micro-ondes, four classique, deux plaques, deux gigantesques réfrigérateurs avec distributeur de glace pilée. Aucune fenêtre, en revanche. L'éclairage provient du plafond lumineux.

Comme l'avait annoncé Marina, une assiette de cookies trône sur une table basse. L'odeur de nougatine a déjà embaumé toute la pièce.

– Oh, j'adore les pâtisseries de Marina, gémit Selena en escamotant un des biscuits. Tu n'en veux pas ?

La gorge trop serrée par le stress, je refuse d'un geste de la tête.

– En fait, personne ne cuisine jamais rien ici, mais c'est bien utile pour garder au frais ce qu'on se fait livrer et qu'on n'a même pas le temps de manger, soupire Selena, qui a visiblement déjà vécu cette mésaventure.

– OK. Je pourrais mettre ce que je prépare chez moi dans un des réfrigérateurs ?

– Oui, si tu veux, mais je te préviens, les pauses déjeuner, ici, c'est aléatoire.

– Pas de problème.

Je vais devoir prévoir des encas et des snacks.

Alors que je pense que Selena a terminé de me présenter les lieux, elle me fait signe de la suivre encore.

– Et pour finir, le clou du spectacle, m'annonce-t-elle en m'entraînant de nouveau vers l'ascenseur.

Elle jette un œil à sa montre connectée et presse un peu le pas.

– Par contre, je te montre et on remonte aussitôt, parce qu'il faut que je sois à l'accueil.

– Pas de souci, mais… me montrer quoi ? demandé-je, intriguée.

– Tu vas voir, répond-elle, maintenant le suspense. Je me demande quand même avec qui tu vas travailler, si tu n'es pas avec Mary Soporovski. Ça m'étonnerait que Leonard Brevitz te garde avec lui, et je ne vois personne ayant rapporté assez au cabinet pour avoir droit à une assistante particulière.

Sa réflexion me noue aussitôt la gorge.

Si personne n'a besoin d'une assistante, m'aurait-on embauchée pour faire la potiche ?

Mes angoisses remontent immédiatement à la surface. Je ne suis peut-être pas aussi brillante que mes professeurs me le laissent entendre, et Me Brevitz, en professionnel aguerri, s'en est rendu compte immédiatement.

Peut-être qu'il a eu pitié de moi ?

– Tu n'as pas une idée ? demandé-je d'une petite voix à Selena.

– Pas vraiment, non, soupire-t-elle. Depuis quelque temps, j'ai l'impression de ne plus reconnaître le cabinet, je t'avouerais.

– Ah oui, comment ça ?

Selena me lance un regard étrange, presque méfiant.

– Disons que l'ambiance a un peu changé, mais tout devrait revenir à la normale bientôt. Enfin, j'espère, ajoute-t-elle après quelques secondes.

Je n'en saurai pas plus.

Le bouton du rez-de-chaussée s'illumine, mais l'ascenseur ne s'arrête pas. Je réalise alors que Selena me conduit au sous-sol. Je suis sur le point de m'en étonner lorsque les portes s'ouvrent et je comprends.

– Tadam ! fait Selena avant de rire devant mon air éberlué.

Devant nous, une salle de sport dernier cri. Pas de fenêtre, puisque nous sommes en sous-sol, mais des spots stratégiquement situés. Visiblement, quelqu'un a pensé à mettre en scène chacun des équipements sportifs, depuis les rameurs jusqu'à la cabine de sauna que j'aperçois tout au fond, en passant par les escaliers et d'autres machines totalement mystérieuses.

– Certains viennent ici le soir, et la légende veut que d'autres s'entraînent très tôt le matin. Mais je suis la première au bureau et je n'ai jamais croisé qui que ce soit dans le bâtiment à l'heure à laquelle j'arrive, alors si tu veux mon avis… cette légende est fausse, ajoute-t-elle avec un clin d'œil.

– En tout cas, c'est chouette qu'il y ait cette option, dis-je, impressionnée.

– Ben, si ça t'intéresse, sache que sur le badge que

je dois te donner, tu as un accès autorisé à cette salle. Bon, on remonte et je t'explique comment utiliser l'intranet ?

– Je te suis !

La gentillesse et la disponibilité de Selena adoucissent un peu mes doutes.

J'espère juste qu'elle ne sera pas la seule personne à remarquer ma présence dans le cabinet.

4

OBJECTION, VOTRE HONNEUR !

Hazel

– Mademoiselle Rivendale !

Je sursaute, assise à côté de Selena, qui m'explique entre deux appels comment me débrouiller dans l'arborescence informatique du cabinet.

– Oui ? réponds-je, me tournant vers celui qui vient de m'interpeller.

Devant la banque d'accueil se tient l'homme au regard froid croisé hier. Mon cœur se met à battre de manière désordonnée. Il me fixe, sans sourire.

Il n'est pas si grand, rappelle-toi, il n'est pas si grand.

Il est pourtant immense dans son costume anthracite.

Une mèche de cheveux bruns tombe sur son œil gauche, jetant une ombre sur le glacier.

– Suivez-moi, lâche-t-il d'une voix grave, avant de s'éloigner.

Sans répondre, je me lève, les mains moites.

Qui est-il ?

Il sait comment je me nomme, mais n'a pas jugé bon de se présenter. J'attrape ma pochette, dans laquelle se trouvent mes papiers et ma tablette. Selena me touche le bras.

– Tu as tiré le gros lot, tu vas assister l'avocat sur lequel on fantasme toutes, me souffle-t-elle, le visage impassible.

Je ne réponds rien. En suivant le mystérieux avocat en question, je réalise qu'en effet son passage dans les couloirs fait tourner quelques têtes. Même celle de Penelope, qui me lance un regard noir quand elle comprend que c'est lui que je suis.

Il ne semble pas remarquer les émois qu'il provoque. Moi, en revanche, je note la largeur de ses épaules, ses chaussures élégantes, ses mains, sa démarche assurée…

OK, je comprends ce que Selena veut dire.

Il me fait signe d'entrer dans un de ces immenses bureaux situés dans un coin de l'immeuble. Deux murs de verre.

Haut placé dans la hiérarchie, donc.

Je n'ose m'asseoir.

– Vous attendez quoi, exactement ? me lance-t-il en

prenant place derrière le plateau translucide.

Jambes coupées, je me laisse tomber dans le fauteuil. Je m'applique à afficher un visage serein, alors que je suis à deux doigts de la crise d'angoisse.

Je ne sais pas de qui il s'agit, Me Brevitz m'a à peine adressé la parole, et la personne qui a remarqué mon CV ne reviendra pas avant une semaine. Qu'est-ce que je fais ici ?

Comme pour répondre à ma question, l'homme fait glisser devant moi un paquet de feuilles reliées par un trombone.

– Voici votre contrat de travail en deux exemplaires, nous allons voir ensemble les différents points, vous parapherez chacune des pages et signerez la dernière. Deux exemplaires, ajoute-t-il, lapidaire.

– Bien, monsieur. Monsieur ? tenté-je.

L'espace d'une seconde, j'ai l'impression qu'il esquisse un sourire, mais non.

– Donc, le présent contrat établit les modalités de la collaboration professionnelle entre Mlle Hazel Rivendale et le cabinet Brevitz & Cie, lit-il à toute vitesse. Mlle Rivendale occupe le poste d'assistante juridique stagiaire pour quatre mois à compter de la date de la signature dudit contrat.

Sa main droite tapote le bureau au rythme des phrases. Des doigts longs, une paume large, la peau légèrement hâlée…

Concentre-toi, Hazel !

Sa voix est grave, presque basse, son ton ne cherche pas à dissimuler l'ennui que lui procure cette obligation administrative.

– Le poste consiste à assister Me Cole Parker, avocat. C'est moi, précise-t-il en relevant les yeux.

Son regard accroche le mien.

– Enchantée, dis-je automatiquement, d'une voix étranglée.

J'ai l'impression d'être un papillon punaisé sur une planche anatomique.

Aussitôt, cette étrange réflexion me fait me sentir encore plus vulnérable. Il me fixe une seconde de trop, avant de reprendre sa lecture. À partir de là, je n'entends plus qu'une bouillie de mots, au milieu de laquelle je distingue de temps à autre un terme juridique qui parvient à accrocher mon attention.

– Confidentialité totale… amplitude horaire variable en fonction de la charge de travail… taux horaire… frais divers… appréciation de stage… congé… responsable hiérarchique direct…

Je me redresse, fronce les sourcils, tente de me reprendre, malgré cette mèche de cheveux, ce triangle de peau douce dans l'encolure de la chemise, cette voix basse.

Mais qu'est-ce qui me prend ?

Je croise et décroise les jambes, mal à l'aise à l'idée qu'il puisse ne serait-ce que soupçonner la nature de mes pensées, alors même que je devrais être en train d'analyser chaque terme de ce contrat de travail.

– Et pour finir, la clause interdisant toute relation romantique ou sexuelle avec n'importe quel autre membre du personnel. Voilà, vous avez bien compris qu'on vous demande une confidentialité stricte et absolue ?

– Oui, dis-je en espérant ne pas rougir.

Son regard me transperce.

– Je ne plaisante pas. Pas de confidence au petit copain, pas de tweet pseudo-cryptique, aucune allusion nulle part à quiconque ! insiste-t-il, haussant un peu le ton.

– Je n'ai ni petit copain ni compte Twitter, réponds-je avant de me maudire immédiatement. Aucune fuite, pas un mot.

De nouveau, cette impression qu'il est à deux doigts de sourire.

– Vous travaillerez beaucoup. Le dossier sur lequel nous allons passer notre temps est dense, mais vous apprendrez énormément, ajoute-t-il enfin. Vous serez chargée de préparer les documents de travail, le dossier pour le tribunal, les comptes rendus de réunion ou d'entretien.

Je me mets à prendre fébrilement des notes pour me donner une contenance. Et échapper un peu à ses iris qui me vrillent le ventre.

– Vous avez déjà peur d'oublier quelque chose ? ironise-t-il presque méchamment.

– Non, excusez-moi.

Je me raidis dans le fauteuil, abandonne ma tablette sur le rebord de son bureau, tétanisée.

– Vous prendrez éventuellement mes rendez-vous et exécuterez toute autre tâche que je pourrais vous donner. Des questions ? demande-t-il en glissant vers moi les contrats et un stylo.

– Aucune.

Sans l'ombre d'une hésitation, je signe. Avec l'obscur sentiment que je viens de sceller mon destin.

C'est le cas, ma carrière potentielle dépend de ce stage.

– Parfait ! lance-t-il brusquement en se levant. Suivez-moi, on commence. Vous déposerez ces exemplaires à Selena en sortant.

Il sort du bureau sans même attendre que j'aie quitté mon fauteuil. Je me précipite à sa suite, ma pochette sous le bras, les contrats à la main.

Mais où va-t-il comme ça ?

Je jette pratiquement les exemplaires signés sur la banque d'accueil de Selena, qui est au téléphone. Elle me lance un regard interrogatif, je me contente d'un haussement d'épaules sans ralentir.

Si je m'arrête, il va prendre l'ascenseur sans moi.

Un peu plus et je m'estimerais presque heureuse qu'il n'ait pas déjà dévalé l'escalier de service pour aller plus vite ! Les portes de l'ascenseur s'ouvrent à l'instant pile où je rejoins Me Parker. Il s'efface pour me laisser passer. Mais compense son attitude courtoise par un geste vif de la main, afin de m'inciter à accélérer le mouvement.

J'ai postulé pour être assistante juridique, pas pour battre le record de vitesse du cinquante mètres !

Quand l'ascenseur amorce sa descente, l'espace me semble subitement très réduit. Je ne peux m'empêcher d'observer le profil de mon nouveau patron. Il est grand, comme je l'avais déjà remarqué, élancé, mais solide. Cheveux bruns bouclés coupés assez court, mais dont les mèches rejetées en arrière s'obstinent à retomber sur ses yeux bleu pâle. Visage sérieux, soigneusement rasé, avec une bouche sensuelle qui… Son regard me surprend.

Je détourne les yeux, mais trop tard pour ne pas rougir. L'air me paraît plus lourd, je me sens oppressée. Je fixe le mur devant moi, avec l'impression d'entendre la respiration de cet homme se faire plus laborieuse, comme s'il faisait lui aussi attention à ne pas se trahir. J'ai chaud. Ma peau crépite sous la tension, mon souffle s'accélère et mes paumes se font moites. Je résiste jusqu'à ce que je n'en puisse plus et lui jette de nouveau un regard. Les iris bleus me fixent toujours. J'avale ma salive avec difficulté.

L'expression de son visage n'est plus du tout indifférente ni ironique. Je devrais baisser les yeux, toussoter, faire semblant de chercher quelque chose dans mon sac ou prétendre que je dois envoyer un SMS urgent. Je ne bouge pas.

Lui devrait probablement cesser de me fixer comme

si plus rien d'autre n'avait d'importance. Il esquisse un geste vers moi, je me mords la lèvre inférieure. Son geste s'interrompt et la sensation de mes dents sur la chair tendre me réveille. Je fais un pas vers lui sans le quitter des yeux. Il s'avance aussi. C'est comme si nous étions, lui et moi, les deux pôles d'un même arc électrique. Souffle court, je sursaute quand, au neuvième étage, l'ascenseur s'arrête.

Deux personnes entrent à leur tour dans l'habitacle étroit. Je dois me décaler pour leur céder la place et me retrouve contre le miroir du fond. La sensation fraîche de la paroi me fait frissonner. Je regarde de nouveau Cole Parker. Il se tient droit, me tourne le dos, replace une mèche de ses cheveux d'un geste nerveux.

C'était moins une…

Je suis stupéfaite. Je ne connais rien de cet homme, à part son nom et sa profession, et moi, pourtant si raisonnable et si sage, j'étais prête à lui sauter dessus dans un ascenseur ! Et lui semblait ne pas pouvoir détacher ses yeux des miens.

C'est dingue.

Je profite des quelques secondes de répit que m'offrent les derniers étages pour reprendre le contrôle de mon rythme cardiaque. Mais je suis encore complètement sous le choc de ce qui vient de se produire quand nous arrivons au rez-de-chaussée.

Il sort le premier, les deux autres personnes foncent à sa suite et, une nouvelle fois, je dois presser le pas pour arriver à sa hauteur. Il se dirige vers la sortie sans se retourner pour s'assurer que je suis bien là.

Il pourrait quand même m'adresser la parole !

– Excusez-moi, mais où allons-nous ? demandé-je, désireuse de rétablir le contact.

– Au tribunal, pour une audience préliminaire, répond-il, lapidaire, sans ralentir ni m'accorder un regard.

Une audience préliminaire ? Super, mais laquelle ? À propos de quel cas ?

J'ouvre la bouche pour le lui demander, mais il siffle un taxi, qui s'arrête aussitôt devant nous. Il ouvre la portière, me fait signe d'entrer tout en me tendant une carte de visite. Je la saisis, perplexe, m'engouffre dans le véhicule. Sa façon de tout exécuter à toute allure me stresse, je ne peux faire autrement que de me caler sur son rythme.

Mais j'aimerais savoir quel est l'objectif de cette course contre la montre, quand même !

En attachant ma ceinture, je jette un œil à la carte que j'ai posée sur mes genoux. « Cole Parker, avocat d'affaires » est imprimé en relief, suivi de ses coordonnées téléphoniques et électroniques. Aucune adresse physique.

– Si vous avez besoin de me joindre, utilisez ce numéro. Mais faites-le avec discernement, ajoute-t-il d'un ton autoritaire.

Je ne suis pas idiote, merci.

Je n'ose pas répondre ce que je viens de penser et

décide de lui donner moi aussi ma carte de visite. Mais j'ai du mal à en extraire une de la petite poche intérieure de mon sac où je les range. Mes doigts tremblent un peu. La proximité de son corps sur la banquette arrière me trouble de nouveau. En revanche, lui semble totalement indifférent à la situation, désormais.

J'ai rêvé tout à l'heure ? Non, impossible.

– Voici aussi mes coordonnées, ce sera plus pratique que de devoir vous reporter à mon CV, dis-je avec un sourire.

– Vous m'enverrez un SMS signé, ce sera plus rapide et plus simple, rétorque-t-il sèchement.

Je me retrouve avec ma carte à la main, qu'il n'a même pas regardée. Je la range et sors ma tablette, plus pour me donner une contenance que pour prendre des notes.

– Rangez ça, m'ordonne-t-il abruptement. Et détachez vos cheveux, pour voir.

Je surprends un regard de la part du chauffeur de taxi, qui ajoute encore à la gêne que provoque en moi cette demande pour le moins inattendue. Je n'ai aucune envie de passer pour une fille à qui on peut donner des ordres de ce genre et qui obéit sans rien dire !

– Pardonnez-moi, monsieur Parker, mais je suis ici pour mes compétences professionnelles, pas pour faire un défilé, refusé-je un peu plus brusquement que je ne l'aurais voulu.

Les muscles de sa mâchoire légèrement anguleuse se crispent.

– Vous me trouvez comment ? me demande-t-il à brûle-pourpoint.

– Quoi ?

Encore un coup d'œil du chauffeur, auquel s'ajoute un petit sourire. Je me redresse, lance un regard outré à mon patron, qui ne semble pas plus gêné que ça de m'avoir posé cette question totalement inappropriée.

– Je me suis soigneusement rasé, je porte un costume sur mesure, commence-t-il à énumérer.

Il a perdu la tête.

– Quant à vous, vous avez probablement choisi ce tailleur, cette blouse et ces talons pour correspondre à l'idée que vous vous faites d'une assistante juridique crédible. Et vous avez sûrement attaché vos cheveux de cette manière pour tenter de vous vieillir un peu, poursuit-il.

Euh…

– Alors ? insiste-t-il d'un ton peu amène.

Je hoche vaguement la tête, n'ayant aucune envie de l'encourager, sans comprendre où il veut en venir.

– Donc vous avez conscience de l'importance des apparences dans la branche qui est la vôtre. Moi, je porte un costume impeccable et une cravate. Vous, vous allez détacher vos cheveux pour assumer efficacement le rôle que je veux vous voir tenir, assène-t-il avec fermeté.

J'hésite encore.

De quel rôle parle-t-il ?

– Sinon je pourrais facilement trouver une assistante qui n'a pas besoin que je parlemente pour exécuter mes ordres, ajoute-t-il froidement, en se mettant à lire quelque chose sur son smartphone.

J'attends quelques secondes, perplexe, mais il n'ajoute rien. Je comprends que, pour lui, le débat est clos. Soit je m'exécute, soit j'aurai probablement vécu le stage le plus court de toute l'histoire des études de droit. Tendue, je guette la réaction du chauffeur de taxi, mais ce dernier s'est totalement désintéressé de notre conversation pour se concentrer sur sa conduite.

– Est-ce que je peux au moins savoir sur quoi je vais travailler avec vous ? finis-je par demander. Et accessoirement pourquoi je dois me détacher les cheveux ?

– Non.

La réponse est sans appel. Je n'ai pas vraiment le choix. J'inspire un grand coup et retire une à une les épingles qui fixent mon chignon. Mes longs cheveux blonds se déroulent lentement. Je les rejette dans mon dos, le visage fermé.

Mon nouveau boss a abandonné son iPhone et ne se gêne pas pour observer le résultat de sa demande.

– C'est mieux, oui, murmure-t-il. Quand vous arriverez au tribunal, vous vous rendrez dans la chambre trois, où a lieu l'audience, et vous prendrez place parmi le public.

Le public ?

Mais j'ai compris qu'il ne me répondra pas pour le moment, donc je ravale mes questions et me contente d'enregistrer les consignes. Intérieurement, je bous.

– Vous ne manifesterez rien jusqu'à ce que la défense

décrive son client comme un bon père de famille, à la réputation sans tache, poursuit-il, imperturbable, sûr de lui. À ce moment et uniquement à ce moment, vous vous lèverez brusquement, comme sous l'effet d'un choc, et vous quitterez la salle en courant.

Je fronce les sourcils.

– Faites comme si vous étiez en train de fuir quelque chose. C'est compris ?

– Oui.

– Répétez ce que je viens de dire.

– Je prends place dans le public, chambre trois, j'attends que l'avocat de la défense dise que son client est irréprochable et je m'enfuis, récité-je mécaniquement, avec un subtil mélange de sérieux et de mauvaise volonté.

– Arrêtez-vous là ! ordonne-t-il au chauffeur, qui se gare le long du trottoir.

Il se penche au-dessus de moi, ses cheveux frôlent ma joue, je respire une bouffée de son eau de toilette légèrement épicée, cœur battant. Il ouvre la portière et se redresse.

– Allez-y, vous terminez à pied. Et prenez ça pour le retour, après votre prestation.

Il me fourre un billet de cinquante dollars dans la main et me fait signe de sortir. Outrée, je descends sur le trottoir, mon billet à la main, le mot « prestation » qui me résonne dans la tête, comme s'il venait de m'insulter.

– Alors ça, c'est la meilleure… soufflé-je, stupéfaite.

Me voilà, décoiffée, sans savoir en quoi mon « rôle »

a un quelconque rapport avec un stage d'assistanat juridique, mais certaine d'une chose : ce type confond « stagiaire » et « cruche ».

Je ne suis pas une cruche et il va bientôt s'en rendre compte, je m'en fais la promesse. Si ce stage ne m'était pas vital, j'aurais déjà remis mon boss à sa place, mais dommage pour moi, j'ai plus besoin de lui que l'inverse.

Et ce salopard le sait fort bien.

Je range mon billet, que lorgne déjà un homme en survêtement et pantoufles en forme d'abeilles – vive New York –, puis regarde autour de moi. Heureusement, j'aperçois le tribunal au prochain carrefour, situé à une petite centaine de mètres.

Je marche d'un bon pas, en ressassant mes griefs contre celui que j'aperçois, au loin, descendre du taxi et monter le grand escalier extérieur quatre à quatre.

– Mais bien sûr, maître, grommelé-je avec une intonation faussement obséquieuse. Vos moindres désirs sont des ordres, maître… C'est ce qu'on va voir, tiens !

Rageuse, j'arrive au tribunal en quelques minutes. Mes pieds souffrent le martyre dans mes nouveaux escarpins.

– Mais s'il plaît au maître que nous marchions, nous marchons, grincé-je, de plus en plus énervée.

Un jeune garde, posté à l'entrée de la chambre trois, me jette un regard soupçonneux. Je me reprends et souris poliment.

– Problème de taxi, lancé-je avec un sourire d'excuse.

Son visage reste immuable, puis il me sourit en retour.

Ouf, je ne serai donc pas internée tout de suite.

Je prends le temps de regarder la feuille affichée à l'entrée de la salle.

Audience préliminaire.
Pintoro contre Carrington.

J'entre et m'assieds donc sur un des bancs en bois foncé. Le public est clairsemé, composé de gens en costume ou tailleur et de quelques journalistes, reconnaissables à leur bloc-notes et smartphone sur fonction enregistreur, qu'ils brandissent déjà vers les places réservées aux plaignants et défenseurs. Je suis tentée de demander à mes voisins de quelle affaire il s'agit, mais je devine que le scénario qu'on m'a attribué ne laisse aucune place à l'improvisation.

De plus « maître Cole Parker » est déjà à sa place, aux côtés d'une jeune femme élancée, métisse, aux cheveux noirs coupés très court et aux grands yeux de biche. Vêtue d'un col roulé gris sous une veste de tailleur noir, elle semble faire très attention à ne pas regarder en direction de l'autre camp. Mon nouveau boss lui parle avec une expression amicale que je lui découvre et qui adoucit incroyablement son visage. Comme s'il avait senti le poids de mon regard sur lui, il tourne légèrement la tête dans ma direction, mais c'est comme si j'étais transparente à ses yeux. Un curieux pincement se manifeste au creux de mon ventre. Pour chasser cette sensation que je préfère ignorer, je dirige mon attention vers l'autre partie.

Surprise : le visage de l'accusé ne m'est pas totalement inconnu. D'après ce que je sais, nous sommes du côté de l'accusation, donc l'homme s'appelle Carrington. Il a cet air typique du beau gosse américain.

Même s'il ne possède pas de regard bleu glacier.

Je m'agite sur mon banc et plisse les yeux pour m'aider à me concentrer. L'accusé est un homme de taille moyenne, aux épaules carrées, les cheveux courts, blond foncé, les yeux gris, le sourire charmeur. On l'imagine volontiers étudiant à succès. Le genre à sortir avec la capitaine des pom-pom girls, mais à épouser la fille de son patron.

Mais oui ! William Carrington ! Fils de Georges Carrington, qu'il a remplacé en tant qu'associé au sein du cabinet Vaughn, Fitzpatrick & Carrington !

Je sens ma bouche s'ouvrir de stupéfaction. Ce type est l'un des avocats les plus en vue de l'État, un jeune requin issu d'une lignée d'avocats réputés et au bras long. Et, évidemment, il a épousé la fille de l'un des associés principaux de son père, qui n'est pas avocate, mais décoratrice d'intérieur. Les avocats qui l'entourent aujourd'hui sont Barbra Fitzpatrick, dont j'aurais dû reconnaître les cheveux roux et le sourire énigmatique et… quelqu'un que je ne connais pas, en revanche.

Barbra Fitzpatrick, le « F » de VFC Lawyers.

Je sais tout ça parce que j'ai postulé chez Vaughn,

Fitzpatrick & Carrington et que j'avais fait des recherches sur eux pour ça. Hélas, personne n'a daigné me répondre.

Je me cale contre le dossier en bois. Toute ma mauvaise humeur s'est envolée. Je suis sur le point d'assister à une bataille que je pressens épique. Et je suis aux premières loges.

Quand le président fait son entrée, j'ai le cœur qui bat comme si c'était moi qui me trouvais sous le feu des projecteurs. La salle se lève comme un seul homme. Celui qui préside est Alistair Jackson, un grand Afro-Américain d'une cinquantaine d'années, au visage expressif. Je ne connais malheureusement pas sa réputation, mais je sens parmi le personnel une vague de respect. Il serre discrètement la main du policier qui lui ouvre la porte, avant de prendre place.

Tout le monde se rassied et l'audience débute. Le président Jackson expose les tenants et les aboutissants du dossier, dont je comprends alors les ramifications.

Me Parker défend Eva Pintoro, ancienne assistante juridique au sein du célèbre cabinet VFC Lawyers.

Autrement dit, le cabinet qui a conclu l'accord financier avec la TEC, faisant au passage perdre la possibilité d'une énorme action collective à Brevitz & Cie.

Je fronce les sourcils, plus qu'attentive. Le président poursuit d'un ton monocorde, comme si tout ça ne l'intéressait nullement. Eva Pintoro accuse l'un des avocats associés du cabinet, Me William Carrington

– troisième du nom, donc –, de l'avoir sexuellement harcelée durant plusieurs mois. Compte tenu de sa position au sein de VFC Lawyers, c'est tout le cabinet qui joue sa réputation sur ce procès. Donc Brevitz & Cie a aujourd'hui l'occasion de battre VFC, qui lui a précédemment fait mordre la poussière !

L'enjeu est énorme !

– Monsieur Carrington, vous avez décidé de plaider…

Je note mentalement que le président l'a appelé « monsieur » et non « maître ». Est-ce un signe de désaveu ou simplement parce qu'il est ici en tant qu'accusé et non en tant qu'avocat ? L'avenir nous le dira. Dans un procès comme celui-ci, chaque signe, chaque tic de langage, chaque expression du visage est interprétable. Les avocats défendent leurs clients et cherchent en même temps à sentir dans quelle direction va l'opinion de ceux qui décideront du verdict.

Me Fitzpatrick se lève, altière.

– Non coupable, Votre Honneur, répond-elle sur le ton de l'évidence, avec un mouvement d'épaules.

Tout dans son attitude semble dire « enfin, nous savons tous ici que mon client est un avocat réputé et, de ce fait, ne peut avoir commis ces actes dont on l'accuse ». Cole Parker, la main droite posée sur l'avant-bras de sa cliente, ne manifeste aucune réaction jusqu'à ce que ce soit son tour de s'exprimer. Il se lève, après un sourire adressé à Eva Pintoro.

– Nous maintenons bien évidemment notre accusation.

Ce n'est pas parce que M. Carrington… Je parle bien évidemment de William, fils de Georges et beau-fils d'Abraham Vaughn du célèbre cabinet d'avocats Vaughn, Fitzpatrick & Carrington, récite-t-il ironiquement.

– Votre Honneur ! proteste l'avocate de la défense, outrée.

– Maître Parker, soupire le président. La cour voit parfaitement où vous voulez en venir en énonçant ces faits, mais veuillez aller droit au but, je vous prie.

– Avec plaisir.

Je jette un regard vers les douze jurés. Il y a six femmes et six hommes, une parité exemplaire ! Les femmes semblent particulièrement attentives à ce que va dire l'accusation, me semble-t-il. Parmi les hommes, trois ont les bras croisés, deux fixent Eva et un regarde ses pieds.

Il dort ?

– Nous démontrerons que M. Carrington ici présent a pour habitude de faire des avances plus ou moins voilées à ses collaboratrices et ses subordonnées, déclame Me Parker. En raison de sa position d'associé principal et de fils du fondateur du cabinet dans lequel les faits ont eu lieu, ce jeune homme semble considérer que « non » n'est pas une réponse admissible.

– Allégation, lance Barbra Fitzpatrick, surjouant la lassitude.

– Hum… émet le juge, sans bouger davantage.

Cole Parker ne se démonte pas et poursuit comme si

rien ne l'avait interrompu. Il est toujours près d'Eva Pintoro, très droite, qui ne tourne jamais la tête vers le banc des accusés. De mon côté, je ne sais même pas si le président vient d'accorder l'objection ou de la rejeter. La sténo prend des notes sans discontinuer.

– M. Carrington est un avocat réputé, doué. Il sait ce qui est condamnable. Il sait ce qui serait susceptible d'être retenu contre lui. Il sait éviter les faux pas, ce qui rend ses actes difficiles à prouver ! Mais pas impossibles.

L'avocat d'Eva Pintoro laisse le silence s'installer quelques secondes. Je vois quelques femmes se redresser. L'une des jurés, une sorte d'Amy Winehouse un peu ronde, le dévore littéralement des yeux. C'est vrai que sa prestance et l'attention qu'il porte à sa cliente forment une combinaison plutôt séduisante.

– C'est ce que je m'emploierai à vous démontrer, Votre Honneur, ainsi qu'à mesdames et messieurs les jurés. Et bien sûr à mes collègues, ajoute-t-il, un brin narquois. Ceux-ci ont d'ailleurs proposé un accord financier ridicule à ma cliente, dans l'espoir d'éviter un procès ! Mais ce n'est pas de l'argent que nous voulons, c'est la vérité ! D'autant que je suis prêt à parier que Mlle Pintoro ne sera sans doute pas la seule à apporter son témoignage…

– Oh ! Votre Honneur ! Allégation ! Soit vous avez des témoins, soit vous n'en avez pas ! bondit Fitzpatrick, dissimulant mal sa fureur. Ne faites pas de promesses que vous ne pourrez pas tenir !

– Ne me sous-estimez pas, répond-il calmement, avec un sourire en coin.

– Bon…

Le juge a simplement grommelé, mais c'est comme si le tonnerre venait de rouler dans la salle d'audience. Le silence se fait. Si VFC Lawyers a tenté d'obtenir un arrangement, c'est peut-être qu'ils savent que William Carrington a des choses à se reprocher. Mais il y a aussi le fait qu'il soit associé principal et que son nom figure sur la plaque ! S'il s'était agi d'un simple collaborateur, un avocat junior, il est clair que le cabinet se serait désolidarisé aussitôt. Là, c'est impossible pour eux. Ils doivent impérativement gagner ce procès et innocenter Carrington.

Cole ne perd pas son assurance, il attend, debout, le dos droit, son regard soutenant calmement celui du président de la cour. J'ai du mal à détacher mes yeux de son visage.

– Je passe la parole à la défense, annonce lentement le président Jackson, comme s'il s'ennuyait au plus haut point. Rasseyez-vous, maître.

– Merci, Votre Honneur, fait Me Fitzpatrick d'un ton pincé, en se levant brusquement. Les accusations proférées à l'encontre de mon partenaire professionnel sont tout bonnement grotesques. Ainsi que l'a souligné l'accusation, Me Carrington est…

– Monsieur Carrington, la coupe le juge.

Barbra Fitzpatrick se fige, mais elle ne joue pas

l'étonnée. Elle sait parfaitement ce que lui signifie ainsi le magistrat : que dans son tribunal, son « partenaire professionnel » n'est pas là en tant qu'avocat, mais en tant qu'accusé.

– M. Carrington est avocat, et bon avocat, reprend Barbra Fitzpatrick. Il connaît la loi et a le sens et le respect de la justice. Il a aussi un grand sens moral !

Elle se tourne vers la plaignante, qui refuse toujours toute interaction.

– William Carrington est un professionnel estimé, mais aussi un jeune père de famille irréprochable. C'est pourquoi…

À moi de jouer !

Je me lève sans réfléchir, les yeux baissés. J'ai trop peur que le président ne m'interpelle. Je ne regarde rien ni personne, j'ai seulement conscience d'un léger brouhaha alors que je me précipite à l'extérieur de la salle d'audience. J'entends les coups de marteau du président, qui réclame le silence. Me Fitzpatrick a déjà repris la parole avant que je ne referme la porte derrière moi, mais ma sortie l'a perturbée.

Le cœur battant, je me dirige au pas de course vers la rue et hèle un taxi pour retourner au cabinet, comme convenu. Durant le trajet, j'envoie un SMS à mon nouveau boss pour lui demander s'il souhaite que je fasse quelque chose de précis en attendant son retour.

Préparer un dossier ? Ouvrir son courrier ? Taper une lettre ? Tailler des crayons ?

Évidemment, je n'ai aucune réponse, mais j'imagine que cette audience ne va pas durer des heures. J'espère vraiment qu'on aura la date du procès à la fin ! Le dossier, compte tenu du fait qu'il y a deux cabinets chargés de plaider, est énorme et ultra-intéressant pour une étudiante en droit. VFC peut y perdre sa réputation et une partie de son capital puisque l'accusé est l'un des associés principaux. Et lorsque VFC a fait signer un accord entre la TEC et les plaignants, ils ont privé Brevitz & Cie de la possibilité d'une action collective à plusieurs millions de dollars ! Ce qui a aussi impacté la crédibilité de Brevitz… Ça va être un affrontement incroyable et je n'en raterai pas une seule seconde !

5

DE LA SURVIE EN MILIEU HOSTILE

Hazel

Une fois arrivée au bureau, je retrouve Selena, à l'accueil, qui s'étonne de me voir revenir si tôt et… sans Cole Parker.

– Il y a eu un souci ? me demande-t-elle en chuchotant.

– Pas que je sache, réponds-je. Euh… Tu sais dans quel bureau je dois travailler, par contre ?

– Personne ne m'a rien dit, me répond-elle d'un ton hésitant.

Super.

– Bravo pour la prestation du jour, me lance alors Leonard depuis son bureau.

Je grimace intérieurement en entendant une nouvelle fois ce mot, étonnée qu'il semble au courant de ma sortie dramatique.

Alors... ils en avaient parlé tous les deux avant?

– Cabinet Brevitz & Cie, bonjour. Selena, à votre service, roucoule la standardiste qui ne m'écoute déjà plus.

Je me dirige vers l'avocat principal qui affiche un sourire satisfait totalement inédit pour moi. Il agite son iPhone, puis le pose sur son bureau couvert d'un nombre toujours plus important de tasses vides.

– J'ai eu un message de Me Parker, votre sortie a eu l'effet escompté! Vous avez déstabilisé l'assistance et mis à mal la stratégie de cette chère Barbra!

J'ai déstabilisé l'assistance? C'était donc ça, le but de cette mise en scène! Comment ai-je pu ne pas le comprendre tout de suite?

Il a prononcé le prénom de sa concurrente avec un serrement de dents qui ne laisse aucun doute quant aux sentiments qu'il lui porte. Pour ma part, les sentiments qui m'animent à cet instant ne sont pas beaucoup plus amicaux à l'encontre de ce « cher Cole Parker »!

Vu la nature du procès, mon âge et mon sexe, ma sortie de l'audience au moment où l'avocate de la défense dépeignait son client en bon père de famille au-dessus de tout n'avait qu'un objectif: faire penser à tous que j'étais une jeune maîtresse bouleversée d'apprendre qu'elle avait brisé un mariage. Ou apeurée de se faire démasquer. Peu importe: mon boss vient de me faire passer pour une briseuse de mariage, juste pour semer le trouble dans l'esprit du juge et des jurés ! Ce n'est pas illégal, mais on frôle les limites.

Et moralement, c'est franchement discutable.

Visiblement, toutes ces questions éthiques n'ont aucune importance pour le fondateur de Brevitz & Cie. Ce qui compte, c'est l'effet obtenu ! Mal à l'aise, je me tiens debout devant lui, sans savoir quoi répondre. Je n'ai pas envie de le remercier, ce qui laisserait entendre que je cautionne leurs méthodes. Mais je ne peux pas non plus prendre le risque de désapprouver clairement les choix stratégiques d'avocats expérimentés. Surtout s'ils peuvent mettre un terme à mon stage de fin d'études.

Autant dire qu'ils ont le droit de vie ou de mort sur ma potentielle carrière d'avocate.

Je ravale donc mes objections pour le moment, mais me promets intérieurement de ne plus accepter de jouer un quelconque rôle dans un procès sans en connaître les tenants et les aboutissants. Quand bien même mon boss est particulièrement brillant.

Et sexy.

– Tout va bien ? Vous ne répondez rien, s'étonne soudain Leonard Brevitz.

– Oh, pardon, je vais parfaitement bien, réponds-je, les joues en feu. Je me demande juste où se trouve mon poste de travail.

– Ah oui, ça ! Allez voir Penelope, elle vous expliquera, me lance-t-il négligemment, avant de se détourner de moi.

OK, l'entretien est terminé, donc.

Je retourne voir Selena, que je suis à deux doigts de considérer comme mon phare dans la tempête ! Heureusement, elle me fait un clin d'œil en me voyant revenir vers elle.

– Dur, le premier jour, hein ? me demande-t-elle.

– J'ai vécu des moments plus simples, je confirme, réponds-je avec un petit sourire. Tu pourrais me dire où se trouve Penelope, s'il te plaît ? Elle sait apparemment où je vais m'installer.

– Sans doute avec elle, son bureau est grand, réfléchit Selena à haute voix. Tu la trouveras derrière toi, troisième porte sur la droite !

– OK, merci !

Toujours chargée de mon sac, je me dirige vers la porte en question. Penelope est devant son bureau, qui supporte une pile de dossiers imprimés, un ordinateur et un vase rempli de tulipes roses. À l'autre bout de la pièce, un second bureau, simplement muni d'un ordinateur. Le visage fermé, un stylo à la main, Penelope semble remplir les cases d'une fiche posée à côté d'elle. Je frappe doucement, elle relève la tête.

– Oui ? demande-t-elle d'un ton sec.

– Apparemment, nous allons partager notre bureau, annoncé-je avec un sourire d'excuses.

Elle me fixe silencieusement durant plusieurs secondes qui me paraissent une éternité, puis retourne à sa tâche mystérieuse sans rien répondre.

La convivialité, c'est vraiment son point fort.

Je ne me démonte pas et m'installe. J'ai survécu à un entretien express, un changement de tuteur pour mon stage, une expérience étrange dans un ascenseur, une mission à la limite de la légalité et à l'absence totale de réponse de la part de l'avocat que je suis censée assister ! Donc l'indifférence d'une collègue, c'est presque un détail. Presque, parce que sa froideur ostensible me met quand même un peu mal à l'aise. D'ailleurs, après une vingtaine de minutes, que j'ai mises à profit pour m'installer, allumer mon ordinateur et fouiller un peu l'intranet, je me retrouve totalement désœuvrée et décide de rompre la glace.

– Je travaille avec Me Parker, lancé-je. Tu le connais ? Tu as peut-être déjà été son assistante ?

Pas de réponse. Je tourne la tête et fixe Penelope en souriant jusqu'à ce qu'elle ne puisse plus m'ignorer.

– Il a la réputation d'être brillant et il travaille sur le plus gros dossier du cabinet depuis le procès contre la TEC, finit-elle par répondre, après un soupir. Avec toi, donc.

Sa dernière précision, ajoutée d'un ton glacial, m'éclaire sur la raison de son attitude. Nous allons devoir nous côtoyer durant plusieurs mois, alors autant crever l'abcès tout de suite.

– Et c'est un souci ?

Cette fois, je n'ai pas besoin d'attendre pour obtenir une réaction.

– Quoi ? reprend Penelope avec une expression d'incompréhension totale.

– Que je travaille avec Me Parker sur le plus gros dossier du cabinet, c'est un souci ? précisé-je, très calme.

– Pour Me Parker, pas avec Me Parker, me corrige-t-elle avec hauteur.

– Et donc, c'est un souci ? insisté-je, sans réagir à sa provocation.

– Disons que j'ai du mal à comprendre pourquoi une simple stagiaire travaille sur CE dossier, alors que je me retrouve à faire du classement alphabétique pour une associée qui n'est même pas là ! rétorque-t-elle.

À sa place, je serais probablement aussi excédée par cette situation. Mais je n'y suis pour rien et je n'ai aucun pouvoir pour y remédier.

– Je suis désolée, mais je ne comprends pas non plus et, en prime, je sais à peine de quoi parle ce dossier, je n'ai pas encore eu accès aux documents qui le concernent, personne ne m'en a rien dit, tu es la première à m'en parler !

De nouveau, elle soupire et lève même les yeux au ciel. Je ne relève pas, mais j'avoue que son attitude commence à m'agacer un peu.

– Va dans la base de données générale depuis ton ordinateur, tu auras les documents en libre accès, me conseille-t-elle de mauvais gré. Ton dossier est le dernier créé.

Donc elle est allée jeter un œil récemment.

– Super, merci encore, Penelope ! dis-je, résolue à rester diplomate.

– C'est ça, oui… marmonne-t-elle avant de quitter la pièce.

Je reste impassible puis, lorsque je suis certaine qu'elle est hors de portée, je souffle un bon coup et fais quelques mouvements de bras, pour détendre mes épaules contractées.

Quelque chose me dit que ça ne va pas être de tout repos, ici.

6

TOUT ARRIVE, MÊME LE PIRE

Cole

La lumière de mon penthouse s'allume sitôt ma présence détectée par les capteurs. Sur la table basse du salon, les journaux et magazines d'actualité ont été placés comme d'habitude. Je jette mes dossiers sur le sofa en cuir, me sers un bourbon, que je déguste face à la ville. Mon quarantième étage m'offre une vision panoramique de New York. Il y a encore quelques années, j'aurais juré que je ne m'en lasserais pas.

Tout arrive, même le pire.

Je me déchausse, goûtant le contact frais du béton brossé sous mes pieds. Mon verre à la main, je m'assieds sur le sofa, jette un œil distrait au premier magazine de la pile. Un visage attire mon attention. Mon père…

La première réflexion qui me vient à l'esprit, c'est qu'il a vieilli depuis la dernière fois que je l'ai vu.

Depuis que je l'ai attaqué pour captation d'héritage, pour être exact.

L'article évoque une soirée mondaine de la côte ouest, un dîner caritatif quelconque, organisé par un autre millionnaire désœuvré, souhaitant donner des gages à ses pairs, solidifier son réseau et s'assurer de la solvabilité de ses partenaires.

Je ricanerais presque si je n'étais pas écœuré par ce milieu et mon propre géniteur. Quand on sait comme moi qu'il a vidé la propriété et soldé les comptes bancaires de sa propre mère, alors que celle-ci était mourante, afin de s'approprier ce qu'elle comptait me léguer… Il y a de quoi remettre sa générosité en perspective !

Sur la photo, mon père et un de ses semblables s'affichent, sourire aux lèvres, champagne hors de prix à la main, dans un lieu chargé de meubles et d'objets probablement choisis par une personne rémunérée pour avoir du goût à leur place. Par contraste, mon appartement ressemble sûrement à une clinique, hormis les quelques plantes vertes qu'on arrose pour moi. C'est étrange de voir le visage de mon père ainsi changé. Les poches sous les yeux, les cheveux clairsemés, la peau flasque… Il ressemble encore davantage à un inconnu, ainsi marqué par les années. C'est d'autant plus étrange que j'ai souvent l'occasion de voir des photos de ma mère qui, elle, a l'air de rajeunir à mesure que le temps passe.

Ce qui pourrait constituer une curieuse version matrimoniale du Portrait de Dorian Gray.

Je jette le magazine sur le sol. Dehors, la pluie gifle les baies vitrées de mon appartement. Je laisse mes pensées vagabonder et, immanquablement, comme chaque fois depuis que je l'ai aperçue, elles me ramènent à cette fille.

Hazel Rivendale.

L'image qui me revient, ce soir, est celle de ses longs cheveux blonds qui se balancent dans son dos, alors qu'elle quitte précipitamment la salle d'audience, sans un regard derrière elle. Comme si elle me fuyait.

Je délire.

En tout cas, ce stratagème a fonctionné à merveille. Je bois une gorgée de liquide ambré pour fêter cette petite victoire. Le regard furieux de Carrington, en comprenant que j'avais organisé cette diversion pour semer le doute dans l'esprit des jurés et avec un peu de chance dans celui du juge, valait largement le risque pris. Cette première manche s'est conclue à notre avantage, puisque le procès aura lieu bientôt. D'entrée de jeu, ma présence les a déstabilisés. Ils attendaient Leonard. C'est la seule raison pour laquelle cette petite ordure de Christopher Lincoln était présente. Ils espéraient mettre Leonard hors de lui ou, au moins, le déstabiliser.

La trahison ne paie pas indéfiniment.

De nouveau, passe la silhouette de Hazel. Hazel… Un prénom comme un soupir. Un regard bleu-vert, des seins que j'ai envie de découvrir.

Je pose mon verre brusquement. Pour la première fois depuis longtemps, je n'arrive pas à m'ôter une femme de la tête.

Je veux cette fille. Je ne devrais pas, mais je la veux. Leonard vient de me confier le dossier le plus risqué de sa carrière, l'avenir de son cabinet est lié au verdict que je serai capable d'obtenir, je dois être concentré et, en prime, je travaille presque sous ses yeux. Tous les ingrédients sont là pour provoquer une catastrophe économique et humaine.

Peut-être que c'est ce que je cherche : faire exploser une bombe H dans ma vie.

Je ne peux même plus demander à Leonard de m'attribuer une autre assistante, il me poserait des questions, risquerait d'avoir des doutes. Lui et moi partageons énormément de choses, professionnellement et… personnellement. Mais depuis ce drame qui nous lie, il est hors de question pour moi de lui parler de ma vie privée. Nous sommes amis, mais il ne sait rien de mes aventures d'un soir ou d'une semaine. Rien depuis elle.

Je ne dois rien laisser paraître. Je dois étouffer ces pensées, ce désir. Cette fille est juste mon assistante juridique, rien qu'une stagiaire au regard bleu-vert.

Putain de merde !

Je me lève, rageur. Je vais devoir poser des limites claires, à elle comme à moi. C'est injuste pour cette jeune femme, mais ça vaut mieux. J'espère simplement que la fêlure que je perçois chez elle, dissimulée derrière sa droiture et la volonté qu'elle affiche, ne l'empêchera pas de tenir le coup. À cause des démons qu'elle vient de réveiller en moi, il lui faudra énormément de ténacité pour supporter ce qui l'attend. Je secoue la tête, regrettant de l'avoir réclamée à Leonard. Hélas, je ne peux plus revenir en arrière. Je me sers un second verre, exceptionnellement, et le vide d'un trait.

Quelques minutes plus tard, je suis en train de cogner comme un sourd dans le sac de frappe installé dans ma salle de sport privée.

7

FATALE ATTRACTION

Hazel

Je sors de la salle de bains quand je croise Esther, qui rentre à peine. Les cheveux collés par une matière étrange, elle me lance un sourire exténué, le visage marqué par la fatigue, ce qu'accentue encore son mascara qui a coulé.

– Euh… Tu sais que tu as des cernes de raton laveur ? lui demandé-je.

– Et de l'omelette dans les cheveux, je sais, me rétorque-t-elle en haussant les épaules.

– Qu'est-ce qui t'est arrivé ?

Je suis légèrement inquiète. Elle était payée pour faire une performance artistique dans un club. Peut-être la nuit a-t-elle mal tourné ? En plus, il flotte autour d'elle comme un parfum de fruits gâtés ou de lait tourné.

– La routine, c'était une perf de *sploshing*, me répond-elle en se dirigeant vers la cuisine.

– De quoi ?

Esther passe machinalement les doigts dans ses cheveux, grimace et se précipite pour se laver les mains dans l'évier.

– Du *sploshing* : en gros, ça consiste à s'étaler de la nourriture sur le corps, avec quand même une chorégraphie scénique signifiante. Ce soir, je devais faire un truc un peu érotique.

– Hum, hum…

– Bon, j'ai choisi de leur concocter plutôt une critique bien sentie de la surconsommation de produits industriels, me confie-t-elle avec fierté. Le patron était complètement défoncé, il n'a rien compris, mais une des barmaids a parfaitement pigé, elle.

– Mince, tu as perdu un client, alors ?

– Penses-tu ! Le patron veut que je revienne et la barmaid était morte de rire, m'explique Esther. En revanche, vu que je n'ai utilisé que des produits périmés récupérés à l'épicerie du coin, l'odeur était un peu… bizarre, au bout d'un moment.

– Je confirme, appuyé-je en fronçant un peu le nez.

– Ah oui, à ce point ? Mince.

Esther se renifle l'épaule, fait une légère grimace, puis se verse un verre d'eau qu'elle boit d'un trait.

– Et sinon, ta première journée de boulot, hier ? On ne s'est pas croisées depuis ton départ et tu n'as pas donné de nouvelles !

– Maman, c'est toi ? demandé-je en fronçant les sourcils.

Esther pouffe.

– Arrête, je m'intéresse à ma chère colocataire, j'ai le droit ! proteste-t-elle.

– Absolument ! Eh bien, écoute...

J'hésite un instant.

Par quoi commencer ? L'épisode troublant de l'ascenseur ou l'épisode embarrassant du taxi ? L'épisode douteux du tribunal ?

– Je suis... mitigée, avoué-je. L'ambiance du cabinet est un peu bizarre, je ne peux pas dire que je me sens accueillie à bras ouverts.

– OK... Et ton boss ?

– L'associé principal du cabinet est un accro au café qui semble toujours complètement survolté, je ne suis même pas sûre qu'il se rappelle mon nom.

– Tant qu'il se rappelle le montant qu'il doit te payer, me coupe Esther, pragmatique.

– Et l'avocat que je suis censée assister m'a fait jouer un rôle assez éloigné de ce que j'imaginais être mon travail, dis-je en préférant rester évasive.

Je suis tenue par une clause de confidentialité, je ne voudrais pas laisser échapper une information sensible par mégarde.

– Ah oui ? Genre, c'est un original, un type excentrique et imprévisible, comme dans la vieille série, là, *Ally McBeal* ?

– Non, il ne ressemble à aucun des personnages.

Il est mille fois plus sexy.

– À qui il ressemble ? Que je me fasse une idée.

Je soupire, cherchant dans ma mémoire un acteur ou chanteur quelconque, mais le seul nom, le seul visage, la seule stature auxquels je peux penser pour le décrire, c'est tout simplement lui.

– Je ne sais pas trop, il est grand, la trentaine, j'imagine, brun, les yeux bleus, plutôt pas mal, énuméré-je d'un ton indifférent.

– Un beau gosse trentenaire en costume ! se réjouit Esther. J'aimerais tellement avoir ce genre de mec dans mon carnet d'adresses, ça me fait fantasmer ! Tu l'imagines, complètement nu, avec juste sa cravate hors de prix ?

– Non !

Maintenant, si.

– Ça, ça s'appelle un strip-teaseur et ça n'est pas du tout la même activité ! protesté-je en riant pour dissimuler ma gêne.

– Dommage… soupire ma colocataire. Et à part le caféinomane et le sexy cravaté, d'autres mecs intéressants ?

Je me tais. Non seulement je n'en ai aucune idée, mais surtout j'ai du mal à aligner trois pensées cohérentes, puisque je n'arrête pas de me demander à quoi ressemblerait mon supérieur hiérarchique sans son costume sur mesure.

Merci, Esther, vraiment.

Je toussote, puis saisis ma pochette afin de mettre fin à mon calvaire intime.

– Je n'ai pas trop le temps de te décrire l'intégralité des employés masculins de Brevitz & Cie, expliqué-je. Je voudrais arriver assez tôt pour terminer de potasser le dossier sur lequel je suis censée travailler sans qu'on m'en dise rien !

– Quel genre de dossiers ?

Je grimace, puis lève les mains.

– J'aimerais pouvoir te raconter, mais je suis tenue de garder le secret.

– Un boss sexy, une mission top secret, c'est classe !

– Oui, enfin si tu connaissais la teneur de l'accusation, tu ne dirais pas ça.

C'est glauque et, en plus, l'accusé est un avocat associé du plus gros cabinet de la ville et un concurrent direct de celui où je fais mon stage…

– Je peux juste te dire qu'il y a des implications pour le cabinet, précisé-je tout de même. S'ils perdent ce procès, ça leur coûtera leur réputation et donc… leurs clients. Autant dire que je me retrouve directement plongée dans le grand bain, sans passer par la case diplôme !

– Mais ça craint, ça, non ? réagit Esther, inquiète pour moi.

– Non ! C'est une super expérience, mais ça me met encore plus la pression : ce stage est indispensable pour avoir mon diplôme et j'ai une occasion en or pour acquérir une véritable expérience professionnelle. Si je réussis, c'est le jackpot, mais si je me plante, alors là…

– C'est quitte ou double, quoi. Sinon, les gens sont sympas ?

Je hausse les épaules.

– Ça dépend qui. Ça pourrait être chouette, il y a une salle de sport et tout, mais…

– Une salle de sport ! On ira ? Ce serait marrant !

Esther voit mon hésitation et me fait aussitôt sa fameuse interprétation du chiot très mignon qui veut un câlin. Elle penche la tête sur le côté, ouvre grand ses yeux de biche et émet des couinements suppliants.

Le pire, c'est que ça marche.

– Arrête d'essayer de m'attendrir, protesté-je. Je ne suis pas sûre d'avoir le droit d'y emmener quelqu'un d'extérieur au cabinet.

– Si on ne t'a pas dit que c'était interdit, c'est que tu peux ! affirme-t-elle.

– Je vais quand même me renseigner avant, histoire de suivre la règle.

– Poule mouillée !

Je secoue la tête, entre amusement et agacement.

– Pour une future avocate, transgresser les règles, ce serait un peu le comble, tu ne crois pas ? lui demandé-je. Je te rappelle que ce stage est pour ainsi dire une question de vie ou de mort pour moi. Sans lui, pas de diplôme, pas de réseau, pas de carrière !

– On parle de faire essayer une salle de sport à ton amie et colocataire adorée, pas de vendre des faux papiers.

Oui, enfin, mon boss m'a déjà demandé de me faire passer pour une supposée maîtresse de l'accusé, n'en rajoutons pas.

J'hésite même un instant à en parler à Esther, mais je ne peux pas. De toute façon, elle a les yeux dans le vague, son verre vide à la main… Le sommeil est en train de gagner la bataille.

– Tu devrais aller dormir, non ?

– Oui. Tiens, au fait, j'ai gagné la moitié de ma part du loyer avec cette performance ! On a presque toute la somme !

– Super nouvelle, confirmé-je, sincèrement soulagée. Bonne journée, je file !

– Dors bien, toi aussi.

J'esquisse un sourire et quitte l'appartement, bien décidée à ce que cette journée commence mieux que la précédente.

***

Comme je l'espérais, j'arrive au cabinet juste après Selena. Il n'y a que nous deux dans les bureaux. J'ai eu le temps d'acheter un café caramel pour elle et moi… ainsi que pour Penelope.

J'espère qu'elle comprendra que je souhaite repartir d'un bon pied avec elle.

Je plonge sans attendre dans l'examen du dossier de harcèlement sexuel chez VFC Lawyers. Je veux comprendre et mémoriser tout ce que nous avons déjà, afin d'être le plus efficace possible.

Et aussi d'avoir tous les arguments pour éviter que Me Parker ne me croie simplement bonne à agiter les cheveux.

Je suis compétente et je tiens à ce qu'il le sache. Je prends une inspiration pour chasser de nouveau la vision que ma colocataire a réussi à m'injecter dans le cerveau.

Esther... Je t'adore, mais il y a vraiment des moments où je te déteste.

Je me replonge dans le dossier. Je crois qu'il s'est bien passé une heure quand Penelope fait son apparition. Elle s'assied, d'abord sans me dire bonjour, puis remarque le gobelet sur son bureau.

– Bonjour, Penelope. Ce doit être tiède, maintenant, mais le café caramel supporte une température un peu plus basse, non ? dis-je avec un sourire.

Ceci est un drapeau blanc, chère collègue.

Elle me regarde, clairement déstabilisée, et esquisse un sourire poli.

– OK, bonjour, merci, je... Oui, tiède, ça ira, balbutie-t-elle, avant de prendre place dans son fauteuil.

– Super ! On pourrait essayer de déjeuner ensemble,

cette semaine, si on trouve le temps ? demandé-je, pleine d'espoir.

– Ça m'étonnerait que je puisse, me répond-elle sans même tourner la tête vers moi.

La détente a été de courte durée. Je soupire discrètement. Quelques minutes après, c'est Cole Parker qui fait son entrée dans les bureaux, le col de sa chemise bleu ciel déboutonné sous le veston noir de son costume. Il marche d'un bon pas, sa cravate à la main, insupportablement beau. Je fixe le morceau de tissu, sans pouvoir en détacher les yeux. On dirait que l'univers s'est mis d'accord pour me faire penser à cette histoire de strip-teaseur, ce qui me…

OK, ça suffit avec ce truc. C'est mon patron et, en plus, j'ai quelque chose à régler avec lui.

Décidée, je me lève aussitôt pour lui parler de ce qu'il m'a demandé de faire hier. Juste avant de quitter la pièce, je surprends le regard ironique de Penelope, qui semble penser tout haut « n'en fais pas trop, tu ne lui es pas indispensable ».

Je verrai ça plus tard.

– Maître Parker ? l'interpellé-je avant qu'il ne s'installe dans son immense bureau vitré.

– Oui ?

Il me regarde des pieds à la tête. J'espère que ma tenue du jour fait assez professionnelle. Tailleur bleu nuit, chemisier corail, talons noirs. J'ai peut-être mis un peu trop de couleurs ? En tout cas, j'ai bien pris soin de ramasser mes cheveux en chignon et il faudra me passer sur le corps pour que je les détache !

Instantanément, cette pensée me fait rougir. Je décide de me jeter à l'eau sans réfléchir, pour museler ces interférences incontrôlables de ma libido avec ma carrière.

– Oui ? demande-t-il encore, sans rien manifester après son examen de ma personne.

Personne ne dit bonjour, ici ? Très bien, je m'adapte.

– Hier, à l'audience, vous m'avez demandé de quitter la salle pour semer le trouble dans l'esprit des jurés à propos de la fidélité de l'accusé, et donc de l'existence d'autres cas de harcèlement sexuel ? demandé-je sans reprendre ma respiration.

Il sourit, un brin narquois, et hoche la tête avant de se désintéresser de moi. Nonchalant, il jette sa cravate sur le bureau, retire sa veste et allume son ordinateur. Sans un mot, il relève les manches de sa chemise, découvrant des bras aux muscles secs, qui roulent sous la peau.

Waouh… Non, je dois me reprendre.

Il ne m'accorde pas un seul regard. Visiblement, pour lui, le sujet est clos. Mais pas pour moi. Loin de là. Son attitude m'agace.

– Je n'aime pas être utilisée et, de plus, ce procédé était éthiquement discutable, déclaré-je d'une voix ferme.

Il relève la tête, ricane.

– Est-ce qu'une stagiaire est en train de me faire une leçon de morale ?

Ses yeux bleus fixés sur moi me déstabilisent plus que je ne m'y attendais. J'ai l'impression qu'il me déshabille du regard.

Et s'il me demande de détacher mes cheveux, là, maintenant, qu'est-ce que je fais ?

J'ai du mal à soutenir son regard froid, alors mes yeux s'échappent et... ne trouvent rien de mieux que de tomber sur le triangle de peau mate, dans l'encolure de sa chemise ouverte. Je toussote, relève la tête. Il a vu. La panique commence à gagner du terrain.

– Vous voulez être avocate, je me trompe ? me demande-t-il abruptement.

– Euh... C'est exact, je veux devenir avocate, réponds-je d'un ton incertain.

– Pourquoi ?

Je prends une inspiration discrète. S'il me questionne, c'est qu'il ne compte pas me virer tout de suite. La direction prise par la conversation me rassure et canalise aussi mes pensées.

– Pour rendre le monde plus juste, commencé-je. Pour donner aussi une défense à ceux qui n'ont pas forcément la possibilité de le faire seuls...

– J'ai l'impression d'être devant le concours de Miss Arkansas, m'interrompt-il avec un rire moqueur.

Connard.

Je me sens rougir encore, malgré ma colère.

– Et vous, vous faites ça pour quoi ? L'argent ? craché-je avec mépris, vexée de son commentaire.

– Parce que j'aime avoir le dernier mot, répond-il du tac au tac.

Il me regarde toujours. Je n'ai aucun moyen de savoir s'il est sérieux ou s'il se moque encore de moi.

– À n'importe quel prix ? demandé-je pour le provoquer.

– Selon vous, qu'est-ce qui est le plus important pour un avocat ? La vérité ou gagner ses procès ?

Répondre aux questions par une question, c'est vraiment quelque chose qui m'exaspère. Et son sourire en coin m'exaspère encore plus.

Ce n'est pas parce que je suis pourvue de sens moral que je suis naïve !

– J'aimerais que ce soit les deux, réponds-je.

– Il ne faudrait défendre que des innocents, rétorque-t-il en se renversant contre le dossier de son fauteuil. Ce qui réduit considérablement le nombre de clients potentiels ! On n'est pas un bon avocat quand on a trop de scrupules.

– On devient mauvais quand on n'en a aucun, riposté-je, outrée de son cynisme.

– Vous pensez que je n'ai aucun scrupule ?

Je me mords les lèvres, craignant d'être allée trop loin.

– Non… mais je préférerais que vous ne m'utilisiez plus pour ce genre de manœuvres, dis-je en tentant de ramener la conversation sur le point qui m'intéresse. En tout cas, pas sans me demander la permission.

– La permission ? répète-t-il en haussant un sourcil,

avec l'air de s'amuser franchement.

Cette fois, j'hésite avant de répondre. J'ai l'impression qu'il m'a amenée exactement là où il voulait aller et qu'il s'arrange pour mettre des sous-entendus dans tout ce que je dis.

– Mon accord, disons, prononcé-je, après réflexion.

– Nous sommes dans une impasse, déclare-t-il d'un ton sérieux.

Mon cœur cesse de battre. Serais-je allée trop loin ? Ses prunelles bleues semblent se durcir. Je prends soudainement conscience que je me tiens debout devant lui, assis derrière son bureau. J'attends le verdict. Une flamme étrange semble danser dans ses yeux. Il ne m'a pas quittée du regard une seule fois depuis le début de notre conversation. Ses sous-entendus m'apparaissent encore plus lourds de sens.

– J'ai besoin d'une assistante qui a confiance en moi et qui exécute mes ordres sans les discuter, sans me faire perdre de temps, assène-t-il d'un ton sec.

J'avale ma salive, réfléchissant à toute vitesse. J'ai besoin de ce stage, inutile de peser le pour et le contre. Mais je tiens aussi à mes principes et à mon intégrité. Et ce double discours que j'ai l'impression de percevoir… Je sais au fond de moi qu'il n'existe pas que dans ma tête.

J'ai du mal à respirer.

Comme dans l'ascenseur.

– La confiance doit être réciproque pour être sincère, soufflé-je finalement.

Cette fois, il se lève, contourne son énorme bureau, sur lequel il s'assied, face à moi, presque jusqu'à me frôler.

– Si je vous avais dit ce que j'avais en tête, votre réaction aurait justement manqué de sincérité, m'explique-t-il d'une voix plus douce. Vous avez réagi au bon moment et c'était exactement ce que je voulais.

Mon esprit ne cesse de chercher – et de trouver – une autre signification à ses propos. Et la proximité de son corps près du mien n'arrange pas la situation !

– Mais ça, vous n'en savez rien ! protesté-je. Vous ne pouvez pas m'utiliser comme ça, ce n'est pas mon travail ! Et puis me demander de détacher mes cheveux, c'était…

– Vous avez un physique à plaire à n'importe quel homme, me coupe-t-il avec agacement. Il faut utiliser tous les atouts dans ce genre de cas !

Mais de quoi parle-t-il ? Du procès ? De… quoi ?

Je ne trouve rien à répondre. Je ne sais pas si je me sens flattée ou indignée par ce qu'il vient de dire. Dans un cas comme dans l'autre, je n'ai aucune idée de ma marge de manœuvre, compte tenu de l'importance qu'a ce stage pour moi et de ce que cet homme provoque en moi.

Soudain, il se lève, prend un objet près du clavier de son ordinateur et me le tend.

– Allez donc m'imprimer les documents qui sont sur cette clé USB, il y a deux dossiers, m'ordonne-t-il en désignant une porte de la même couleur que le mur, que je n'avais pas encore remarquée.

Je me sens soulagée, parce que son geste signifie très clairement que je n'ai pas perdu mon stage ! Mais je ne comprends pas pourquoi il veut que j'imprime ses documents ici. Il existe pourtant une salle prévue pour toutes les copies et impressions, à laquelle j'ai accès.

– Faites-le ici, insiste-t-il. Question de confidentialité.

Ce dossier n'est donc décidément pas comme les autres.

Il ne bouge pas d'un pouce et je ne peux pas faire autrement que de le frôler. C'est presque à bout de force que j'arrive dans le local minuscule, où se trouve en effet une énorme imprimante laser. Ma main tremble tellement que je n'arrive pas à introduire la clé USB dans la machine. Je bataille pendant plusieurs minutes, rageant de plus en plus sans pouvoir me maîtriser.

Derrière moi, je sens une présence, mais avant que je n'ose regarder derrière mon épaule, sa main se pose sur la mienne.

– J'ai ton accord…

Mon cœur fait une embardée. Ces quelques mots sont autant une affirmation qu'une question. Et ce tutoiement veut tout dire. Je tourne la tête vers lui. Son regard bleu n'est plus du tout froid, bien au contraire. Il est lumineux, intense. Troublant.

– Oui, soufflé-je en guise de réponse, tout en lâchant la fameuse clé USB.

L'attraction est trop puissante pour lutter. Nos bouches se rejoignent, nos langues se cherchent. Sa main pose la mienne sur son torse et saisit ma taille. Je me colle contre lui.

Le bout de mes doigts rencontre les boutons de sa chemise. Le fait qu'il ait lui-même posé ma main sur son corps quelques secondes plus tôt m'apparaît comme une invitation à laquelle je réponds sans réfléchir davantage. Sa peau m'appelle. Je fais sauter les boutons un par un, frénétiquement, sans cesser de l'embrasser. Lui me presse contre lui, puis ses mains glissent de ma taille à mes hanches. Je gémis quand j'entre enfin en contact avec ses pectoraux lisses, chauds, délicieusement musclés. Je regrette presque qu'il n'ait pas mis sa cravate. Un sourire idiot monte à mes lèvres. Il cesse de m'embrasser pour m'observer. Nos regards se rencontrent de nouveau, mais derrière lui la luminosité de son bureau m'alerte.

– La porte, murmuré-je.

D'un geste, il ferme le local où nous sommes toujours enlacés, puis me saisit pour m'asseoir sur une petite table, sans doute mise là pour qu'on puisse y poser des documents.

– Problème résolu, répond-il avant de retirer sa chemise.

Oh, waouh…

Muscles dessinés, abdominaux saillants, pantalon bas sur les hanches. C'est l'homme le plus canon que j'aie jamais vu. Mon sang palpite sous ma peau et mon corps réagit avec une intensité déstabilisante. Je passe mes mains sur lui, fascinée par le contraste délicieux entre la douceur de sa peau et la dureté de ses muscles. Je ne résiste pas davantage et pose les lèvres sur son épiderme qui tressaille. Il saisit alors mon visage pour m'embrasser de nouveau. Je l'attire contre moi, jusqu'à sentir son sexe durci contre mon bas-ventre… Je gémis. Lui aussi. Nos désirs crépitent, s'entremêlent, se nourrissent l'un l'autre. C'est imprudent, interdit, dangereux, inconvenant, stupide et probablement la dernière chose à faire, mais je m'en fous. Sans cesser de lui offrir ma langue, j'arrache les épingles qui retiennent mes mèches blondes, puis m'attaque à l'agrafe délicate de ma blouse. Ses doigts glissent sur mes cheveux, qui se déroulent jusqu'au bas de mon dos, les saisissent et renversent ma tête en arrière, pour découvrir ma gorge qu'il mordille. Je frissonne de la tête aux pieds.

Les doigts de son autre main caressent doucement mes seins déjà tendus, puis descendent. Leur lenteur insupportable et délicieuse me rend folle. Ma respiration se fait haletante lorsque sa main relève ma jupe et s'immisce jusqu'à ma culotte. Je me cambre, impatiente. Lorsque le bout de son index glisse sous la dentelle et atteint mon clitoris, je dois me mordre les lèvres pour rester silencieuse. Je ferme les yeux, attentive à ses caresses. Son doigt explore mon intimité avec lenteur, revenant régulièrement au point névralgique. Je sursaute à chaque contact, le corps en ébullition.

– Regarde-moi, dit-il à mi-voix, impérieux.

Son regard bleu clair capture le mien. Il maintient toujours ma tête en arrière, je ne peux rien lui cacher. Je sens sa caresse se faire plus appuyée, plus rapide. Je ne peux retenir un gémissement sonore, juste avant de poser ma propre main sur ma bouche. Il esquisse un sourire puis me pénètre lentement avec ses doigts, observant sur mon visage les effets du plaisir. Je m'agrippe au rebord de la table des deux mains. La situation est complètement dingue. Plus rien d'autre n'existe que lui, moi et cette envie démente qu'il me fasse l'amour ici et maintenant. L'idée atroce qu'on pourrait nous interrompre me frappe soudain.

J'en mourrais.

Je lâche la table, attrape son poignet de la main gauche, de peur qu'il n'arrête de me donner du plaisir, et pose mon autre main sur la preuve incontestable de son envie pour moi. Il émet un grondement guttural, surpris par mon geste. Son regard se fait interrogatif.

– Vite, soufflé-je.

– Non.

Sa réponse est sans appel. Il retire sa main de sous ma jupe, malgré tous mes efforts pour le garder en moi. Il lâche mes cheveux et, sans hésiter, me prend par la taille pour me faire descendre de la table. Mes jambes flageolantes me portent à peine, mais il me soutient et me garde un instant contre lui, parsemant mon visage, mon cou et mes épaules de baisers affamés.

Son sexe contre mon bas-ventre me donne envie

de me laisser tomber à genoux devant lui, mais il ne m'en laisse pas la possibilité. D'autorité, il me retourne. Il plaque son corps contre le mien. Je me retrouve prise au piège entre la table et lui, mais au moins, je peux me laisser aller sans risque de m'effondrer sur le sol. J'ai envie que ses mains se promènent sur moi, même brusquement. Je veux sentir encore sa peau, sa langue… Soudain quelque chose d'argenté tombe devant moi et Cole se recule. Je reste immobile et haletante, les yeux fixés sur l'emballage du préservatif. Quand ses mains remontent le long de mes cuisses pour soulever ma jupe, je dois me retenir de gémir. Je n'attends pas davantage et retire moi-même ma culotte, que j'abandonne sur le sol. Je tourne la tête vers lui. Cole et moi échangeons un regard tellement chargé d'érotisme que je comprends alors qu'il a voulu ce moment depuis aussi longtemps que moi. Lui porte toujours son pantalon, n'ayant libéré de son costume que son sexe érigé… Je le caresse des yeux, me retourne et, ma main venant se poser sur ses fesses musclées, je l'attire en moi.

Il m'attrape par les hanches et me pénètre. Fusion. Nos bouches se rejoignent une nouvelle fois. Ses coups de reins sont lents, doux. Je dois prendre appui sur la table car mes jambes veulent se dérober sous moi. Des vagues de plaisir me submergent, d'autant plus hautes que je sens Cole se tendre et accélérer petit à petit, gagné lui aussi par l'impatience. Notre chorégraphie se fait plus brutale, mais pas moins délicieuse. Je renverse la tête en arrière, me cambre un peu plus pour lui appartenir davantage. Sa main caresse mon dos sous le fin tissu de mon vêtement. Puis de nouveau, il attrape mes cheveux, me redresse, se retire.

– Non ! supplié-je.

Je ne veux pas qu'il arrête ni qu'il me lâche. Pas maintenant, c'est trop tard. Mais il me positionne face à lui, me soulève et me plaque contre la porte, avant de s'enfoncer de nouveau en moi, m'arrachant un autre cri.

Pourvu que personne n'ait entendu.

– Chut, murmuré-je, les yeux fermés, plus pour moi que pour lui.

– N'y pense pas, me dit-il avant de fondre sur ma bouche.

Il va et vient entre mes jambes qu'il tient fermement de ses mains solides. Je m'accroche à ses épaules carrées. C'est comme si son corps creusait en moi, pour atteindre le cœur de mon plaisir. Sa langue lèche doucement ma lèvre supérieure, puis vient caresser le bout de la mienne, jusqu'à ce que ce soit moi qui l'embrasse. Nos dents s'entrechoquent tant j'y mets toute mon envie. Je serre les jambes autour de sa taille, enroule mes chevilles pour le retenir plus près de moi.

Il passe ses mains sous mes fesses, qu'il agrippe, et s'enfonce un peu plus au creux de mon corps. Notre étreinte devient fiévreuse, gagnée par l'urgence… Je sens mes nerfs fondre, mes muscles se tendre jusqu'au point de rupture et j'explose, secouée de soubresauts silencieux, les dents plantées dans l'épaule de mon amant. Lui gronde, me soulève, puis dans un ultime coup de reins presque rageur, se laisse enfin aller contre moi, le visage enfoui dans mon cou.

Nous restons immobiles, essoufflés et enlacés. Avec précaution, il me pose sur le sol, gardant un bras prudent autour de ma taille. Ma tête tourne.

J'avale ma salive, un peu sonnée par ce que nous venons de faire.

Merde, j'ai couché avec mon patron.

Aussitôt, je pense à la clause concernant l'interdiction de toute relation affective ou sexuelle avec un collègue.

Oh, merde.

Je tente de reprendre mon souffle et le contrôle de la situation.

C'est… complètement taré d'avoir fait ça.

Mon cerveau se remet à tourner à toute vitesse, analysant la situation, maintenant que je ne suis plus sous l'emprise de sa peau. J'ai couché avec mon patron, ce qui est rarement une idée brillante, et en même temps… c'est comme si nous étions deux aimants destinés à s'attirer.

C'est physique, chimique et impossible à empêcher.

C'est là que Cole fait un geste incroyablement surprenant. Voyant que je n'arrive pas à remettre mon sous-vêtement, encore sous le choc de mon orgasme et du reste, il me reprend par la taille et m'assied de nouveau sur cette table.

Jamais je ne pourrai y poser des documents sans repenser à ce moment.

D'un geste désinvolte, il passe la main dans ses cheveux pour en replacer les mèches rebelles. Puis, sans un mot, il saisit ma culotte de dentelle et s'agenouille à mes pieds. Il semble calme, presque serein, comme si rien ne s'était passé. Lentement, il attrape ma cheville gauche, puis la droite, avant de me passer ma culotte, qu'il remonte avec une délicatesse infinie le long de mes jambes. Cette ultime caresse, inattendue, étrangement intime, me trouble encore davantage. Son geste est attentionné, doux. Alors qu'il arrive en haut de mes cuisses, il se relève et me tend la main. Je la saisis et saute sur le sol. Il me regarde alors, le visage impassible, puis achève de me rhabiller, avant de rajuster ma jupe. Je n'arrive pas à détacher mon regard du sien, cherchant désespérément quelque chose à dire.

Merci ? Non, ce serait bizarre.

J'aimerais qu'il me donne un indice sur la marche à suivre, qu'il m'exprime ce qu'il ressent, ce qu'il pense de tout ça.

Son silence finit par me mettre mal à l'aise. La fièvre et la magie du moment s'évaporent à chaque seconde qui passe sans qu'un mot soit prononcé.

– Je… commencé-je, incapable d'aller plus loin.

Il se détourne, comme s'il souhaitait un moment de réflexion. Je retiens ma respiration, espérant qu'il se décide enfin ! Lorsqu'il se retourne vers moi, ses yeux ont de nouveau cette expression hautaine, glaciale. Mon souffle se suspend.

8

VEUILLEZ REPRENDRE LE COURS DE VOTRE VIE

Hazel

D'un mouvement brusque, il se baisse. Surprise, je suis des yeux sa main qui ramasse la clé USB toujours sur le sol. Il se relève, la branche à la photocopieuse.

– Il y a deux dossiers à imprimer en un seul exemplaire. Chaque détective aura le sien, il y a leur nom sur l'entête, dit-il, indifférent.

Puis il sort, laissant la porte ouverte derrière lui. Je l'entends faire rouler son fauteuil et quitter son bureau, sans plus se préoccuper de moi. C'est comme si je n'existais plus, que je n'étais pas là. Comme si rien ne s'était passé.

Je suis atterrée par le contraste entre notre étreinte, géniale et excitante à tout point de vue et… ça!

C'est Dr Jekyll et M. Hyde ?

Je comprends parfaitement que ce qu'on vient de partager ne doit pas sortir de ce local, mais est-il obligé de se comporter de manière aussi odieuse ?

Non.

Est-ce qu'il joue avec moi ? Est-ce sa façon – maladroite ! – de me signifier que je dois garder le secret ? Est-il simplement un connard lunatique ?

Je ne connais pas du tout cet homme… et je ne me reconnais pas non plus, d'ailleurs.

Jamais de ma vie je n'avais couché aussi rapidement avec un homme et encore moins un inconnu. Sans parler du fait que je travaille pour lui !

Dans le cadre d'un stage déterminant pour la suite de ma vie tout entière.

Une boule d'anxiété apparaît comme par magie au creux de mon estomac.

Je suis en train de me questionner sur le fonctionnement de ce mec, au lieu de me focaliser sur ce qui est important pour moi.

Je secoue la tête. OK, je n'ai été pour lui que l'équivalent d'un encas avalé sur le pouce. Et pour être honnête, l'encas que je suis a trouvé ça délicieux. Mais il est mon boss ! Il devrait quand même…

J'ignore ce qu'il devrait faire ; en revanche, je sais que nous n'aurions pas dû faire ça !

Cette question tourne encore un peu dans ma tête, sans que j'arrive à y apporter la réponse. Je réalise que je suis debout dans cette pièce depuis trop longtemps. Je lance la première impression, histoire de sortir de mon marasme intérieur. Le bruit feutré de la machine me fait du bien. Je reprends pied avec la réalité.

Faire mon travail et quitter ce local comme si rien ne s'y était passé, c'est encore le mieux pour tout le monde.

Je viens de coucher avec un homme pour la première fois depuis des siècles, et l'homme en question est mon boss, dans le cadre d'un stage vital pour moi. Je souffle lentement, dans l'espoir de recouvrer ma lucidité. Peu à peu, j'arrive à me calmer.

Ce que nous avons fait ne se reproduira plus et, en ce qui me concerne, je n'ai pas l'intention d'y faire allusion.

Les feuilles s'empilent et, bientôt, le premier dossier est complet. Je le saisis et le pose sur la table derrière moi. Des images bien trop précises de mon patron m'asseyant sur cette foutue table me reviennent. Puis d'autres images… J'ai encore sur la peau la sensation des mains de Cole… Des épingles à cheveux éparpillées sur le sol attirent mon regard. Je me retourne, appuie de nouveau sur le bouton, après avoir sélectionné le second dossier, puis m'agenouille pour toutes les ramasser.

Je me sens pathétique en train de me recoiffer alors que la machine continue de cracher le mystérieux dossier. J'envisage un instant de me faire une tresse, plus rapide qu'un chignon, mais comment pourrais-je expliquer à Penelope ce changement de coiffure en plein milieu de la matinée ?

Je ne me fais aucune illusion : elle le remarquerait et ne manquerait pas de m'en parler.

Dents serrées, je plante une à une les épingles dans la masse de mes cheveux, puis en profite pour rajuster ma blouse. Quand je peux enfin récupérer les dossiers imprimés, je suis plus que soulagée de quitter ce réduit et de reprendre le cours de ma vie.

9

LE COUPLE IDÉAL…

Cole

Quel con !

Je sors précipitamment du local où elle se tient toujours, décoiffée, pétrifiée. J'attrape la cravate que j'avais abandonnée sur mon bureau et sors faire un tour. J'ai besoin de m'aérer la tête, de m'éloigner d'elle, aussi.

Je croise une des archivistes, Cathy ou Patti, je ne sais plus. Elle me lance le genre de sourire qui veut dire la même chose dans n'importe quel contexte. Je lui plais. Elle est pas mal.

J'aurais dû la choisir, elle ! Au lieu de cette fille… Merde !

Quand Leonard m'a appris qu'elle cherchait un stage

et qu'elle n'avait aucune connexion avec le milieu juridique, j'ai pensé qu'elle était l'assistante idéale. OK, elle m'a fait de l'effet, mais pas un seul moment je me suis imaginé que je me retrouverais dans cette merde !

Bullshit.

J'aurais dû mettre fin à tout ça dès l'ascenseur. Nos corps mis en présence ont réagi comme deux atomes d'hydrogène : attraction immédiate. J'ai réussi à reprendre le contrôle en la mettant hors du taxi et en ignorant soigneusement sa présence, mais après sa sortie de la salle d'audience, j'ai eu du mal à rester concentré. Sa démarche, ses cheveux détachés, les regards des autres hommes sur elle... C'est là que j'ai compris que les choses m'échappaient. Ce qui vient de se passer entre nous n'était qu'une question de temps. Je jette un œil à la pendule au-dessus de la banque d'accueil. J'ai le temps de sortir faire un tour.

Elle m'obsède et ça ne m'était pas arrivé depuis Jane.

– Cole !

Merde ! Leonard...

Je me tourne vers mon ami. Il se tient à la porte de son bureau, une tasse à la main, l'air nerveux.

– Il est tôt, mais j'ai un rendez-vous à l'heure du déjeuner, me lance-t-il. Partant pour un brunch ? Comme ça, on fait le point ?

– Tu penses au procès ou au cabinet et à son enquête interne ? demandé-je immédiatement, sur mes gardes.

– Au cabinet. Je te connais assez pour savoir que tu défends tes dossiers comme un pitbull, répond-il avec un sourire ironique.

– OK, alors.

Leonard saisit son manteau et me rejoint. Il sait que je tiens à rester seul maître à bord de son affaire.

Il me connaît trop bien, je ne dois rien laisser paraître.

Nous quittons ensemble l'immeuble, échangeant quelques mots anodins sur l'établissement où nous nous rendons, évitant toute conversation sensible avant d'être installés dans un box isolé à l'abri d'oreilles indiscrètes. Le restaurant où nous sommes est à proximité du cabinet. La clientèle est constituée d'hommes et de femmes d'affaires, d'avocats comme nous, de politiques… Toutes les conversations sont confidentielles et les lieux sont prévus pour garantir la discrétion.

Leonard commande un café et un tas de viennoiseries françaises, moi un jus de fruits frais, une omelette, une salade de pâtes et un club sandwich.

– Tu as boxé ce matin ? me demande mon ami en désignant le plateau du serveur.

Si tu savais.

– Oui, prétends-je.

– Je ne sais pas comment tu fais pour trouver le temps de faire ça, soupire-t-il.

– Question de volonté.

Leonard ne répond rien. Quand le fantôme d'une

silhouette aux cheveux blonds vient coloniser mes pensées, je prends le taureau par les cornes.

– Bon, tu voulais qu'on parle du cabinet. Tu as poursuivi ta stratégie du « tous coupables » ? le relancé-je, sans prendre de gants.

– Oui, en plus des mouchards dans les ordinateurs, j'ai fait installer tout un système de caméras de surveillance dans les bureaux, me confie-t-il à voix basse.

Des caméras ! Bon Dieu !

Leonard doit voir sur mon visage que cette nouvelle ne me plaît pas du tout. Et pour cause…

– Je sais ce que tu en penses mais, à situation exceptionnelle, mesures exceptionnelles ! Et je n'en ai pas fait poser dans ton bureau ! ajoute-t-il avec précipitation. Je voulais te prévenir, mais si tu es d'accord, je vais…

– Non, le coupé-je, la voix dure.

Leonard soupire.

– Écoute, tu sais bien que mon intention n'est pas de te surveiller, argumente-t-il. C'est une garantie pour toi comme pour moi, dans le cas où quelqu'un viendrait fouiller dans tes dossiers en ton absence et celle de ton assistante.

Mon assistante…

Je secoue la tête, mais pèse mentalement le pour et le contre. Une caméra pourrait être un bon moyen d'éviter toute récidive avec Hazel. La simple évocation de son prénom me rappelle la manière qu'elle a eue de me dire « oui » dans un souffle, juste avant que…

Oui, un garde-fou, ce serait une bonne idée.

– J'en ai fait poser une dans mon bureau, pour mes absences, tout le monde est sous surveillance, ajoute Leonard.

C'est cette précision qui me décide. Je ne suis pas tout le monde. Il est hors de question que j'accepte d'être surveillé comme si j'étais un voleur à la tire dans un grand magasin, même si c'est mon meilleur ami qui me le demande.

Je suis parfaitement capable de résister au charme d'une gamine, bordel !

– Non, rétorqué-je avec assurance.

Leonard fronce les sourcils.

– Je ne peux pas dire que ta réponse me surprend et j'ai confiance en toi, mais ton assistante…

– Laisse-moi m'occuper de ça, on en a déjà parlé, répliqué-je.

– Elle fait l'affaire, au fait ? me demande-t-il, baissant les bras.

– Oui, oui, réponds-je avec un geste négligent pour cacher ma gêne.

Leonard me regarde, l'air intrigué. Je détourne les yeux. À aucun prix il ne doit se douter de ce que je viens de faire. Il se sentirait doublement trahi, lui qui porte encore le deuil de celle qui fut mon épouse.

J'ai vraiment aimé Jane, de tout mon cœur. Elle restera à tout jamais mon premier amour, mais Leonard ne sait pas tout. Personne ne sait tout. Pour lui, sa sœur et moi sommes à jamais le couple idéal. Comme pour beaucoup, car personne ne s'est jamais douté de ce qui se passait chez nous, une fois les portes closes.

De ce qui ne se passait plus, en réalité.

– J'ai d'autres projets à propos du reste des employés, poursuit mon ami, tout à son cabinet.

J'en suis presque à me réjouir qu'il soit au bord de perdre tout ce qu'il a construit, parce que ça détourne son attention de ce que je viens de faire.

Je suis vraiment une ordure.

– Je t'écoute.

– Avant tout, comme tu gères le procès le plus sensible, que tu plaides contre VFC, qui a nous a sabordés, j'aimerais que tu m'aides à débusquer les éventuels traîtres qui seraient restés dans nos rangs, m'annonce-t-il, soudain grave.

– Évidemment que j'accepte, dis-je, sincère.

– Ils ont soudoyé ce salopard de Christopher Lincoln en lui promettant un poste, grince Leonard. Je mettrais ma main à couper qu'ils tenteront de corrompre quelqu'un d'autre, si ce n'est déjà fait.

– Tu as raison. D'ailleurs, Lincoln était présent à l'audience.

Leonard pâlit, puis se reprend.

– Ce petit con ne manque pas de culot, commente-t-il sobrement.

– Il avait l'air à la fois soulagé et déçu que tu ne sois pas l'avocat de la plaignante, dis-je.

– Je l'imagine sans peine : il aurait eu du mal à me regarder dans les yeux, mais, sans moi, sa présence à ce procès devient inutile.

– Sa présence, de manière générale, sera vite inutile aux avocats de VFC, le rassuré-je. Je ne les vois pas garder chez eux un jeune idiot qui se laisse aussi facilement convaincre de mordre la main qui le nourrit.

– J'espère que tu as raison…

Mon meilleur ami, que j'ai toujours vu combatif et prêt à soulever des montagnes, laisse voir son abattement. La perte du procès contre la TEC, qui devait mettre son cabinet sur orbite, a été un coup dur. Plus encore, la trahison par ses pairs l'a atteint davantage qu'il ne veut l'admettre.

Et moi qui couche avec une assistante stagiaire en plein procès sur un cas de harcèlement sexuel au travail… Putain, mais quel con !

Mal à l'aise, je fais mine de me concentrer sur mon repas. Il ne m'est pas très difficile de jouer les types affamés. Nous mangeons un instant en silence.

– Tout le monde sait que j'ai fait appel à quelqu'un d'extérieur au cabinet parce que je me méfie de ceux qui restent, reprend Leonard.

– Et ceux qui pourraient avoir quelque chose à cacher vont particulièrement se méfier de toi, asséné-je. J'ai donc pris les devants en filtrant les informations transmises aux uns et aux autres, afin de savoir qui est susceptible de renseigner nos adversaires.

– Tu peux expliciter ? fait mon ami, les sourcils froncés.

– Il n'y a que deux personnes, en plus de mon assistante et moi, à travailler sur le dossier Pintoro : tes deux détectives. Depuis le début de l'affaire, j'ai fourni à notre cliente une nouvelle adresse mail et un nouveau numéro de portable, pour que nos échanges soient sous contrôle.

– Parfait.

– J'ai laissé filtrer le mail dans le dossier adressé à Milton Ross et le numéro dans celui destiné à Marina Greco. Et je compte bien transmettre de fausses informations à Eva, afin de voir si la partie adverse en entend parler. Tes enquêteurs savent pirater une adresse mail et un numéro de portable, j'imagine ?

Mon ami acquiesce, pointant son couteau à beurre, comme s'il menaçait un ennemi invisible.

– Soit tout le monde t'est loyal et rien ne se passera, soit on saura, en fonction des informations qui auront filtré, qui est la taupe. Ou les taupes, sans vouloir te déprimer, ajouté-je.

– Je ne suis pas déprimé, je suis furieux, me répond Leonard.

– Bien.

Je préfère ça.

– Bien, répète-t-il. On fait comme ça et on en parle dès qu'il y a du neuf.

– En attendant, je vais prendre un café, moi aussi, dis-je pour sceller notre accord.

10

DE DÉCOUVERTE EN CATASTROPHE

Hazel

Les bras chargés des impressions demandées, soigneusement rangées dans deux dossiers différents marqués au nom de chaque détective, je retourne dans mon bureau. Je croise quelques collègues, que je salue d'un signe de tête. On me répond ou on me regarde, un peu intrigué. À l'exception de Selena, tout le monde est étrangement distant.

À l'exception de Selena et de mon boss direct.

Je rougis et accélère le pas. Si je commence à me mettre moi-même mal à l'aise, je ne suis pas sortie de l'auberge.

Fichue peau de blonde !

Je regarde le sol et fonce. Cole ne s'est pas montré depuis… depuis une bonne demi-heure et je n'ai aucune envie de tomber sur lui à l'improviste, au détour d'un couloir. Et en public.

Je ne sais pas ce qui s'est passé entre lui et moi, je ne comprends pas davantage ce qui m'a pris. Je suis dans la quatrième dimension depuis que j'ai passé les portes de ce cabinet d'avocats. Je soupire. En tout cas, ma résolution de me concentrer sur mon travail pour ne laisser aucune place à quoi que ce soit d'autre risque de ne pas être facile à tenir si mon boss me fuit et que je me retrouve sans rien à faire !

Aussi, dès que j'arrive dans le bureau, je propose mon aide à ma chère collègue, qui manipule une énorme pile de feuilles en bougonnant.

– J'ai terminé ce qu'on m'a demandé, est-ce que je peux faire quelque chose pour te soulager ? demandé-je sans attendre. Tu as l'air… un peu noyée.

Surprise par ma sollicitude, Penelope semble chercher une réaction appropriée. L'espace d'un instant, j'ai l'impression qu'elle va refuser mon offre, rien que pour se montrer hostile. Mais après un regard découragé aux trois énormes piles de dossiers sur son bureau, elle hausse les épaules.

– Merci, je veux bien, finit-elle par me dire à contrecœur. J'assiste Me Soporovski, l'autre associée principale du cabinet.

Penelope prend un air supérieur, comme si c'était

elle qui détenait trente-cinq pour cent des parts.

Elle ne peut pas s'en empêcher.

– Avant son retour de vacances demain, poursuit-elle, je dois classer et numériser ces archives.

– Classer et numériser des archives ? demandé-je, étonnée.

– Eh bien, oui ! Quoi ?

C'est typiquement le genre de tâches qu'on donne à quelqu'un de placardisé.

Soucieuse de ne pas envenimer la situation et comprenant à la mine dépitée de ma collègue qu'elle a sûrement eu la même pensée, je fais marche arrière.

– Je comprends que tu sois accablée d'ennui, commenté-je en tirant vers moi la pile du milieu. Je te propose de prendre la moitié de l'alphabet, du A jusqu'au M, et toi, tu te charges du reste, comme ça, on peut classer tout ça en même temps.

– Ça me va, merci ! dit-elle sans pouvoir cacher son soulagement.

J'ignore si Penelope est mise au placard ou si Me Soporovski veut simplement l'occuper en attendant de l'avoir à l'œil, mais la tâche est soporifique au possible !

Les dossiers sont clos depuis des lustres et rien n'indique qu'ils pourraient servir dans un avenir proche. En tout cas, rien ne justifie qu'on les numérise après les avoir classés !

– Certains procès se sont tenus avant ma naissance,

commenté-je avec un petit sourire. Si ça se trouve, on va tomber sur le Watergate !

Le sourire esquissé par Penelope est une victoire personnelle. Mais elle ne relance pas la conversation.

– Si je n'ai aucune attribution, je t'aiderai aussi pour la numérisation, ajouté-je.

Je pourrais tout aussi bien m'agiter devant elle en brandissant un drapeau blanc, ça ne serait pas plus explicite. Mais ma stratégie de l'apaisement semble donner des résultats.

– C'est gentil, j'accepte ta proposition, me répond-elle enfin, très formelle.

– Oh, je t'en prie, je déteste rester plantée à ne rien faire ! Puis, si Me Parker me demande quelque chose, au moins, j'aurais pu te permettre d'avancer.

– Oui, c'est déjà ça, soupire Penelope, qui continue inlassablement à trier des feuilles jaunies.

À sa place, je serais vraiment agacée de perdre mon temps, parce qu'il est clair qu'une fois numérisés, ces dossiers vont dormir au fond d'un disque dur, tout comme ils dormaient au fond d'une armoire. J'espère que je n'aurai jamais à faire quelque chose d'aussi absurde.

– Tu as déjà travaillé avec Mary Soporovski auparavant ? tenté-je, tout en poursuivant le classement.

– Parfois, oui, mais c'est un autre avocat que je secondais.

– Ah oui ? Qui ça ?

– Il est parti, élude-t-elle.

– Remplacé par Cole Parker ? demandé-je, l'air faussement indifférent.

– En quelque sorte, mais Me Parker ne fait pas réellement partie du cabinet, il est free-lance, m'apprend-elle.

Free-lance ? Il semble pourtant bien connaître Me Brevitz.

Les piles de dossiers se multiplient devant nous. De A à E, de F à J, et ainsi de suite, jusqu'à Z. Penelope et moi sommes des machines à classer. Je la sens qui se détend progressivement, à mesure que la pile « non classée » diminue.

– Et avant de travailler ici, il était aussi en free-lance ou associé dans un cabinet ? demandé-je au bout d'un moment.

– Je crois qu'il a d'abord été embauché par des cabinets, mais il a été très vite free-lance, me répond Penelope sans cesser de trier des dossiers. Sa carrière a décollé quand il a gagné un procès pour harcèlement moral contre Gartok.

– Gartok ? Le géant Internet ? répété-je, stupéfaite. Il a gagné contre eux ? Eh bien…

Je suis sincèrement impressionnée. Gartok, c'est un peu l'équivalent d'Apple, mais dans le secteur de la vente en ligne. Un Goliath. Évidemment, je n'en suis que plus intriguée par cet homme.

– Il a déjà travaillé ici, avant cette affaire, non ? reprends-je, curieuse.

– Oui, ils se connaissent bien, Me Brevitz et lui.

– Ah ?

Volontairement, je ne pose pas de question. Si je me montre trop curieuse, j'ai peur qu'elle ne se doute de quelque chose.

– Je me demande s'ils ne sont pas parents éloignés ou un truc comme ça…

– Parents ? Mais ils ne portent pas le même nom de famille. Tu en sais plus sur lui ? continué-je, impatiente.

– Pourquoi tu veux savoir tout ça ? m'interroge brusquement Penelope, qui ne classe plus rien.

Mince…

– Tu cherches une faille pour t'y engouffrer ? suppose-t-elle, presque agressive.

– Quoi ? Mais pas du tout, enfin ! protesté-je, éberluée par sa réaction. Je demande ça parce que je dois travailler avec lui et que… et que…

Et que si tu savais ce qui s'est passé ce matin, tu comprendrais pourquoi j'aimerais bien savoir à qui j'ai affaire !

Dommage pour moi, je sens de nouveau mes joues s'empourprer. Penelope pince les lèvres et m'arrache des mains les dossiers que je suis en train de classer.

– Laisse tomber, tranche-t-elle durement. Et pas la peine de tomber amoureuse de lui comme toutes les midinettes ici, ce n'est pas le genre de type à se taper la stagiaire, il peut prétendre à bien mieux.

Cette fois, j'ai atteint la limite de ce que je suis prête à supporter sans répondre. Je la fusille du regard à mon tour.

– Inutile d'être odieuse, désagréable aurait suffi, lancé-je.

Je me tiens droite, prête à l'affrontement. Si elle veut la guerre, elle va l'avoir. Je veux bien être gentille, mais je ne suis pas là pour lui servir de défouloir ! Penelope ne baisse pas les yeux, mais comprend qu'elle est allée trop loin. Je pourrais lui offrir une porte de sortie avant que les choses ne s'enveniment…

Mais est-ce que j'en ai vraiment envie, à ce stade ?

– Hé, les filles, on va déjeuner dehors ?

Selena, qui vient d'entrer sans frapper dans le bureau, se fige en nous voyant. La température de la pièce doit frôler les moins vingt, aisément. Ambiance électrique et ère glaciaire.

– Merci à toi, Selena, mais je vais décliner, je voudrais travailler un peu avant le retour de Me Parker, dis-je, n'ayant aucune envie de passer plus de temps avec Penelope.

– Ah, euh… Une prochaine fois, alors ? tente Selena.

– Oui, bien sûr ! conclus-je avec un sourire poli.

Mais sans Penelope.

– Et toi, Penelope ? demande prudemment Selena.

– J'arrive, j'ai… faim, termine-t-elle en saisissant sa veste.

Je suis sûre qu'elle allait dire « besoin d'air ».

Le fait qu'elle ait renoncé à une ultime pique avant de quitter la pièce me calme légèrement. Elle sait qu'elle a dépassé les bornes, alors il ne me reste plus qu'à espérer qu'elle se montre un peu plus agréable à l'avenir. Ou même juste polie, ça me suffirait à ce stade.

Selena me lance un dernier regard et un clin d'œil avant de disparaître.

Cette fille est adorable.

Je soupire, puis attrape mon smartphone pour commander un plateau de sushis. Dans le bureau désert, je vais m'asseoir devant mon ordinateur, désœuvrée.

Qu'est-ce que je vais bien pouvoir faire ?

J'hésite un instant à feuilleter les dossiers que j'ai imprimés pour les détectives, mais je ne suis pas sûre d'avoir l'autorisation d'en lire le contenu. Je me retrouve donc en train de faire une recherche sur mon supérieur : Cole Parker, avocat au barreau de New York.

Les premiers résultats qui apparaissent concernent sa victoire contre le géant Gartok. Il était jeune et inconnu mais, durant ce procès, il a peu à peu gagné en notoriété. Et bien sûr, sa victoire éclatante lui a aussi permis de gagner quelques millions de dollars. Il défendait un agent d'entretien, tyrannisé pour une raison obscure par un des cadres dirigeants. Me Parker a su démontrer que les motivations du cadre en question étaient purement racistes, d'où les gros titres dans la presse. Cette histoire me rappelle quelque chose, parce que Gartok avait dû faire une énorme campagne de communication pour redorer son image. J'étais trop jeune à l'époque pour prêter attention à l'avocat du plaignant, mais je me souviens de cette campagne.

Voilà le genre de carrière que j'aimerais.

Je fixe mon écran. Cet homme a tout pour lui, carrière, argent, charisme… Un pincement au creux de l'estomac me fait grimacer. La petite phrase de Penelope me revient en mémoire : pas étonnant qu'il plaise aux femmes.

En revanche, pourquoi s'est-il passé ce qui s'est passé ?

Je fronce les sourcils et poursuis ma recherche. Si je découvre qu'il s'agit d'un fils à papa prétentieux qui a toujours tout obtenu facilement, un tombeur pathologique ou un tueur en série, je vais pouvoir passer plus facilement à autre chose !

Je m'en doutais…

Je tombe rapidement sur une série d'articles mondains, qui m'apprennent que Cole Parker est issu d'une famille riche, à la tête d'un empire immobilier sur la côte ouest. Mais progressivement, un autre aspect de sa vie apparaît. Ses parents se sont visiblement séparés très tôt et semblent ne plus avoir de contact avec leur fils unique. La dernière photo que je trouve, où il figure avec son père, c'est lors du procès qu'il lui a intenté.

Je découvre une histoire hallucinante : son père, pourtant riche à millions, a tenté de capter l'héritage de son fils, laissé par sa propre mère !

Mais qui peut faire un truc pareil ?

Cette histoire de procès me ferait presque de la peine pour lui.

Il est issu d'une famille riche, pas moi. Sa famille s'est déchirée, la mienne a tout fait pour éviter ça. Lui et moi, on vient décidément de deux planètes différentes et nous n'avons rien en commun.

La suite de l'article attire mon attention. Le journaliste précise que Cole Parker, alors étudiant en droit, a tenu à assurer sa défense seul. George William Parker, quant à lui, s'est fait représenter par deux as du barreau. Son fils aurait logiquement dû perdre.

Et il a gagné.

Une bouffée d'admiration m'envahit. Je secoue la tête. Cette recherche ne m'aide pas du tout. Je poursuis ma quête. J'ai besoin de lui trouver un défaut, quelque chose, n'importe quoi qui me permette de le voir comme un avocat lambda. Comme un vieil avocat bedonnant et chauve.

Oui, enfin, ça... ça risque d'être compliqué.

Des souvenirs brûlants de son corps contre le mien m'assaillent. Son corps, son odeur, ses mains, lui en moi, moi en mille éclats, accrochée à lui comme si ma vie en dépendait.

Je dois arrêter ça tout de suite.

Obstinée, je clique sur tous les liens proposés par le moteur de recherche. Soudain glacée, je me renverse contre le dossier de ma chaise en découvrant un entrefilet dans les pages « agenda » d'un magazine chic.

Sa présence est annoncée en tant que mécène et il est précisé en noir sur blanc qu'il arrivera accompagné de son épouse Jane. SON ÉPOUSE JANE.

Son. Épouse. Jane.

Mon cœur cesse de battre. Je me suis juré de ne jamais devenir « une maîtresse » et…

J'ai couché avec un homme marié… avec un salaud de mec infidèle !

Je m'efforce de respirer calmement, mais mes mains tremblent lorsque je cherche d'autres occurrences. Fébrile, j'essaie plusieurs combinaisons : Cole, Jane, Jane Parker, mariage… Je tente même un désespéré « divorce », mais je tombe sur celui de ses parents. Un carnage, apparemment. Je reste donc avec ma trouvaille. Cole Parker est marié. Je suis donc au milieu d'un de mes pires cauchemars : j'ai couché avec un homme marié. Je suis une briseuse de mariage.

Rectification : j'ai couché avec mon boss marié !

Pourtant, j'ai beau me repasser tout le film, depuis son entrée dans le bureau de Me Brevitz pendant mon entretien jusqu'à son départ après qu'on a… jusqu'à son départ, je ne me souviens absolument pas d'avoir vu une alliance à son annulaire.

Mais évidemment, ça ne signifie rien, surtout s'il est du genre à donner des coups de couteau dans le contrat de mariage.

Au secours.

Pourquoi promettre la fidélité et la sincérité si c'est pour trahir et mentir ? Je ne peux m'empêcher de me demander si Jane se doute de quelque chose.

À quoi ressemble-t-elle ?

Je me frotte les yeux. Peu importe, je ne devrais pas me poser ces questions. Plus encore : je n'aurais jamais dû céder à cette étrange pulsion. Ce n'est pas mon genre et il y a une bonne raison à ça ! Je veux apprendre un minimum de choses sur la personne que j'ai en face de moi ! Visiblement, savoir qu'il était mon patron n'était pas suffisant pour m'arrêter, mais c'était une erreur.

Une regrettable erreur.

On frappe à ma porte. Je lève la tête de mon écran. Un livreur en tenue tient un sac à bout de bras.

– Bonjour, je cherche Hazel Rivendale. Livraison d'un plateau numéro six de chez Dream Sushi !

– C'est moi, merci !

– La commande a été réglée en ligne, me rappelle-t-il.

Je sors un pourboire, que je lui tends en échange de mon repas.

– Merci et bon appétit. Dream Sushi vous souhaite une bonne journée ! récite-t-il avant de s'en aller.

– Euh, oui, merci.

Je reste seule, la bouche sèche, l'appétit coupé. Je me force à avaler quelques bouchées pour éviter l'hypoglycémie dans une heure, mais il m'est impossible de terminer mon repas.

Je décide d'aller mettre ce qui reste dans un des frigos de la cuisine commune, pour mon déjeuner de demain. Puis je passe au distributeur prendre un soda chargé de caféine. Sortir de ce bureau et croiser d'autres employés, l'air affairé, me rappelle pourquoi je suis ici. J'ai un stage à valider.

Ce qui s'est passé ce matin est un non-sens qui ne devra pas se reproduire, il ne pourrait rien en sortir de positif. Je me promets de rester strictement professionnelle et de faire ce qu'il faudra pour que Me Cole Parker en fasse de même.

Déterminée, je me rassieds devant mon ordinateur, ferme mon navigateur et, après une courte hésitation, décide de lire les dossiers que je dois remettre aux deux détectives du cabinet.

Après tout, si je dois travailler sur ce cas, il faut que j'en sache autant que tout le monde.

11

RÉUNION AU SOMMET

Cole

Nous sommes en train de discuter de la méthode à utiliser pour débusquer les éléments corruptibles de son cabinet lorsque Leonard, qui fait défiler les fiches personnalisées des employés du cabinet, prend un air étonné.

– Quoi ? demandé-je.

– Quelqu'un fait des recherches sur toi depuis un des ordinateurs du cabinet, me révèle-t-il. Attends, je regarde sur quel poste. C'est ton assistante !

Je ne manifeste aucune émotion et hausse les épaules. Leonard me met son écran sous les yeux. Le logiciel d'espionnage indique clairement l'IP de la machine, ainsi que l'identité de son utilisatrice.

J'ai fait mon possible pour effacer le peu de traces que j'ai pu laisser, mais ma génitrice ne s'illustre pas franchement par sa discrétion, Hazel a donc dû trouver quelques miettes à se mettre sous la dent, et elle a sûrement appris l'existence de Jane…

Quel con.

– Elle travaille pour moi, l'a su hier, je ne vois rien de fou là-dedans, réponds-je à Leonard, sans le regarder dans les yeux. Tu deviens parano.

– Je sais, je sais… admet Leonard en se frottant les yeux. Mais ça me rend dingue de ne pas savoir s'il reste des complices de Christopher ici !

Au même moment, la haute silhouette de Mary Soporovski se matérialise près de notre table. Vêtue de son éternel cachemire et cachée derrière des lunettes de soleil, elle apostrophe son associé sans perdre une seconde.

– Leonard ! Bon sang, j'écourte mes vacances pour te seconder et tu m'obliges à venir te débusquer jusqu'ici ! Bonjour, Cole, s'interrompt-elle brièvement.

Nous nous saluons d'un signe de tête neutre. Nous nous respectons professionnellement, mais pas plus. Je n'arrive pas à avoir confiance en elle, malgré les louanges que m'a chantées Leonard à son propos. De son côté, je pense qu'elle me trouve trop jeune et probablement trop imbu de moi-même.

Je connais mes capacités, je ne vois pas où est le

problème à être lucide sur soi.

– Je veux savoir si oui ou non je peux confier des dossiers sensibles à Penelope ! reprend-elle en modérant à peine le volume de sa voix, excédée. Je voulais une stagiaire pour être sûre d'avoir une débutante sans réseau professionnel ! Cette Hazel Machin, là, était parfaite !

Elle l'est.

– C'est pour ça qu'il fallait que ce soit moi qui l'ai, interviens-je calmement.

– Oui, on sait, soupire-t-elle, exaspérée, vous avez récupéré le procès à plusieurs zéros sur le chèque, mais encore faut-il que l'autre associée du cabinet puisse faire son job !

Elle se détourne ostensiblement de moi et se penche vers mon meilleur ami, qui joue nerveusement avec sa tasse vide.

– J'ai besoin d'une assistante ! Maintenant !

Pas question que Leonard cède et m'attribue une autre assistante.

– Penelope, c'était l'assistante de Christopher Lincoln, qui vous a trahis ? demandé-je.

– OUI.

Leonard et Mary viennent de me répondre en chœur, avec le même ton rageur.

– Donc si elle avait su qu'il transmettait les infos sur les plaignants à VFC Lawyers, expliqué-je, elle n'avait que deux options : le dénoncer auprès de vous ou négocier elle aussi un accord pour qu'il achète son silence et sa complicité.

Un silence accueille ma conclusion. Je décide d'asséner le coup de grâce.

– Si elle vous avait trahis, elle serait déjà embauchée chez VFC, tout comme Lincoln, continué-je sur le ton de l'évidence. Le risque était trop grand qu'elle cède à la pression et le dénonce après coup.

– Tu veux dire qu'on peut lui faire confiance ? me demande Leonard, sans cacher ses doutes.

– C'est une question de stratégie et de risques calculés, pas de confiance, asséné-je. Lincoln, VFC Lawyers et la TEC se sont mis d'accord pour étouffer l'affaire en achetant les plaignants.

Mes deux interlocuteurs acquiescent, sombres.

– VFC est le plus puissant cabinet d'avocats de New York, la TEC est un groupe industriel multimilliardaire, poursuis-je. Lincoln était votre maillon faible, ils l'ont donc acheté, comme leurs victimes. Une petite assistante, pour eux, c'est une virgule, un détail négligeable. Si elle avait trahi, ils l'auraient déjà mise hors de votre portée.

– Tu ne crois pas qu'ils la laisseraient en place pour en apprendre un peu plus sur nos dossiers en cours ? Genre, sur le procès dont tu t'occupes ? objecte Leonard.

Je secoue la tête en signe de dénégation, sûr de moi.

– Elle n'a pas accès aux documents sensibles. S'ils ont une taupe ici, c'est quelqu'un de plus important.

Je termine ma phrase et regarde Mary droit dans les yeux, jusqu'à ce qu'elle pâlisse. Je ne la soupçonne pas, du moins pas encore, mais mon meilleur ami risque trop gros dans cette histoire pour que qui que ce soit se sente à l'abri.

Puis ça m'amuse de faire descendre Soporovski de son piédestal.

– Si ce type doit m'insulter une fois de plus, je te préviens, Leonard, que tu devras choisir entre lui et moi, assène-t-elle, glaciale.

J'ai du mal à dissimuler mon sourire. Leonard lève les mains et, comme à son habitude, tente d'apaiser la situation.

– Je réponds de Mary, Cole. Et tu m'as convaincu, poursuit-il. Est-ce que ça te va de garder Penelope comme assistante, Mary ?

Elle hoche la tête, mais me fusille du regard.

– Ne mettez plus jamais mon intégrité en cause, c'est bien clair ?

Quand une avocate du calibre de Soporovski prononce ce genre de phrase, le procès n'est pas loin.

Ce qui signifie que j'ai touché une corde sensible.

– Je n'accuse personne. En tout cas, jamais sans preuve, ajouté-je par pure provocation.

Leonard baisse la tête, embarrassé. Mary Soporovski me toise de tout son mépris. Je lui souris et termine mon café d'un trait, sans la quitter des yeux. La bouche pincée, elle tourne les talons et s'en va.

– Bordel, Cole, tu ne peux pas te montrer un peu plus diplomate ? râle Leonard.

– Non. Tu dis te méfier de tout le monde et ça inclut ton associée, tu sais que j'ai raison, répliqué-je avec fermeté.

– Bientôt, tu vas me dire de me méfier de moi-même, plaisante-t-il en secouant la tête.

– Inutile, tu le fais déjà, sinon tu te chargerais du procès contre VFC et je ne serais pas en train de te facturer mes honoraires.

– Tes honoraires exorbitants.

– Nous savons tous les deux que je les vaux. Et pour te prouver que je ne te vole pas, si on retournait au bureau ?

– Allons-y, dit mon ami en expirant bruyamment.

À peine avons-nous passé les portes du cabinet que Hazel, les cheveux attachés comme ce matin, sort de son bureau et m'intercepte.

– Je peux vous parler ? demande-t-elle d'un ton neutre.

Le vouvoiement qu'elle emploie, sa tenue soignée et son chignon serré me donnent envie de retrouver la femme presque sauvage que j'ai découverte à peine quelques heures plus tôt.

Putain, je ne dois plus penser à ça.

Elle attend ma réponse, droite et imperturbable. Cette distance affichée, même si je sais qu'elle est artificielle, est la preuve d'une maturité et d'un self-control étonnants. Même le bleu-vert de ses yeux paraît plus vif.

– Venez dans mon bureau, dis-je en la précédant.

Je m'assieds dans mon fauteuil, prêt à recadrer notre relation sur un registre professionnel. Si elle veut me parler, c'est forcément de ce qui s'est passé.

Je vais mettre les choses au clair tout de suite : c'était un accident et…

Elle pose devant moi deux dossiers, sur lesquels elle a collé des étiquettes au nom des détectives du cabinet.

12

PLUS DURE SERA LA CHUTE

Hazel

Son regard froid me déstabilise un peu, mais je reste concentrée sur ce que j'ai découvert dans les dossiers.

Peu m'importe ce que cachent les yeux glacier de cet homme, je ne suis concernée que par les magouilles de l'avocat.

Il saisit les dossiers que je viens de poser devant lui. Ses longs doigts musclés tournent les pages. Il ne porte pas d'alliance et son annulaire n'affiche aucune trace plus claire à la base, qui indiquerait qu'il vient juste de la retirer.

Ça ne veut rien dire, certaines personnes ne portent pas d'alliance par confort.

Je m'accroche à mon professionnalisme et ma motivation. Plus rien ne me fera dévier de ma route désormais. Pas même la porte entrouverte du local où, plus tôt, lui et moi nous sommes retrouvés pour…

Les dossiers. Juste les dossiers.

Il joue le boss impitoyable, moi je serai pointilleuse et irréprochable. Je validerai mon stage coûte que coûte !

Et ce n'est pas parce que ce type est l'homme le plus attirant que j'aie jamais vu que ça changera quelque chose !

Quand je trouve enfin la force de relever les yeux vers lui, je vois qu'il sourit.

Je pense stage, diplôme, réussite ! Je pense abstinence !

Hélas, cette pensée me ramène aussitôt quelques heures en arrière et mon regard est comme aimanté par cette fichue porte entrouverte.

Merde.

Je me reprends, mais trop tard. Me Parker ne dit rien, son expression est restée la même, mais il n'a pas pu rater mon coup d'œil. Il recule son siège et me toise, sûr de lui, les avant-bras posés sur les accoudoirs de son fauteuil, comme s'il était au spectacle.

Vite, boulot !

Je prends une respiration et me jette à l'eau.

– Voici donc les dossiers destinés aux détectives, commencé-je, parlant un peu trop vite. Il s'agit d'informations sur la plaignante, mais il se trouve que ces dossiers ne sont pas identiques. Celui que vous destinez à M. Ross comprend une adresse mail ne figurant pas dans les informations fournies à sa collègue Mme Greco. En revanche, celle-ci a accès à un numéro de téléphone absent du dossier de M. Ross. Par conséquent…

– Votre travail consiste à faire ce que je vous demande et je vous ai demandé de transmettre ces dossiers aux enquêteurs, m'interrompt-il froidement. Pourquoi ne l'avez-vous pas encore fait ?

Comme si lui s'en était tenu à ce que son travail lui permettait de faire…

Malgré mon visage qui s'empourpre et mes mains moites, je ne cède pas.

– Parce que je ne peux pas faire mon travail correctement si je ne comprends pas pourquoi vous donnez des informations différentes aux deux enquêteurs ! dis-je à voix haute et claire.

– Vous êtes curieuse, répond-il, narquois. Très curieuse, même, si j'en crois vos recherches à mon sujet, pendant votre pause déjeuner.

Quel salaud.

Je cherche quelque chose à répliquer, mais j'ai peur que ma voix ne déraille sous l'effet du stress.

– Vous avez trouvé quelque chose d'intéressant ? me demande-t-il d'un ton sec.

Cette fois, c'en est trop. Il me cherche, il va me trouver.

– Famille aisée, études, victoire juridique contre Gartok qui a lancé votre carrière, mariage il y a cinq ans…

Il tressaille et son regard de glace s'assombrit. L'une de ses mains se ferme en un poing qui s'abat comme au ralenti sur l'accoudoir.

– Et ? me coupe-t-il encore.

– Et visiblement une tendance à dépasser certaines limites, osé-je après une hésitation.

Il me toise, imperturbable.

– Curieux commentaire, venant d'une femme qui utilise son temps de travail pour des occupations qui me semblent aussi en dehors de ses attributions… professionnelles.

Mon visage entier s'enflamme sous l'effet de sa double allusion. Mais je sais que si je le laisse me réduire au silence avec ce sous-entendu, le reste de mon stage sera un chemin de croix.

– Je ne trouve pas, répliqué-je. J'ai aussi découvert qu'avant d'être l'assistante de Mary, Penelope était celle d'un certain Christopher Lincoln, qui se trouve être aujourd'hui avocat senior chez VFC Lawyers, nos adversaires dans le dossier actuel.

Sa pupille s'élargit sous l'effet de la surprise, même s'il n'affiche aucune autre réaction. C'est un avocat renommé, il est habitué à ne surtout jamais montrer qu'on le déstabilise.

Et moi, je suis habituée à ce qu'on me sous-estime, mais je ne suis pas une blonde naïve !

Nous nous affrontons du regard pendant quelques secondes. Je serre les poings, le cœur battant. Face à moi, il semble parfaitement serein, mais il ne bouge plus, comme s'il redoutait qu'un geste incontrôlé ne révèle quelque émotion.

– J'ai d'abord cru que vous aviez rejoint Brevitz & Cie à la suite du départ de cet avocat à la concurrence, pour éviter qu'il ne décrypte les habitudes de défense de ses anciens collègues, lors du procès contre VFC, poursuis-je en faisant mon possible pour raffermir ma voix. Mais l'ambiance du cabinet, l'affaire de la TEC perdue et le dossier sur lequel nous travaillons me font penser qu'il y a autre chose.

– Continuez.

Victoire ! Cette fois, il m'écoute vraiment.

Je n'ai pas simplement découvert des informations sur lui, j'ai croisé tout ce que j'ai pu trouver sur le cabinet, et ce que j'ai compris est incroyable.

– Le départ de Me Lincoln a eu lieu au même moment que la perte du procès contre la TEC. VFC est officiellement devenu le cabinet qui représente la TEC quelques semaines après, énuméré-je. Et Brevitz & Cie sont les seuls à avoir accepté de défendre Eva Pintoro, l'ancienne collaboratrice de William Carrington, associé de Vaughn, Fitzpatrick & Carrington, nos adversaires.

J'attends une seconde, espérant un signe de tête qui me prouverait que je suis sur la bonne voie, mais il ne répond rien.

– En résumé, dis-je, comme si je plaidais ma propre cause, VFC Lawyers et Brevitz & Cie sont en concurrence directe depuis plusieurs mois et leur seul point commun est Christopher Lincoln. Ce qui pourrait être un hasard. Après tout, les avocats quittent des cabinets pour en rejoindre d'autres, il n'y a rien de répréhensible à ça, mais il est déjà plus rare qu'un avocat junior, avec un taux de réussite somme toute modeste, quitte un cabinet de taille moyenne pour intégrer un cabinet historique, prestigieux et y décrocher le grade d'avocat senior. Sauf s'il permet au gros cabinet de décrocher un énorme client, du genre de la TEC.

En gros, trop de choses lient ces deux cabinets pour que ce soit un hasard et ce procès sur lequel je travaille m'a tout l'air d'un règlement de comptes entre avocats.

Cette fois, Cole Parker sourit.

Et quand il fait ça, ses yeux deviennent lumineux comme… Non, stop.

– Bravo, lâche-t-il enfin, en se passant la main dans ses cheveux épais.

Mon estomac reprend sa place et je peux enfin desserrer les poings.

– Merci. La seule chose qui m'échappe, c'est ce qu'il a bien pu faire pour réussir ce tour de force, confié-je. Cela dit, en considérant l'ambiance qui règne ici, la méfiance généralisée, le fait que moi, je me retrouve à travailler avec un avocat free-lance sur un procès en harcèlement impliquant un associé de VFC, j'imagine qu'il a quelque chose à voir avec la perte de l'action collective contre la TEC. Christopher Lincoln a trahi

Brevitz & Cie, c'est ça ?

– C'est ça, confirme-t-il. Et donc vous allez maintenant donner les dossiers photocopiés à M. Ross et Mme Greco.

Ah non, il ne s'en tirera pas aussi facilement, je veux tout savoir !

– Vous les testez, c'est ça ? demandé-je sans bouger d'un pouce.

– Je teste tout le monde, me répond-il, se tournant vers l'écran de son ordinateur.

– Je veux savoir s'il s'agit d'une erreur dans les dossiers ou si c'est voulu, insisté-je.

– Vous n'avez pas confiance en mes compétences ? me demande-t-il d'un ton cinglant, braquant sur moi ses yeux couleur glacier.

En vos compétences, si. Le reste…

Son regard m'empêche de trouver la bonne formulation pour lui répondre ; j'ai l'impression désagréable que mon cerveau bafouille. Une mèche de cheveux retombe sur son front, soulignant encore plus la luminosité troublante de son regard.

– Tout ce que je fais est voulu, prononce-t-il lentement, sans cesser de me fixer.

– Très bien, réussis-je à dire finalement. Mais ne me prenez plus pour une idiote, je suis loin d'en être une.

Mais qu'est-ce qui me prend de dire un truc pareil ?

– Je le sais, dit-il en se détournant de nouveau.

Je respire. J'ai même un peu envie de danser sur place.

– Demain, vous m'accompagnerez à l'entretien que je dois avoir avec ma cliente. Vous en ferez le compte rendu.

Cette fois, il tend le bras et pousse les dossiers dans ma direction. Le message est clair. Il ne me salue pas, n'ajoute rien : pour lui, je ne suis déjà plus dans son bureau.

Je sors donc, les dossiers sous le bras. Une fois dans le couloir, je souffle et laisse la tension retomber. Je me sens soudainement exténuée. Cette conversation, qui tenait davantage du duel que de l'échange professionnel, m'a pris toute mon énergie ! En plus, à deux reprises, j'ai bien cru qu'il parlait de ce que nous avons fait ce matin ! Soit je suis complètement obsédée, soit… il l'a fait exprès.

Je repense alors à ce qu'il m'a dit à la fin : « Tout ce que je fais est voulu. »

Bien sûr qu'il l'a fait exprès, ce n'est pas moi qui ai l'esprit perverti.

Un demi-sourire me vient aux lèvres. Il n'est pas aussi indifférent qu'il a bien voulu me le faire croire. Lui aussi repense à cette étreinte.

Ce qui est problématique, compte tenu de l'importance de ce stage pour moi.

Mon sourire s'efface. Je suis épuisée ET totalement perdue. Je suis séduite et agacée par ce mec. J'admire sa faculté à obtenir ce qu'il veut en tant qu'avocat et je me sens désagréablement vulnérable en sa présence. Je suppose que je pourrais apprendre énormément en travaillant sur ce cas, mais je devine qu'un stage sous les ordres de ce mec risque d'être périlleux. Dangereux. Excitant.

Merde. Dangereux.

Trop de choses sont en jeu pour que je me laisse distraire ainsi. J'accélère le pas. Direction les bureaux des deux détectives. Heureusement pour moi, ils sont là tous les deux et je n'aurai pas à me heurter à leurs portes closes.

Je commence par Milton Ross, avec qui je n'ai encore eu aucun échange, puisque la dernière fois il était au téléphone. Lorsqu'il découvre le dossier que je lui apporte, il lève les yeux au ciel.

– J'ai déjà tout épluché, mais bon, soupire-t-il. C'est vous, Hazel Rivendale, c'est ça?

– Oui, monsieur.

Il me sourit gentiment et me tend une bonbonnière pleine. Je refuse d'un geste.

– Non? Vraiment? Quelle volonté! me répond-il en avalant un ourson en guimauve. Vous avez travaillé où, avant?

– J'ai fait plusieurs stages dans d'autres cabinets, réponds-je avec un sourire.

Inutile de lui avouer que c'était chez des avocats qui travaillaient en solo, sur des affaires peu intéressantes.

– Oh! Une étudiante brillante, alors! Vos parents sont de New York aussi? continue-t-il, toujours affable. Oh, j'adore ces trucs, vous n'en voulez vraiment pas ?

Il saisit un autre ourson, hésite, puis l'engloutit comme le premier.

– Non. Mes parents habitent Phoenix.

– En Arizona ! Comment avez-vous atterri ici ? Un amoureux, peut-être ?

– Les études, monsieur, dis-je en comprenant qu'il essaie de me tirer les vers du nez.

Tout le monde enquête sur tout le monde, ici, décidément.

– Milton !

On frappe contre le chambranle de la porte. Je me retourne et vois l'autre détective, Marina Greco, à l'entrée du bureau.

– Oui, Marina ?

– Oh, bonjour, Hazel. Ça va ? Milton, tu aurais une clé USB ou un Flashdisk à me prêter ? Un vierge, hein ! C'est pour communiquer des infos à un policier, explique-t-elle à son collègue.

Milton acquiesce et fouille dans son tiroir. Marina me fait un clin d'œil et me tend la main. Je lui laisse son dossier et profite de sa diversion pour m'éclipser lentement. Il est clair qu'elle est intervenue pour mettre fin à l'interrogatoire, mais elle est détective, elle aussi… donc elle a sûrement agi ainsi pour gagner ma confiance et obtenir des réponses ultérieurement.

Ça y est, voilà que moi aussi, je soupçonne tout le monde !

Un coup d'œil derrière moi me fait craindre un instant que les deux détectives ne comparent leurs dossiers, qu'ils sont tous les deux en train de feuilleter en discutant, mais rien ne se passe et Marina retourne dans son bureau.

Ce stage est décidément beaucoup – BEAUCOUP – plus compliqué que je ne l'aurais pensé. Cependant, j'avoue que je ne déteste pas cette ambiance Cluedo, stimulante intellectuellement.

– Mais je risque de mourir d'un arrêt cardiaque avant la fin de mon stage, murmuré-je pour moi-même.

– Ce serait dommage, je commençais justement à prendre goût à nos échanges, me souffle à l'oreille une voix que je reconnais instantanément.

Cole Parker, un sourire amusé aux lèvres, me dépasse en me frôlant. Je ne sais pas si j'ai envie de le gifler ou de lui sourire. Il ne me regarde déjà plus et entre sans frapper dans le bureau de Me Brevitz.

***

Je suis littéralement morte de fatigue quand je rentre enfin chez moi, vers vingt heures. Après un trajet en métro, je n'ai plus qu'une envie, c'est de me poser sur le canapé avec un thé ou quelque chose de plus fort et de ne plus penser à rien ! J'espère qu'Esther sera là pour me raconter sa journée, parce que je suis sûre qu'elle saura me changer les idées !

Mais une fois la porte ouverte, je suis assaillie par des gémissements et des rires. Oui, ma colocataire est ici. Non, elle ne me racontera pas sa journée.

Oh non, pitié !

Enfermée dans sa chambre avec Thomas, dont je reconnais la voix, Esther s'amuse, et plus si affinités. Évidemment, ces manifestations évidentes de plaisir ne font que me ramener à ce que j'essaie désespérément d'oublier depuis ce matin : les mains de Cole Parker sur ma peau… et tout le reste.

– Oh oui !

Je fonce dans ma chambre en soupirant, empoigne mon casque audio, pousse le volume sonore et, histoire d'être certaine de ne plus rien entendre, mets un oreiller sur ma tête !

Un grand coup contre le mur me fait fermer les yeux.

Je ne veux pas penser à Cole. Pas à Cole. Cole. Non !

13

SOUS LA SURFACE

Hazel

L'ascenseur est bondé quand j'arrive au travail. C'est encore pire que le métro. Je retiens un soupir d'exaspération. Après une soirée vécue le casque sur les oreilles et une nuit morcelée par les ébats passionnés de ma colocataire et de son amant du moment, j'aurais aimé avoir un peu de répit. Par exemple, j'aurais apprécié de pouvoir parler à Esther. Je suis sûre qu'elle m'aurait apaisée ou peut-être conseillée. Mais visiblement, mon amie est engagée dans un marathon érotique. Et elle a décidé d'y consacrer tout son temps et toute son énergie.

Moi, en revanche, question énergie, je suis assez proche du lamantin sous calmants. Aussi, je me réjouis en apercevant Penelope dans le bureau de Mary Soporovski, en train de prendre des notes d'un air sérieux. Un moment seule, sans devoir subir sa guerre froide permanente, est tout à fait bienvenu.

J'en profite pour explorer les courriers types mis en ligne dans la base de données du cabinet, afin de gagner du temps lorsque je devrai en taper un. Ça fait à peine une vingtaine de minutes que je suis assise face à mon écran quand mon téléphone de bureau sonne.

Mon premier appel en tant qu'assistante juridique ici !

– Hazel Rivendale, assistante juridique de Me Parker, que puis-je faire pour vous ? récité-je avec un sourire.

– C'est Selena, je voulais te prévenir que Mlle Pintoro est arrivée, je l'ai installée dans le salon, m'informe l'hôtesse d'accueil.

– Ah, OK, merci !

C'est donc avec la plaignante de l'affaire que nous avons un entretien ce matin.

Il aurait pu me prévenir, au lieu de faire durer le suspense.

Je me dépêche, curieuse de rencontrer celle que je n'ai fait qu'apercevoir au tribunal. J'étais bien trop stressée par la situation et mon rôle à tenir pour lui prêter attention. Quand je la vois installée sur un des sofas de l'entrée, penchée sur un livre, je lui trouve l'air fragile. Son pull flotte autour de ses épaules comme si elle avait récemment perdu du poids. Ce qui est probablement le cas… J'ignore où elle trouve la force de s'attaquer à VFC Lawyers.

Peut-être dans l'assurance de son avocat.

– Mademoiselle Pintoro ? l'appelé-je d'une voix douce. Je suis Hazel Rivendale, l'assistante de Me Parker.

Elle lève la tête, me sourit faiblement, puis range son livre dans son sac à main.

– Je vous reconnais, vous étiez à l'audience préliminaire, c'est vous qui êtes sortie comme une furie, me dit-elle en se levant.

Je sens mes joues rosir. Encore.

– Oui, c'était moi, dis-je simplement, sans rien ajouter.

Je suis tentée d'excuser mon étrange comportement au tribunal en lui révélant que c'était mon boss qui m'avait demandé d'agir ainsi, mais ce serait non professionnel. À la place, je préfère tenter d'amorcer une conversation plus détendue, alors que je la conduis vers une salle de réunion.

– Que lisiez-vous ? demandé-je, désinvolte.

– Une romance. J'avais envie de quelque chose qui… me donnerait un peu d'espoir et de douceur, achève-t-elle avec un haussement d'épaules.

– Si vous l'aimez, donnez-moi le titre, j'aime beaucoup lire, moi aussi.

Même si je n'ai eu le temps que pour des cours et des comptes rendus depuis environ six mois !

– Bien sûr. Vous êtes nouvelle, ici ? demande-t-elle.

J'ignore si c'est ma paranoïa naissante ou si c'est vrai,

mais j'ai l'impression qu'elle ne me pose pas cette question par hasard.

– Oui, j'ai été recrutée il y a quelques jours.

– Oh.

Elle se tend immédiatement. Au moins, les choses sont claires : ce n'est pas ma paranoïa naissante. Alors que nous arrivons en salle de conférences, je lui propose un verre d'eau, lui demande si elle a besoin d'autre chose, mais elle s'assied en refusant chacune de mes propositions.

Bon, je ne suis pas près d'avoir le titre de son roman, moi.

En attendant, j'installe les ordinateurs portables, le dossier de son affaire, les bouteilles d'eau minérale, les verres et de quoi prendre des notes à la main, on ne sait jamais. Quand Cole Parker arrive, une main bandée, tout est prêt.

Il s'est blessé ?

– Bonjour, Eva, comment allez-vous ? lui demande-t-il en entrant, avant de lui donner une accolade respectueuse.

Le sourire de la jeune femme refait son apparition. Il est clair qu'elle se sent en sécurité quand son avocat est à ses côtés. Une partie de moi admire la confiance qu'il a réussi à installer avec sa cliente.

– Que vous est-il arrivé, maître ? demande-t-elle en désignant le bandage.

– Un bête accident à la salle de sport. Vous avez fait la connaissance de Hazel ? s'inquiète-t-il.

Eva hoche la tête, silencieuse, cachant mal sa contrariété.

– C'est une jeune femme brillante et vous pouvez lui faire confiance, ajoute-t-il doucement.

Mon cœur fait une embardée. Ces simples mots, prononcés dans ce contexte, constituent une véritable validation professionnelle.

Qu'il formule à une tierce personne qu'il me sait intelligente me fait tellement plaisir que… ma réaction est un peu suspecte. Je ne suis pas censée être bouleversée par un compliment de la part de mon boss.

De mon boss marié.

Heureusement, l'entretien commence rapidement, ce qui me permet de me concentrer sur l'essentiel : l'affaire en cours et mon stage. J'ai devant moi un ordinateur portable sur lequel je vais pouvoir prendre des notes en vue du compte rendu que je dois faire.

– D'abord, nous avons remporté une première victoire puisque le procès commence demain, commence-t-il d'une voix ferme. Contrairement à ce que Fitzpatrick a tenté de faire avaler au juge, nous avons bien assez de matière pour qu'on se penche sur le cas de Carrington !

Je note, traduisant en langage juridique l'envolée de mon boss. Eva hoche la tête, trop nerveuse pour se réjouir de ce premier pas.

– Nous savons que ce procès sera difficile, poursuit Cole Parker. Nous allons devoir apporter des preuves tangibles de ce qui s'est passé et, ne nous faisons aucune illusion, les témoins éventuels sont tous encore en poste chez VFC, donc ils ont peur de parler.

Eva se mordille nerveusement les lèvres, sans répondre. Son angoisse est palpable.

– Nos détectives ont déjà pris quelques contacts, sans succès. Mais je leur ai demandé d'examiner de nouveau certains éléments et de chercher des témoins extérieurs au cabinet.

– Il n'y en a aucun, tout s'est déroulé chez VFC, répond Eva, découragée.

– Alors il faut chercher parmi les livreurs, le personnel d'entretien, la clientèle, n'importe qui ! énumère Cole Parker d'un ton vibrant. On ne négligera aucune piste !

– Personne ne voudra parler, tous ceux que vous avez cités ont besoin de VFC, d'une manière ou d'une autre. Ils sont trop puissants, souffle Eva, de plus en plus abattue.

Elle a peur. Lorsqu'elle a porté plainte, elle était en colère, mais les semaines ont passé et la peur refait surface. Son désarroi me touche tellement que je ne peux garder le silence.

– Vous avez eu le courage de parler, Eva, dis-je soudain. C'est un exemple que d'autres pourraient suivre.

Ma voix résonne dans la pièce. Je réalise alors que je viens d'intervenir dans un entretien entre mon responsable direct et sa cliente, sans aucune autorisation. Ma gorge se serre. Je jette un œil à mon boss, mais il ne regarde qu'Eva. Celle-ci semble me considérer autrement.

– Je me sens pourtant bien seule, pour l'instant, me répond-elle dans un souffle.

– Vous ne l'êtes pas, lui répond son avocat. Je suis à vos côtés et je ne vous lâcherai pas. Ce type est la honte de ma profession, j'en fais une affaire personnelle.

La rage contenue qui se devine derrière cette déclaration semble rassurer Eva, qui redresse la tête. Moi, j'en ai presque des frissons.

– Hazel a raison, reprend-il. Soyez certaine que d'autres jeunes femmes, d'autres assistantes juridiques seront inspirées par votre courage. Nous sommes au début du chemin et nous irons jusqu'au bout, ayez confiance.

D'autres assistantes juridiques… Je comprends alors que je ne suis pas uniquement ici pour prendre des notes, mais qu'il m'a demandé de venir pour qu'Eva sente qu'elle avait une alliée, ici. Une jeune femme comme elle, susceptible de la prendre comme modèle. Je suis également ici pour regonfler l'ego de sa cliente.

C'est la seconde fois qu'il se sert de moi mais, curieusement, cette fois-ci, je ne me sens pas utilisée. Il n'attend pas de moi que je secoue mes cheveux comme une bimbo, il espérait que je prenne la parole.

Parce qu'il me sait brillante. Il me trouve attirante et brillante.

Je dois faire un effort pour me concentrer sur ma prise de notes.

– En attendant, je n'ai aucune preuve à vous apporter et ça me rend folle de devoir attendre un éventuel témoignage ! enrage Eva. Vous savez, un jour, il a même eu le culot de me laisser un post-it sur lequel il avait écrit qu'il voulait… me prendre sur le bureau !

Oh, mais quel porc !

– Qu'en avez-vous fait ? demande aussitôt son avocat.

– J'étais stupéfaite, dégoûtée… Je l'ai jeté, c'était méprisable, je ne voulais pas conserver ce truc ! Je ne me doutais pas que ça empirerait à ce point !

La culpabilité latente que je sens sous les propos d'Eva me révolte : ce n'est pas à elle de se sentir coupable !

La honte doit changer de camp.

– Vous avez voulu effacer ce manque de respect. J'aurais fait la même chose, murmuré-je, suffisamment fort pour être entendue.

Cole Parker regarde Eva, qui acquiesce à mes propos. Elle s'adresse à Cole, mais m'écoute désormais. Lui a tendu son bras par-dessus la table et a posé sa main sur celle de sa cliente. Ce geste protecteur, rassurant, m'émeut. Je ne peux m'empêcher de me demander s'il montre autant d'attentions dans sa vie privée ou si c'est un traitement réservé aux clientes qu'il a besoin de mettre en confiance. Est-ce qu'il est aussi plein de sollicitude envers cette mystérieuse Jane, dont il n'a pas daigné me parler malgré ce qui s'est passé entre nous ?

C'est à croire qu'elle n'existe pas.

Cette pensée me trouble, mais je la balaie immédiatement. Je dois arrêter de me laisser distraire aussi facilement.

– Aujourd'hui, reprend Eva en secouant la tête, je ne referais pas cette erreur. C'est la seule preuve matérielle que j'ai eue entre les mains. Tout le reste s'est passé oralement, sans témoins !

Devant l'absence de pièces à conviction et de témoignages directs, je me demande bien comment Cole Parker a réussi à obtenir que ce procès ait lieu. Il doit être vraiment doué… Peut-être a-t-il argumenté qu'il avait besoin de l'appui d'un juge pour faire émerger d'autres témoignages ?

Perdue dans mes réflexions, je n'ai pas remarqué les larmes d'Eva.

– Ce type a brisé ma carrière, ma vie privée et ma confiance en moi ! lâche-t-elle en arrachant quelques mouchoirs en papier de la boîte posée sur la table.

– Nous allons faire le nécessaire pour vous rendre tout ça et plus encore, ayez confiance, l'assure Cole Parker. Le juge Jackson est sensible au harcèlement, c'est un atout pour nous. Ce n'est que le début et, croyez-moi, William Carrington doit être en train de hurler dans son bureau en ce moment même !

Il fait cette dernière supposition avec un sourire de loup, comme si cette éventualité lui faisait plaisir.

Ce qui est probablement le cas.

Eva sourit à travers ses larmes. Elle doit imaginer son ancien patron en pleine crise d'hystérie. Le dossier est loin d'être gagné d'avance, ils s'attaquent à un cabinet historiquement renommé, bien plus puissant que Brevitz & Cie, et il a réussi à la faire sourire…

Respect.

– Bien, dit-il après quelques secondes. Nous allons en rester là pour aujourd'hui. Prenez soin de vous, allez au cinéma et n'y pensez plus pour le reste de la journée. On se voit demain au tribunal. Hazel, vous appelez un taxi pour Eva ? Je dois m'entretenir avec Me Brevitz.

– Tout de suite, dis-je en me levant.

– Eva, je vous appelle dès que j'ai du nouveau.

– Merci, Cole.

Nous sortons de la salle de réunion. Cole Parker nous laisse, tandis qu'Eva Pintoro et moi nous dirigeons vers l'accueil. Notre cliente semble plus détendue qu'à son arrivée. Elle accepte même le rafraîchissement que lui propose Selena en attendant l'arrivée de son taxi. Alors que je m'apprête à aller taper le compte rendu de l'entretien, je croise Milton Ross qui sort justement de son bureau.

Il me guettait ou quoi ?

– Ça s'est bien passé ? me demande-t-il, tout sourire, avant de jeter un œil inquisiteur dans le bureau de Leonard Brevitz, où se trouve aussi Cole Parker.

– Oui, très bien, réponds-je sur le même ton.

– L'affaire est sur les rails ?

– L'affaire est sur les rails, répété-je sans rien ajouter.

Il hoche la tête, semble attendre que j'en dise plus mais, constatant que je n'ajoute rien, il me sourit encore plus et s'éclipse.

Peut-être que ce n'était qu'une manière pour lui de se montrer courtois, mais j'en doute. Son métier est d'obtenir des informations, de deviner ce que les gens ne veulent pas dire. Peut-être que sa tentative de nouer la conversation n'est pas dénuée d'arrière-pensée. Et ma méfiance est d'autant plus présente que c'est maintenant Marina Greco qui sort de son antre ! En revanche, elle s'adresse directement à Eva, qui est derrière moi, sur le sofa, son eau pétillante à la main.

– Bonjour, mademoiselle Pintoro, je suis Marina Greco, enquêtrice du cabinet, se présente-t-elle. Nous nous sommes déjà rencontrées, mais vous ne vous en souvenez sûrement pas.

– Euh, en effet, je m'en excuse.

Marina rit en haussant les épaules.

– Ne vous excusez pas, c'est une qualité dans mon métier de savoir se faire oublier ! répond-elle. Je tiens à ce que vous sachiez que je vais remuer ciel et terre pour consolider votre dossier.

– Merci, sincèrement, répond Eva, visiblement touchée.

Deux détectives aux styles totalement différents. Je suis curieuse de savoir qui sera le plus efficace sur ce dossier. Le vieux briscard ou celle qui ressemble à une mère de famille égarée ?

J'observe Marina, qui retourne dans son bureau après un passage dans la cuisine collective, et ne peux m'empêcher de me demander lequel des deux vendrait des informations à la concurrence. Le célibataire qui semble ne pas avoir de domicile ou celle qui a une famille à charge ?

– Mademoiselle Pintoro, votre taxi vous attend au rez-de-chaussée, intervient Selena qui m'interrompt dans mes réflexions.

– Je vous accompagne, décidé-je soudain.

Eva est beaucoup plus détendue en ma présence depuis l'entretien. Je suis heureuse d'avoir pu contribuer à la mettre davantage en confiance. Il est primordial qu'elle se sente soutenue par le cabinet. Elle aura besoin de toutes ses forces pour ce procès et il ne faut pas qu'elle se méfie de nous.

Elle doit déjà se méfier du reste du monde…

– Vous avez de la chance de travailler dans ce cabinet, me dit-elle alors que l'ascenseur descend. Tout le monde est si gentil.

Je lui souris sans répondre.

Si elle savait tout ce qui se cache sous la surface… Mais j'espère qu'elle a raison parce que mon avenir professionnel est en jeu !

14

COUPABLE PAR NATURE

Hazel

Me Fitzpatrick se lève, altière, et s'avance vers Eva, qui ne baisse pas les yeux, assise bien droite dans le box à gauche du juge Jackson.

– Monsieur le président, tonne l'avocate de William Carrington, nous souhaitons faire verser au dossier cet échange de mails fourni par un ex-collègue de Mlle Eva Pintoro !

– Montrez.

Je m'agite sur mon siège. À côté de moi, Cole pose la main sur mon avant-bras pour m'inciter au calme. Ce simple contact sur la manche de mon tailleur a l'effet inverse. Je me fige instantanément, le cœur battant, le sang en ébullition, les reins en feu. Il retire sa main. Je lui jette un regard de côté. Son expression n'a pas bougé : il est neutre, attentif. Je suis un livre ouvert et lui une statue de bronze. Je respire à petits coups, essayant de prendre exemple sur lui sans me laisser distraire par notre proximité physique.

Le juge rend les feuilles à Barbra Fitzpatrick et lui fait signe par un geste de la main d'en donner un exemplaire à Cole. Elle les lui tend avec un demi-sourire qui ne présage rien de bon. Cole les lit rapidement et les repose devant lui. Il ne serre pas les mâchoires, ne sourit pas. Son visage est un masque imperturbable. Je me démanche le cou pour tenter de déchiffrer les premières lignes, mais c'est inutile car Me Fitzpatrick demande à Eva de lire leur contenu à voix haute.

– « On va travailler sur ce cas dans la salle de réunion et on commande des pizzas ? » lit Eva d'une voix tremblante de colère.

– Je rappelle que c'est votre collègue Jorge Mendoza qui vous envoie ce message, à plus de vingt heures, un jeudi, au sein de notre cabinet. Lisez-nous maintenant ce que vous lui avez répondu.

Eva garde la tête droite, mais je la sens vibrer de rage. Elle sait ce qu'il y a dans l'échange et se doute que le contenu va la desservir. À mes côtés, son avocat affiche un calme olympien. Moi, je suis sur des charbons ardents.

– « On devrait plutôt emporter ce dossier au Vodkaddict, ça nous rendrait les choses plus supportables », ânonne Eva d'un ton volontairement plat.

– Et M. Mendoza vous répond alors…

– « Bonne idée : une page = un shooter. »

– Donc si je résume, votre collègue, un homme marié, qui travaille le soir au lieu de rejoindre sa famille, vous propose de rester dans les locaux du cabinet, et vous répondez que vous préféreriez vous rendre dans un bar à vodka ! À vingt heures ! souligne Barbra Fitzpatrick avec un sourcil levé. Mademoiselle Pintoro ? C'est bien ce que vous avez écrit ?

– Oui, mais…

– Merci.

L'avocate de la défense retourne s'asseoir à côté de son client, qui affiche une tête de martyr. Un coup d'œil aux jurés confirme ce que je savais déjà : l'impression est mauvaise. Quand Cole se lève pour rejoindre Eva, celle-ci le regarde avec une telle détresse que j'ai mal pour elle.

– Vous avez donc proposé à votre collègue de vous rendre dans un bar à vodka, ce qui, bien que la prohibition n'ait plus court, semble constituer un délit moral pour ma consœur, commence-t-il, décontracté.

– Objection ! intervient Barbra Fitzpatrick qui lève les yeux au ciel.

– Accordée. Maître, restez-en aux faits, je vous prie, répond le juge, les sourcils froncés.

– C'est bien mon intention, poursuit Cole, pas déstabilisé. Vous étiez sérieuse ?

– Mais pas du tout ! s'écrie Eva. Bien sûr que non ! Le dossier était… dense, et c'était une façon de plaisanter à ce sujet ! En plus, je connais très bien Sofia, l'épouse de Jorge. Il n'y avait absolument rien d'ambigu entre nous !

Je remarque alors un signe de tête très léger de la part de Cole. Aussitôt, Eva s'interrompt et prend une respiration profonde. Je comprends alors qu'ils ont établi entre eux une sorte de code, afin qu'il puisse la guider durant son témoignage. Cette connivence secrète me procure aussitôt un pincement au cœur. Heureusement pour moi, leur échange reprend, me permettant de penser à autre chose qu'à cette étrange manifestation de mon corps.

– Ce soir-là, vous deviez donc travailler avec ce collègue sur un dossier, l'avez-vous fait ?

– Oui.

– Où ça ?

– Au sein du cabinet, dans une salle de réunion.

– Et vous avez pris cette décision par mail ?

– Oui.

– Lors de ce même échange ? demande Cole en brandissant les feuilles imprimées.

– Oui.

– Pouvez-vous nous dire comment cet échange s'est-il conclu, dans ce cas ?

– Eh bien, nous avons encore plaisanté, j'ai ensuite écrit qu'un champ de mines nous permettrait de nous mettre dans l'ambiance du dossier et Jorge m'a répondu qu'on n'avait qu'à commander du poison pour le dîner, histoire d'en finir plus rapidement. Ensuite l'un de nous a dit « on se retrouve dans dix minutes dans la salle de réunion » et puis voilà, explique Eva, plus calme.

– Aviez-vous réellement l'intention de vous rendre sur un champ de mines afin d'y commettre une tentative de suicide avec votre collègue ? ironise Cole.

Les jurés sourient, tout comme moi.

– Votre Honneur ! Objection ! glapit Barbra Fitzpatrick, qui comprend que la situation vient de se retourner.

– Rejetée, marmonne le juge avant de regarder Cole avec une expression désapprobatrice.

Mais le juge a beau manifester peu d'enthousiasme quant à l'insolence affichée de Cole, ce dernier vient de remporter cette manche. Non seulement il a disqualifié la prétendue preuve de la défense en soulignant le second degré de la conversation tenue entre les deux collègues, mais il a aussi mis au jour les intentions de Fitzpatrick. Désormais, il lui faudra être beaucoup plus subtile pour salir la réputation d'Eva et la présenter comme une débauchée assoiffée de luxure.

Le fait qu'il ait réussi à faire sourire les jurés a créé une complicité qui sera difficile à effacer. Ils se sont identifiés aux protagonistes : n'importe qui parmi eux aurait pu plaisanter de cette manière sur son lieu de travail, avec une personne de confiance. Leur conclusion ne peut donc qu'être en faveur d'Eva : celle-ci n'a pas fait d'avances à son collègue.

Impressionnant.

C'est triste, mais si Eva avait eu une aventure avec ce collègue, elle n'aurait pas été moins légitime à refuser les avances de Carrington, mais ses chances devant un tribunal seraient réduites à néant… juste parce que ce système demande aux victimes de se montrer irréprochables.

C'est pour ça qu'il faut de bons avocats.

Cole reprend ensuite toute la chronologie de l'accusation portée par Eva et prouve à l'aide de documents que chaque fois qu'il y a eu harcèlement supposé – propos graveleux, propositions indécentes, allusions sexuelles, gestes déplacés… –, William Carrington se trouvait bien dans les locaux du cabinet. Barbra Fitzpatrick ne peut que répéter que sa présence ne prouve rien d'autre que sa présence ; il me semble que notre argument porte tout de même. Hélas, lorsque nous sortons enfin de la salle d'audience, Eva est totalement abattue. Le choc de la première confrontation a eu raison de sa force.

– Fitzpatrick ne fera donc que ça, gémit-elle. Me présenter comme une allumeuse mythomane ? Même si vous contrez toutes ses attaques, il en restera quelque chose dans l'esprit des jurés.

Cole est resté en arrière, échangeant quelques mots avec la greffière pendant que la défense et l'accusé restent à discuter sur leur banc. Je suis seule avec Eva.

– Il en restera que vous êtes une femme de votre époque, répliqué-je. L'affaire Weinstein, *Me Too* et

Time's Up sont passés par là ! On n'en est plus à l'époque où les femmes sont coupables par nature !

– J'aimerais vous croire, mais il nous manque un témoin ou une preuve concrète.

Elle secoue la tête, semblant regretter d'être ici. Je mets ma main sur son épaule. Heureusement, Cole arrive à ce moment précis et la saisit doucement par le bras.

– Venez, lui souffle-t-il. Dans une demi-heure environ, je vais vous envoyer un mail et un SMS, vous devrez simplement répondre aux deux que vous êtes d'accord, quel qu'en soit le contenu. Mais vous n'en tiendrez aucun compte, est-ce clair ?

– Quoi ? Oui, mais…

Il fait comme avec moi : lui indiquer la marche à suivre sans lui révéler son objectif.

– Faites-moi confiance, Eva, ajoute-t-il, la sentant réticente. VFC a les moyens d'acheter le silence de ses employés, mais j'ai quelques trucs en réserve, moi aussi.

Notre cliente reste silencieuse, sur ses gardes. Depuis le début, je vois comment Cole Parker fonctionne et je comprends qu'il s'adapte aux occasions qui se présentent à lui. S'il lui demande de faire ça, c'est qu'il a une bonne raison de le faire.

– Me Parker est comme un joueur d'échecs et ce procès est une partie en cours, expliqué-je soudain. Il a toujours un coup d'avance, ne vous inquiétez pas si vous ne comprenez pas tout de suite. Faites ce qu'il vous dit.

Cole esquisse un sourire, puis redevient sérieux. Eva

prend quelques secondes de réflexion, puis acquiesce.

– D'accord.

– Nous vous raccompagnons ? propose Cole.

– Non, ça ira. Une amie est venue me chercher, répond-elle avant de nous saluer et de s'éclipser.

Elle rejoint en effet une jeune femme, qui la prend dans ses bras avant de lui tendre une énorme tablette de chocolat. J'entends Eva rire un peu, ce qui me rassure. Cole hoche la tête, puis presse le pas, après m'avoir invitée à le suivre d'un signe de tête. Nous rentrons en taxi.

– Où habitez-vous ? me demande brusquement Cole.

Je donne mon adresse au chauffeur, puis monte à l'intérieur tandis que Cole me suit. Assis sur la banquette arrière du véhicule, nous restons silencieux. Cole retire sa cravate d'un geste souple. Je ne peux pas m'empêcher de regarder le triangle de peau à l'orée de sa chemise. Évidemment, cette vision me rappelle la douceur de son épiderme, son odeur boisée… Je croise et décroise les jambes, sans réussir à cacher ma nervosité.

La circulation est dense, difficile. Le trajet va durer une éternité et je suis bien incapable de dire si cette perspective me réjouit ou me terrifie.

– Que pensez-vous de la stratégie de la défense ? demandé-je d'une voix étranglée, après un silence épouvantablement long.

Je compte bien parler du procès jusqu'à notre arrivée chez moi pour pouvoir me concentrer sur autre chose que l'envie irrépressible de me mettre à califourchon sur Cole et de lui arracher sa chemise. D'autant qu'il fait une chaleur épouvantable dans l'habitacle.

– Prévisible, dit-il brièvement.

C'est tout? « Prévisible »!

– Vous pouvez couper le chauffage, s'il vous plaît? demandé-je au chauffeur en agitant la main pour m'éventer.

– Le chauffage? Il y a la clim, là! me répond-il, ses yeux étonnés me fixant dans le rétro.

La clim? C'est moi alors... La honte.

Je n'ose même pas regarder Cole, je sens qu'il sourit en ce moment même. Il faut impérativement que j'arrête cette torture. Il est avocat, je suis assistante juridique, nous avons un procès en cours. Point.

– Vous aviez parlé de cet échange de mails avec Eva avant aujourd'hui? l'interrogé-je.

– Non, pas précisément, mais je l'avais prévenue qu'ils éplucheraient toute sa correspondance jusqu'à trouver un détail sur lequel s'appuyer, me dit-il en tournant vers moi ses yeux bleu glacier. Tout est interprétable dans ce genre de cas et il suffit de tronquer une conversation. Ils ont misé sur le fait qu'on ne pourrait pas examiner tous les échanges qu'Eva avait eus pendant les cinq années où elle a travaillé pour eux.

Toujours un coup d'avance...

Cole fait basculer sa tête d'avant en arrière, comme pour se libérer de quelques tensions. Son visage aux yeux clos, bref aperçu d'une hypothétique vulnérabilité, m'émeut.

– Vous avez retourné la situation, mais… si jamais elle avait oublié la suite de la conversation ? Après tout, en cinq ans, elle a dû avoir des échanges plus marquants que celui-ci ! C'était risqué, fais-je remarquer.

– J'aurais trouvé autre chose. C'est à moi de l'aider à trouver la sortie, me réplique-t-il, sûr de lui. Être avocat, c'est comme porter son client sur une corde raide pour lui faire traverser un précipice. Si on se laisse déstabiliser par le premier coup de vent, autant le balancer dans le vide tout de suite.

La métaphore m'interpelle. Peut-être parce que j'ai, moi aussi, la sensation de danser au-dessus du vide.

– Ça vous arrive d'avoir envie de jeter un client dans le vide ? demandé-je, intéressée.

– Je ne fais pas ce métier parce que j'aime les clients, réplique-t-il sèchement. D'ailleurs, à propos de client, je dois envoyer des messages à Eva ; attends deux secondes.

Il saisit son portable et y tape quelque chose sans plus se préoccuper de moi. En revanche, à ses côtés, je suis pétrifiée. Son tutoiement soudain résonne à mes oreilles. Cole ne m'a tutoyée qu'une seule fois. Ce matin-là…

Le chauffeur pousse soudain une exclamation étouffée et change brusquement de file pour avancer plus vite. Dans la manœuvre, je me retrouve propulsée contre

Cole, qui tourne la tête vers moi et pose son bras autour de mes épaules pour me retenir.

Durant un quart de seconde, nous restons les yeux dans les yeux, son bras autour de moi, mon corps contre le sien. Ses iris d'un bleu si clair m'attirent comme deux aimants. Sa bouche charnue, sensuelle, s'entrouvre. Sa main me rapproche encore un peu. Je ne réfléchis plus, mes lèvres épousent les siennes et c'est ma langue qui va chercher ce baiser. C'est doux et brûlant à la fois. C'est interdit.

– Oh mon Dieu ! m'exclamé-je en me reculant brusquement. Pardon ! Excusez-moi !

Le taxi s'arrête devant un feu rouge. Je sors précipitamment, rouge de honte et de désir. Mortifiée d'avoir agi comme si quelqu'un d'autre avait pris possession de ma personne. Je ne me retourne même pas pour voir la tête qu'il fait ; je fonce droit devant, totalement paniquée !

Mais qu'est-ce que je viens de faire ?

– Hazel ! crie-t-on derrière moi.

Je me mets à courir ! Tout plutôt que me retrouver face à lui après ça. Je cours jusqu'à en avoir mal aux jambes. Je finis heureusement par atteindre une bouche de métro, je descends. J'ai au moins la présence d'esprit de chercher une ligne qui me rapprocherait de chez moi. Je dois être écarlate, essoufflée, sans doute à demi hagarde. Mais personne ne s'en préoccupe dans le métro new-yorkais. Les gens en ont vu d'autres. Je ne suis qu'une cinglée parmi les autres.

Je n'aurais jamais cru que cette pensée pouvait avoir des côtés rassurants, mais tout arrive.

Il se passe quarante minutes avant que je n'atteigne enfin mon immeuble. Cole n'a pas tenté de me joindre sur mon portable. J'ai l'espoir complètement fou qu'il ait oublié ce que j'ai fait dans ce taxi.

Super, je deviens idiote en plus du reste.

Lorsque j'entre dans l'appartement, Esther n'est pas en plein coït, mais en pleine dispute.

Entre les deux, je ne sais pas ce que je préfère.

Ben se tient devant elle, bouleversé. Il est décoiffé, sent un peu l'alcool et a les yeux rouges. J'ai un élan de solidarité envers lui en constatant son état de catastrophe ambulante.

– Non, Ben, ça fait deux heures qu'on parle de ça. Tu sais que je t'aime aussi, lui dit Esther, sincère. Les conditions de notre relation étaient claires dès le départ : pas d'exclusivité. Je t'aime, je sors avec toi, mais j'aime et je sors aussi avec Qasim et Thomas. Rentre chez toi, réfléchis et dis-moi ce que tu en conclus. C'est à toi de prendre cette décision et je la respecterai.

– C'est toi que je veux, gémit Ben.

– Alors c'est à mes conditions, mais si elles te font souffrir, il ne faut pas, répond doucement Esther en le poussant vers la porte.

Je détourne le regard quand elle l'embrasse sur la bouche avec une tendresse émouvante. J'ai de la peine pour ce pauvre Ben, que la liberté amoureuse de sa belle met à la torture.

Esther est mon amie, mais je comprends bien plus la position de Ben que la sienne… même si je ne la juge pas. Je ne suis pas jalouse, mais…

Non, je ne dois pas m'engager sur ce chemin, pas maintenant.

Quand Esther referme la porte, elle pousse un gros soupir, puis se tourne vers moi.

– Toi, ne me fais pas de leçon de morale en me disant que plus on augmente le nombre d'amants, plus on augmente le risque de scène de ce genre, parce que… Hazel, ça va ? s'interrompt-elle, constatant mon trouble.

Je n'hésite pas une seconde, trop paniquée pour élaborer ma pensée.

– J'ai couché avec mon boss. Puis je l'ai embrassé dans le taxi, lâché-je sans autre fioriture, d'un air ébahi.

Ma colocataire ouvre des yeux immenses, tout aussi choquée que moi.

– Tu as… Quoi ?

Je me laisse tomber sur notre canapé d'occasion, la tête dans les mains.

– Oh merde… J'ai couché avec mon boss… et là, je l'ai embrassé dans le taxi. Puis je suis partie.

Mon amie prend place près de moi et toussote avant de me répondre.

– Eh bien… d'habitude on embrasse PUIS on couche, mais…

– Esther ! crié-je, excédée par sa plaisanterie. J'ai couché avec mon boss ! C'est… Je ne sais pas comment expliquer ce qui s'est passé, c'est… chimique ou je ne sais quoi !

Elle me sourit. Je ne comprends absolument pas sa réaction, il n'y a rien qui mérite d'être accueilli par un sourire !

– C'est sexuel, diagnostique-t-elle sur le ton de l'évidence. Et si toi, Hazel Rivendale, tu en arrives à perdre la tête, c'est que c'est même une passion sexuelle ! Félicitations, ma belle ! Vous allez continuer à…

– Non ! Jamais !

– Vu que vous devez vous voir tous les jours ou presque, je t'assure que si, réplique-t-elle avec le même sourire réjoui.

– Mais non ! protesté-je, paniquée. Je risque de tout perdre, mon diplôme, mon avenir ! J'ai tout sacrifié, mes loisirs, mes amies, ma famille pour devenir avocate, je ne peux pas tout gâcher pour une… une…

Je ne sais même pas de quoi il s'agit.

– Passion sexuelle, répète Esther. Dans ce cas, je ne vois qu'une seule solution.

– Laquelle ? demandé-je aussitôt, pleine d'espoir.

Esther s'installe face à moi sur le canapé, jambes repliées, un coude sur le dossier.

– Les passions sexuelles, c'est comme les envies de burritos en fin de soirée : tu y penses jusqu'à ce que tu en aies tellement mangé que tu regrettes ! déclare-t-elle d'un ton docte. Donc couche avec lui jusqu'à trouver ça lassant. Ça peut passer en deux semaines.

Deux semaines... ce serait... long. Ce serait... souvent... NON !

Deux semaines, c'est une aventure. Je ne veux pas avoir une aventure avec mon boss. Ce n'est pas moi, tout simplement. Esther, avec ses trois amants, sa non-exclusivité et sa décontraction, ne peut pas se mettre à ma place. Ce qui serait valable pour elle ne l'est pas forcément pour moi. Puis, il y a une madame Parker. Cole n'y fait jamais allusion et ce n'est sûrement pas moi qui lui demanderai quoi que ce soit à ce sujet, mais elle existe.

Je suis tellement absorbée par mes pensées que je remarque à peine qu'Esther se lève. Elle revient, armée d'un pot de glace et de deux petites cuillères. Elle m'en tend une, charge la sienne de crème glacée, puis me passe le pot.

– Allez, je veux tout savoir ! dit-elle, impérieuse.

Je soupire et m'installe à mon tour, soulagée enfin de pouvoir partager mon secret.

15

DESCENTE AUX ENFERS ?

Hazel

C'est bientôt la fin de la journée et je suis harassée. Après un week-end passé à tenter de me changer les idées, soutenue par Esther qui a même accepté de faire une partie de Scrabble avec moi pour me distraire, j'arrive enfin au terme du lundi le plus long de toute ma vie.

Engoncée dans mon tailleur le plus sinistre, jupe longue, veste à col Mao, talons plats, j'ai l'impression d'être une religieuse en civil. Et je crève de chaud sous ma chemise boutonnée jusqu'en haut. Mais j'avais besoin de cet accoutrement pour me protéger de moi-même.

Je n'ai fait qu'apercevoir Cole, qui ne m'a même pas saluée, ce qui me soulage et me donne envie de pleurer tout à la fois. De mon côté, j'ai fait mon possible pour ne jamais croiser son regard et faire mine de ne pas le voir. Ça n'a pas été une mince affaire, compte tenu du fait qu'ici les portes et les murs sont vitrés !

Chaque fois que j'apercevais sa haute silhouette, sa démarche assurée, ses épaules carrées sous sa chemise bien coupée, je ne pouvais pas m'empêcher de me demander si le conseil d'Esther ne méritait pas qu'on s'y attarde. Deux semaines de passion sexuelle dévorante avec l'avocat que j'assiste durant mon stage d'études, serait-ce une bonne idée ?

NON !

Je sais que c'est dingue de simplement évoquer cette éventualité. Il est hors de question de faire ça.

Il y a tout de même un point positif à ce lundi cauchemardesque : Penelope est devenue presque humaine. Apparemment, Mary lui donne des tâches un peu plus intéressantes que du classement alphabétique de dossiers archivés, ce qui lui a rendu son sourire. Elle m'a même adressé la parole à plusieurs reprises aujourd'hui.

Comme quoi, les miracles se produisent parfois.

– Au fait, tu ne m'as pas dit comment s'est passée l'audience de vendredi, demande-t-elle soudain.

– Normalement, réponds-je, imperturbable, sans lever les yeux de mon écran.

Je ne cherche pas à lui rendre la monnaie de sa pièce, mais… qui me dit qu'après avoir été mise sur la touche, elle ne pourrait pas vouloir se venger en revendant des informations ? Donc : prudence et bouche cousue.

– Barbra Fitzpatrick est une coriace, j'imagine qu'elle a attaqué fort dès le premier jour. Me Parker a su contrer ? Tu crois qu'il est inquiet pour la suite ? insiste-t-elle.

Cette fois, je la regarde bien en face, très calme.

– Tout s'est bien passé, Me Parker est serein, dis-je d'un ton neutre. L'affaire suit son cours.

J'ai fait exprès d'employer cette formulation toute faite, qu'on réplique souvent à la presse dans le cas de procès médiatiques. C'est l'équivalent poli d'un « mêle-toi de ce qui te regarde ». Penelope sursaute presque, interloquée. Puis lentement, je lis sur son visage qu'elle devine que je ne lui dirai rien. Je serre un peu les dents, m'attendant à une réaction outrée, voire agressive. À ma grande surprise, elle sourit.

Elle comprend que je fais simplement mon travail.

Je lui souris en retour pour lui signifier qu'il n'y a rien de personnel dans mon refus de parler de l'affaire. Elle hoche la tête et se concentre de nouveau sur son travail.

Je respire. Nous n'en sommes pas encore au point où elle va me proposer de l'accompagner pour déjeuner, mais je sais que j'ai marqué des points. Cette petite victoire me permet de quitter les lieux légèrement plus sereine que je n'y suis entrée.

Cole ne m'ayant rien demandé, je n'ai aucune tâche supplémentaire à accomplir. J'hésite un instant à lui téléphoner pour lui demander la permission de m'en aller. Mais l'effort est trop difficile et j'ai peur qu'il ne veuille parler de ce baiser complètement déplacé dans le taxi. Pour la première fois de ma vie, je choisis en conscience l'option de la lâcheté et je décide de m'éclipser sans rien lui dire.

– À demain, Penelope, lancé-je avant de filer.

– À demain ! Bonne soirée ! me répond ma collègue, qui est définitivement revenue à de meilleurs sentiments à mon égard.

C'est le dégel... Tant mieux !

Sans hésitation, je me dirige vers l'escalier, que je compte bien prendre tout comme ce matin. J'ai établi un certain nombre de règles de conduite à suivre pour le restant de mon stage :

- Ne pas sourire à Cole Parker.
- Éviter toute situation où je me retrouverais avec lui dans un lieu confiné – taxi, ascenseur, local à imprimante.
- Refuser toute conversation autre que professionnelle.
- Ne pas l'embrasser.
- Ne pas coucher avec lui.

C'est simple et clair. Facile à suivre. Décidée, j'ouvre la porte de la cage d'escalier et entame la descente. Treize étages, au moins deux fois par jour : autant dire que je vais avoir des fesses de rêve à la fin de mon stage. Mes pas résonnent et, assez vite, j'ai vraiment chaud. Je retire ma veste sans m'arrêter de descendre, pressée de sortir d'ici, quand je percute de plein fouet un torse masculin.

Je lève la tête et... les yeux bleu glaçon, la mèche

brune. J'ouvre la bouche, stupéfaite, puis la referme, paralysée.

– Qu'est-ce que… commence-t-il, les sourcils froncés.

– L'ascenseur est… dis-je en même temps.

Il me dévisage, serre les lèvres. Son regard glisse jusqu'à mon col Mao, la ligne de mes seins, puis se détourne. Les battements de mon cœur passent une vitesse supplémentaire.

– En panne ? poursuis-je maladroitement.

– Quoi, en panne ? répète-t-il en regardant ostensiblement sa montre.

Veut-il savoir l'heure ou… éviter de me dévisager ?

– L'ascenseur, reprends-je. Il est en panne ?

Cette fois, il plante ses yeux dans les miens. Ma respiration s'arrête. Le temps aussi.

– Non. L'ascenseur fonctionne, me répond-il d'une voix sourde.

Ses mains font nerveusement tourner le bracelet de cuir de sa montre. Il replace brusquement ses cheveux en arrière, mais n'esquisse aucun geste pour me contourner et poursuivre son ascension.

– Alors, pourquoi vous aussi, vous…

Je m'interromps. Je viens de comprendre qu'il a voulu, tout comme moi, fuir cette attraction contre laquelle aucun de nous deux n'arrive à lutter. Cette évidence bouleverse instantanément mes résolutions.

– Pour la même raison que toi, souffle-t-il en s'approchant de moi.

Le tutoiement me coupe le souffle, mes jambes flageolent. Il porte sa main à ma taille. Je voudrais reculer, me soustraire à ce regard où je lis un désir trop intense... Je voudrais fuir encore et j'en suis incapable. J'ignore si c'est une question de chimie, de destin ou de n'importe quoi d'autre, mais l'attraction est trop violente et trop réciproque pour que j'arrive à la combattre seule.

– Je... commencé-je, pour m'interrompre aussitôt.

– Je sais, oublie ça, répond-il en rapprochant mon corps du sien.

Oublier quoi ?

Sa main me plaque contre lui, ma bouche part à la rencontre de la sienne, encore. Nos dents s'entrechoquent sous la brutalité de notre baiser. Il m'embrasse comme s'il voulait me dévorer et je suis mille fois prête à m'offrir à lui. À bout de souffle, nous interrompons brièvement notre étreinte.

– Oublie le reste, me souffle-t-il alors, la voix rauque.

Plus rien n'existe autour de nous. Ni les autres, ni notre lien professionnel, ni le risque. Envolées, la peur, la raison et les conséquences. Il n'y a plus que ses mains sur moi, sa peau sous mes doigts, sa langue contre la mienne.

Ma veste tombe sur le sol sans que je sache si c'est moi qui l'ai lâchée ou lui qui me l'a prise des mains. Ma jupe suit le même chemin. Je tire sur sa cravate, qu'il m'aide à retirer tout en plongeant son autre main dans ma culotte pour me palper les fesses. Je soupire de bonheur. J'arrache brusquement sa chemise après m'être bagarrée en vain contre la boutonnière.

Tant pis ! Il se débrouillera !

Je le sens sourire contre mes lèvres, sans cesser de m'embrasser. Sa veste et sa chemise vont rejoindre mes vêtements. Son torse musclé et sa peau brûlante contre mes seins emprisonnés dans mon soutien-gorge me font gémir. Je ferme les yeux, m'imagine nue contre lui, sa peau contre la mienne. Je veux découvrir son corps !

– Attends, attends, lui intimé-je, tout en m'agrippant à ses épaules.

– Quoi ? demande-t-il, les yeux fiévreux.

C'est fou comme le bleu peut sembler chaud par moments.

– Si quelqu'un vient ? fais-je remarquer, fébrile.

De nouveau, il fond sur ma bouche, puis me soulève et me plaque contre le mur. Mes chaussures tombent à leur tour par terre. Je gémis de nouveau, me cambre pour caler mon entrejambe tout contre le sien. Le contact de son sexe en érection m'excite encore plus.

– Personne ne prend jamais cet escalier, murmure-t-il à mon oreille, avant de me mordiller le cou.

Un frisson court depuis ma nuque jusqu'à la pointe de mes pieds. Il me regarde avec un sourire en coin.

– Tu veux arrêter ? me demande-t-il, provocant.

Non !

À mon tour, je le mords. Je plante mes dents dans sa lèvre inférieure. Il saisit mon sein gauche d'une main nerveuse et le fait jaillir de son bonnet. Ses doigts jouent un instant avec mon téton, m'arrachant des gémissements étouffés. Mon intimité s'enflamme et entre mes jambes je sens son sexe tressaillir.

Mes mains courent sur sa peau, son dos musclé, ses biceps gonflés par l'effort continu de me porter. Je cherche sa ceinture de cuir, tire sur la boucle. Son torse vient appuyer progressivement contre moi, jusqu'à ce que je sois immobilisée entre la paroi de la cage d'escalier et lui…

Son bassin vient alors appuyer contre mon bas-ventre. Mon clitoris s'enflamme. Mes seins se redressent. Je sens ses doigts agacer mes tétons, apprécier leur dureté. Je lâche un léger cri.

– J'ai envie de toi, j'ai envie de te prendre, ici et maintenant, gronde-t-il passionnément à mon oreille.

– Fais-le et arrête de parler ! dis-je, trop impatiente pour y mettre les formes.

Je me fous qu'on soit dans une cage d'escalier ! Je me fous encore plus qu'on ne doive pas faire ce qu'on va faire ! Je me fous de tout !

Il me pose sur le sol, fouille dans sa poche, en sort un préservatif. Impatiente, je m'agenouille et entreprends alors de dégrafer son pantalon. En quelques secondes, j'en viens à bout, descends la fermeture éclair du pantalon. J'entends Cole qui déchire l'emballage du préservatif. Je lève les yeux vers lui. Son regard clair plonge dans le mien. Notre échange muet est d'une telle intensité que j'en ai le souffle coupé.

Lentement, sans cesser de le regarder, j'extrais son sexe durci de son boxer, entrouvre les lèvres, mais il arrête mon geste en posant sa main sur ma joue. Je me mords la lèvre, saisis le préservatif et le déroule moi-même, lentement, en faisant glisser le latex lisse sur sa peau palpitante. Il me regarde, l'air fasciné, les mâchoires serrées comme pour retenir un gémissement.

Lorsque j'ai terminé, je me relève et l'embrasse fougueusement. Ses mains se posent sur mes reins, glissent sous l'élastique de ma culotte rose, la font glisser sur mes fesses, en haut de mes cuisses. Je prends ensuite le relais et me débarrasse de mon sous-vêtement sans même regarder où je l'envoie d'un coup de cheville impatient.

– Vite, soufflé-je.

Il me saisit de nouveau sous les fesses, me soulève tandis que je m'accroche à lui, et nos corps se rejoignent enfin ! Nous gémissons à l'unisson. Je m'agrippe à ses épaules puissantes, mon bassin part à sa rencontre. Ses coups de reins sont ardents, irrépressibles. Mon plaisir explose instantanément. C'est encore meilleur que la première fois. J'ignore si c'est l'attente, le fait d'avoir eu envie de cet homme chaque seconde en étant persuadée qu'il n'arriverait plus jamais rien entre nous…

Je m'en fous !

Alors qu'il me mord le lobe de l'oreille, je pousse un cri, qui résonne dans la cage d'escalier.

Il s'arrête aussitôt. Nous restons un instant immobiles, les yeux dans les yeux, guettant le moindre bruit susceptible de nous avertir de l'ouverture d'une porte ou n'importe quoi d'autre. Rien, silence.

Lentement, il recommence à me faire l'amour. Mais assez vite, je me sens débordée par les sensations que notre étreinte me procure. Ses mains maintiennent toujours mes fesses et je raffermis la prise de mes bras noués, puis enroule mes jambes autour de lui. Je lui lèche les lèvres.

Je me colle à lui, l'attire contre moi, ondule pour le sentir venir encore plus profondément. De nouveau, je ne peux retenir un cri, le corps pris de tremblements. Je suis au bord de l'orgasme et je le sens lui aussi près de jouir.

Je ne veux pas qu'il arrête, ni même qu'il ralentisse encore.

– Colle-moi au mur, murmuré-je à son oreille.

J'en profite pour lui mordiller le cou. Je lèche sa peau, en goûte la saveur douce et salée, mais il me plaque si brusquement contre la paroi de la cage d'escalier que j'en ai le souffle coupé. Ses coups de reins, soudainement plus nerveux, font encore grimper l'intensité de mon plaisir. Je me mords les lèvres, enfouis le visage dans le creux de son épaule, mais c'est peine perdue… Je sens que je perds tout contrôle, toute retenue.

Alors j'attrape son poignet gauche, pose sa main chaude sur ma bouche et le regarde, suppliante.

– Hazel… gémit-il tout en accélérant encore.

Sa main étouffe mes cris de jouissance dans la cage d'escalier. Je le sens qui prend appui de son autre main sur le mur et c'est tout son corps qui me maintient en apesanteur. La sensation est délirante. Nous fusionnons… jusqu'à l'orgasme. Le mien, d'abord, explosif et brutal. Le sien ensuite, volcanique et soudain.

Nous restons imbriqués, immobiles, à bout de souffle et de force. Heureusement, il replace ses mains sous mes fesses pour me garder contre lui. Je pose ma tête dans son cou, les yeux fermés, un sourire aux lèvres.

Je voudrais pouvoir rester ainsi des jours entiers…

Je respire sa peau, en apprécie la douceur contre ma joue. Je sais que c'est un moment volé, que n'importe qui peut arriver et mettre fin à cet instant de grâce, mais j'essaie de tout oublier. Sauf lui et moi. Ici et maintenant.

J'ignore combien de minutes nous nous accordons, mais lorsqu'il me repose doucement sur le sol, j'ai la sensation qu'elles n'ont duré qu'une poignée de secondes. Mes jambes flageolent, je me sens comme un astronaute qui reprend péniblement contact avec la pesanteur !

Pendant ce temps, Cole ramasse ses vêtements éparpillés sur le sol. Je fais de même et enfile d'abord ma culotte, un peu embarrassée, puis ma jupe et ma veste. Lui rajuste comme il peut sa chemise, dont quelques boutons ont sauté.

– Je suis désolée, dis-je, retenant un sourire gêné.

Il se contente de me faire un clin d'œil, rapide, totalement irrésistible, avant de dissimuler le carnage derrière sa cravate, qu'il noue en expert, sans regarder. Cole a déjà terminé que je suis encore en train de rajuster ma jupe tout en remettant mes escarpins. Il me regarde faire, le visage indifférent, presque froid.

Mais pas ses yeux.

Cole me dévisage, sans paraître réussir à détacher son regard de moi. Je fais mine de ne pas m'en apercevoir, mais je sens la brûlure de ses pupilles caressant ma peau.

Comme ses doigts et ses lèvres il y a un instant.

De mon côté, mon cerveau est saturé d'endorphines, je me sens belle, je me sens détendue, complètement déraisonnable et je m'en fous toujours.

Cette histoire est en train de déraper.

Cette pensée me fait même sourire. J'ai envie d'être parfaitement honnête avec moi, parce que… c'est ce que je suis. Honnête.

Cette histoire a déjà dérapé.

Je n'ai même plus l'excuse d'ignorer l'existence de son épouse… Mon sourire vacille. Je ne suis plus une enfant et les choses sont bien plus compliquées que je ne l'aurais cru quand je me suis juré de ne jamais endosser le rôle de la maîtresse. J'ignorais à quel point l'attirance peut devenir incontrôlable… comme le désir bouscule toutes les certitudes.

Et je ne soupçonnais pas combien le plaisir peut devenir addictif.

Est-ce que je m'en fous vraiment ? Je ne sais pas encore. Et lui ? Impossible de deviner ce qu'il a en tête. Cette fois, je plante mon regard dans le sien, toujours sans cesser de sourire.

Il hoche la tête, très sérieux, passe la main dans ses cheveux, que j'ai décoiffés.

– Soyez à l'heure demain, lance-t-il avant de passer devant moi pour regagner le cabinet.

Interloquée, je ne trouve rien à lui répondre. Je me vois mal lui dire « oui, monsieur », alors que je viens de lui arracher les boutons de sa chemise !

Et qu'il vient de me faire jouir dans l'escalier de l'immeuble…

Repenser à cet orgasme incroyable me redonne le sourire.

Esther aurait-elle raison ? Ce serait une passion sexuelle ?

J'ignore ce que j'en pense. Lentement, m'accrochant d'abord à la rampe, puis de plus en plus vite, je descends l'escalier. Traverser le hall du bâtiment me rappelle que je suis sur mon lieu de travail. Le contraste entre le moment torride que je viens de vivre et l'ambiance de professionnalisme qui se dégage de tous ces gens est particulièrement étrange. Je me mêle à eux, vêtue d'un tailleur tout ce qu'il y a de conventionnel, et j'ai l'impression d'être une imposture.

Est-ce qu'on lit sur mon visage que tout ce à quoi je pense, ce sont les mains de Cole sur mes seins ? Sur mes fesses ? J'ai l'impression de porter son empreinte. Je marche rapidement, espérant quitter cet endroit avant que quelqu'un ne remarque quelque chose.

Je suis parano, qu'est-ce qu'on pourrait deviner ?

J'essaie d'afficher un visage sérieux et même austère. Intérieurement, j'ai l'impression que mon sang bouillonne dans mes veines, que mes nerfs crépitent encore de toutes ces sensations de plaisir qu'ils ont transmis à mon cerveau. Je ne pense pas une seule seconde aux raisons qui m'amènent dans ces lieux chaque matin… Non, je ne pense qu'à lui, son odeur, la brûlure de sa peau contre la mienne, la douleur exquise de ses dents dans ma chair, la sensation de plénitude que je ressens lorsque son corps rejoint le mien.

Oh, Cole…

Je dois me mordre les lèvres pour ne pas gémir. Un homme lève la tête vers moi, surpris. Ou peut-être cherche-t-il simplement son chemin.

J'accélère encore le pas, faisant claquer mes talons sur le sol. J'ai besoin d'air.

16

POUR LE SALUT DE MON ÂME

Cole

Sa silhouette derrière la paroi vitrée de son bureau attire mon regard. Impossible de faire autrement. Elle a abandonné cet affreux tailleur de dame qu'elle portait hier.

Encore que je lui ai trouvé du charme, une fois sur le sol de la cage d'escalier.

Je détourne les yeux, fais pivoter mon fauteuil de l'autre côté. Face à la ville qui s'étend sous mes pieds, je repense à ce foutu escalier que j'avais emprunté pour éviter cette torture de l'ascenseur en sa présence. Elle m'obsède. Pire, dès qu'on se retrouve ensemble dans un lieu clos, ni elle ni moi ne pouvons résister à cette foutue attirance. D'ailleurs, même quand on essaie de se fuir, c'est comme si une force extérieure s'amusait à nous mettre en présence. Et le moins qu'on puisse dire, c'est que le résultat est toujours aussi explosif.

Bordel, c'est mon assistante !

J'ai voulu jouer, mais ce n'est plus moi qui dicte les règles du jeu. C'est elle, et elle ne le fait même pas exprès. Dans le taxi, lorsqu'elle m'a surpris en m'embrassant, j'ai cru devenir dingue.

Sans ce chauffeur de taxi, je la renversais sur la banquette au milieu de la circulation !

Songeur, je lisse ma cravate le temps de ma réflexion. Je dois me montrer impitoyable. Décidé, j'appuie sur le raccourci clavier de mon téléphone.

– Oui, maître Parker ? fait sa voix, presque froide à force d'efforts pour rester ferme.

– Dans mon bureau, laissé-je tomber avant de raccrocher.

Quand elle arrive, j'ai du mal à maîtriser mon envie de la dévorer des yeux. Tailleur-pantalon, blouse lâche, cheveux serrés. Elle tient sa tablette devant elle, comme un bouclier. Elle fait tout pour réprimer sa sensualité et n'en est que plus excitante. J'ai l'impression qu'elle garde sa charge érotique pour moi, rien que pour moi.

Soudain, l'éventualité qu'elle couche avec un autre me poignarde le cœur.

Putain, je deviens con ou quoi ?

Je fais mine de consulter un fichier quelconque sur mon écran, me comportant comme le dernier des salauds.

En réalité, j'essaie d'effacer de mon esprit ces images d'elle, endiablée ou abandonnée entre mes bras.

Je dois trancher dans le vif.

– Je voulais éclaircir un point à propos de… certains récents événements, commencé-je d'un ton aussi indifférent que possible.

Je la sens qui devient fébrile. Sa nervosité attise la mienne, mais je n'en laisse rien paraître.

– Ça n'est jamais arrivé et ça n'arrivera plus. Jamais. C'est bien compris ?

– Oui, je ne suis pas idiote, je croyais avoir été claire sur ce point, me décoche-t-elle, venimeuse.

Sa colère retenue me plaît, mais je ne peux pas la laisser s'adresser à moi ainsi. Pas si nous cessons de jouer l'un avec l'autre. En plus, n'importe qui peut entendre un tel échange et ça finirait par revenir aux oreilles de Leonard, qui se douterait de quelque chose.

– Doucement, mademoiselle Rivendale, conseillé-je, glacial.

– Autre chose ? me demande-t-elle d'un ton sec.

Le bleu-vert translucide de ses yeux tourne à l'orage. Elle me fusille du regard. Je décide que l'entrevue a assez duré et me détourne d'elle avec une indifférence feinte.

– Non, je vous ferai savoir si ça arrive.

– J'ai autre chose ! s'écrie une voix féminine au même instant.

C'est une plaisanterie ?

L'enquêtrice du cabinet a fait irruption dans mon bureau, exaltée comme une enfant devant un sapin de Noël.

– J'ai réussi à convaincre une ancienne employée de VFC Lawyers de témoigner ! annonce-t-elle fièrement. Phoebe Jones ! Elle a entendu William Carrington dire à Eva Pintoro « tu es le prochain dossier dont je m'occuperai personnellement » et, tenez-vous bien, elle l'a vu prendre le poignet de notre plaignante, alors que celle-ci lui tendait une clé USB !

– Elle est prête à témoigner quand ? demandé-je sans attendre. On a une audience demain et je comptais faire revenir Eva à la barre, mais il vaudrait mieux appeler cette Phoebe Jones, si elle est capable de nous faire un témoignage utile.

C'est peut-être le témoin qu'on espérait pour faire définitivement basculer le procès en notre faveur.

Je ressens l'excitation du chasseur qui vient de trouver une piste encore fraîche. Mais il faut se méfier : on ignore ce que nos adversaires ont trouvé de leur côté. Nous devons aller vite et garder l'esprit clair.

En plus, je dois me méfier de ce témoin tombé du ciel. Pour l'instant, le piège que j'ai tendu aux deux enquêteurs, en envoyant deux messages différents à notre cliente par mail et SMS, n'a donné aucun résultat. D'après mes déductions, il y a de fortes probabilités pour qu'il reste des traîtres ici… des traîtres ayant accès à des infos confidentielles. Comme les détectives du cabinet.

– Avec un peu de préparation, elle sera prête, affirme

Marina Greco. Vous pourrez en juger par vous-même, je l'ai convaincue de m'accompagner, elle nous attend dans mon bureau.

Greco connaît son métier, au moins.

Je me lève sans attendre.

– Allons la rencontrer. Hazel, avec moi, ajouté-je.

Un bref coup d'œil me permet de voir qu'elle est encore sous le choc de cette nouvelle distance que je lui impose. Mais ça ne l'empêche pas de me suivre, le visage sérieux, déjà concentrée.

Attitude pro quoi qu'il arrive.

Cheveux bruns coupés au carré, lunettes rondes, le témoin potentiel est en train de se ronger méthodiquement les ongles quand nous entrons dans le bureau de la détective. C'est une jolie femme, visiblement coquette, mais sans le charisme d'Eva. Elle sursaute à notre arrivée, très nerveuse.

Si elle est dans cet état à la perspective de nous rencontrer, elle n'arrivera jamais jusqu'à la barre.

Je lui lance mon sourire le plus rassurant et tire à moi la chaise posée à côté de la sienne.

– Bonjour, mademoiselle Jones, commencé-je en m'asseyant face à elle. Merci d'avoir accepté de venir nous parler.

– Je ne sais pas si c'est une bonne idée, commence-t-elle immédiatement.

– Vous avez peur, c'est normal, mais soyez-en sûre, personne ici n'est là pour vous obliger à faire quoi que ce soit, il s'agit simplement d'une discussion, lui expliqué-je, apaisant.

– Je sais que ce que j'ai à dire vous intéresse, contre-t-elle, méfiante.

– Vous avez raison, parce que ce que vous savez pourrait confirmer ce qu'Eva Pintoro a osé rendre public. Vous avez le pouvoir de mettre fin à son calvaire, ajouté-je doucement.

Je la sens qui hésite, prise entre deux feux. Elle a peur, mais si elle est venue jusqu'ici, c'est qu'elle est suffisamment en colère après Carrington pour avoir voulu intervenir.

– Vous pourriez le faire demain, à la barre, ajouté-je, les yeux dans les yeux.

– Demain ? Quoi ? Devant tout VFC Lawyers ? balbutie-t-elle, au bord de la panique. Je n'y arriverai pas et puis je ne veux pas ! Je suis assistante juridique, moi aussi ! Si je témoigne demain, je serai blacklistée dans tout l'État !

Elle esquisse le geste de se lever pour sortir. Greco, debout près de la porte, se tend, mais avant qu'elle ou moi ne réagissions, Hazel s'avance.

– Détrompez-vous, dit-elle d'une voix ferme. Il y a une multitude d'avocats brillants qui croient Eva et qui désapprouvent ce qu'a fait William Carrington. Si vous avez accepté de venir jusqu'ici, c'est que vous savez qu'il faut l'empêcher de recommencer.

Hazel a visé juste. Phoebe Jones hésite, mais ne se rassied pas.

– Vous avez eu le courage de parler à Marina, le courage de venir, continue Hazel, sans pour autant chercher à retenir le témoin. Rien que pour ça, je vous remercie, de ma place de petite assistante qui débute.

Bien joué... La complicité, la reconnaissance...

Hazel fait ce que je ne pourrais pas faire, de ma place d'homme et d'avocat. Pour Phoebe Jones, je suis un autre William Carrington en puissance. Ce n'est pas moi qui réussirai à gagner sa confiance, pas tout de suite.

Hazel l'a compris.

Qu'elle arrive à prendre la main après ce que je lui ai fait subir dans mon bureau force mon admiration. Je savais déjà que cette fille avait un potentiel impressionnant, mais sur ce coup-là elle me surprend. Encore.

– Grâce à Eva, les hommes comme Carrington savent qu'ils ne resteront plus impunis, poursuit-elle.

– Je sais ce que vous essayez de faire, la coupe Phoebe.

Elle aussi est du métier, alors sois prudente, Hazel.

– Et moi, je sais que vous avez peur, rétorque Hazel d'un ton doux. C'est normal d'avoir peur. Eva a eu peur de se rendre à son travail pendant des mois. Elle a aussi peur d'aller au tribunal.

Un silence accueille son intervention.

Ne le laisse pas durer trop longtemps, sinon elle sera mal à l'aise et cherchera à fuir.

– J'en ai parlé avec elle, reprend Hazel, comme si elle m'avait entendu. Mais vous le savez mieux que moi, vous avez vu ce qu'elle a enduré.

Brillant. Si Jones n'accepte pas de témoigner après ça, rien de ce que j'aurais pu dire ne l'aurait convaincue.

Le témoin acquiesce lentement, réfléchit. Pendant ce temps, je jette un coup d'œil à Hazel, qui ne la lâche pas du regard. Ses joues sont rouges, ses yeux brillent d'une lueur passionnée. Elle a trouvé les mots justes parce qu'elle les pense. Plus encore, elle les vit. Elle s'identifie à Phoebe comme elle s'est identifiée à Eva. Elle fait sienne leur souffrance.

C'est efficace, mais si elle devient avocate, ça finira par la consumer.

– Alors, Phoebe, qu'est-ce qu'on fait ? la relance-t-elle à voix basse.

– S'il le faut, interviens-je, je vous promets de veiller personnellement à ce que vous trouviez un travail ensuite.

Phoebe Jones lutte avec elle-même, mais finit par se rasseoir.

– OK, murmure-t-elle d'une voix encore hésitante.

– Merci. Merci pour nous toutes de faire ce que vous faites, déclare solennellement Hazel.

Je me lève lentement et prends place dans le fauteuil de Marina, qui s'éclipse. La confiance que nous venons d'établir est trop fragile pour demander à Phoebe Jones de changer de lieu. Elle risquerait de croiser d'autres avocats, de sortir du cocon que nous venons de créer, même symboliquement. L'enquêtrice le sait, elle aussi.

Hazel attend que je sois derrière le bureau pour prendre ma place, sa tablette sur les genoux.

– On va tout reprendre depuis le début, d'accord ? annoncé-je à Phoebe, sans cesser de sourire, très calme.

Je dois lui faire sentir que pour nous tout se passe au mieux. Si elle nous sent nerveux ou trop pressants d'une quelconque manière, elle va nous filer entre les doigts.

Et son témoignage est indispensable.

– Quand avez-vous commencé à travailler chez VFC Lawyers ? commencé-je.

– En 2014.

– Un an après Eva, d'accord. Quand avez-vous quitté le cabinet ?

– Seize mois avant Eva, en 2017.

– Bien. Pouvez-vous me dire dans quelles circonstances vous êtes partie ? demandé-je précautionneusement.

Phoebe Jones s'agite de nouveau sur sa chaise, mal à l'aise.

– Eh bien… J'ai trouvé un autre poste.

– Celui que vous occupiez chez VFC ne vous convenait plus ?

Quelque chose me dit qu'il ne s'agit pas de ça.

Phoebe Jones garde le silence un instant, tête baissée, puis se jette à l'eau.

– Je suis partie car William Carrington commençait à s'intéresser à moi, lâche-t-elle brusquement.

– Comme il le faisait avec Eva ?

Elle hoche la tête.

– Jusqu'ici, je conservais une distance de sécurité, j'évitais de me retrouver seule avec lui et même de travailler sur ses dossiers…

– Parce que vous connaissiez sa réputation, souffle Hazel.

– Oui, confirme Phoebe avant de ricaner avec amertume. Tout le monde connaît sa réputation, mais personne n'en dira jamais rien.

– Personne n'en a jamais rien dit jusqu'ici, la corrige Hazel.

Cette fois, je crains que la pression ne soit trop forte pour Jones.

– Vous aviez démissionné ? interviens-je sans attendre.

– En fait, dès que j'ai commencé à craindre que la situation ne dérape, j'ai cherché du travail ailleurs et j'ai pris le premier poste que j'ai trouvé dans un autre cabinet.

– Vous y êtes bien ? demandé-je.

– Oui, merci, répond-elle avec un demi-sourire.

– Tant mieux.

Je la sens se détendre légèrement. Nous continuons ainsi de longues minutes.

Les questions s'enchaînent. Hazel note consciencieusement l'échange, n'intervenant presque plus. J'arrive à dérouler toute la chronologie, ne m'interrompant qu'un instant pour lui proposer une boisson. Selena lui apporte un soda et je commence à préparer notre témoin aux questions de la défense.

La partie la plus difficile.

Je demande à Hazel de nous commander quelque chose à manger, autant pour reprendre des forces que pour donner à cette préparation un côté plus décontracté.

C'est donc en mangeant asiatique que nous poursuivons. L'ambiance se détend jusqu'à ce que j'annonce à Phoebe qu'elle sera interrogée par Barbra Fitzpatrick. Notre témoin se décompose instantanément. Elle l'a côtoyée professionnellement, elle sait que c'est une avocate redoutable qui n'hésite jamais à malmener un témoin si elle l'estime nécessaire.

– Fitzpatrick n'est pas une adversaire facile et elle sera d'autant plus agressive que son boulot est en jeu, mais c'est un point que vous avez en commun, et je pense qu'on peut jouer là-dessus pour la déstabiliser, dis-je pour la rassurer.

– Déstabiliser Barbra ? ricane Phoebe Jones. Bon courage, c'est un bloc de pierre, cette femme.

Sa réflexion me fait sourire. Jones l'ignore, mais c'est aussi ça qui m'excite dans ce métier : avoir le dessus sur mon adversaire. Comme l'a écrit Corneille dans *Le Cid* : « À vaincre sans péril, on triomphe sans gloire. »

– Votre témoignage a de quoi fissurer du granit, réponds-je avec assurance. Leur défense est basée sur l'absence de preuves tangibles… Avec vous, elle s'effondre.

Mais si Barbra réussit à discréditer notre témoin, nous nous retrouverons à la case départ.

– Bon ! décrété-je après que nous avons terminé le repas. Nous sommes prêts et il se fait tard ! Phoebe, rentrez chez vous dormir pendant qu'on continue.

Elle me regarde, l'air fatigué, mais presque surprise que ce soit fini pour elle.

– Tout ira bien, continué-je en me levant. Je vais tout envisager et vous n'aurez qu'à répondre aux questions. On est là pour vous rattraper, OK ?

– OK… lâche-t-elle, pas convaincue.

– Vous avez été fantastique, intervient Hazel.

Je raccompagne Phoebe jusqu'à l'ascenseur, sans cesser de lui prodiguer des encouragements. Lorsque je reviens dans le bureau, Hazel me regarde, songeuse.

– Tout ira bien, n'est-ce pas ? me demande-t-elle sans paraître y croire réellement. Et… vous veillerez sur elle, après ? Comme vous le lui avez dit ?

Les yeux bleu-vert me fixent, cherchant la réponse au fond des miens. J'ai promis de suivre Phoebe pour la convaincre et, en temps normal, je l'aurais oubliée sitôt le procès terminé mais, devant ce regard piscine, impossible.

– Oui, je veillerai sur elle, promets-je, sincèrement cette fois.

Mais qu'est-ce qu'elle me fait pour que je sorte ce genre de trucs ?

Soulagée, Hazel souffle un grand coup. J'ignore si elle est rassurée quant au sort de Jones ou quant au salut de mon âme.

Je ne devrais même pas me poser la question, putain !

J'avise un minibar dans un coin, que j'ouvre sans aucun remords.

Je sors deux verres que je remplis généreusement. Hazel hésite lorsque je lui en tends un, puis accepte. Je souris.

La journée a été longue pour tout le monde...

– On dirait que c'est toi qui vas témoigner demain. Relax ! lui dis-je d'un ton léger.

Elle me lance un regard peu amène. Le tutoiement ne lui a pas échappé. Je n'aurais pas dû. Mais la vie serait terriblement ennuyeuse si on faisait toujours ce qu'il y a de plus raisonnable.

– C'est juste que je la comprends tellement ! dit-elle après une gorgée de bourbon. Elle prend un gros risque, tu as vu son CV ?

Je secoue la tête. Je comprends que tandis qu'elle prenait des notes, elle a ouvert le dossier établi par l'enquêtrice pour se renseigner sur le témoin.

Elle en sait autant que moi, voire plus, sur Jones.

– Elle vient de l'Arkansas, poursuit-elle. Ça m'étonnerait qu'elle ait eu des passe-droits et des relations pour arriver là où elle est. Pas comme Carrington ni la plupart des avocats, en fait !

Aussitôt, elle rougit violemment. Je ris intérieurement, amusé de me faire traiter de pistonné par cette fille. Elle est compétente et terriblement organisée, mais quand elle fait une gaffe, c'est avec beaucoup d'enthousiasme.

Le genre de fille qui ne fait rien à moitié.

– Fais attention, dis-je sans relever sa remarque. Si tu t'investis de cette manière chaque fois, tu perdras ton objectivité, tu te feras manipuler par tes clients. Il faut garder une distance pour être performant au tribunal.

Elle fait la grimace, puis pose son verre sur le bureau.

– Oui, mais je sais que même si on gagne le procès, Carrington ne perdra jamais autant que ce que Phoebe risque en tant que simple témoin ! s'emporte-t-elle. Je ne crois pas que tu puisses comprendre, tu viens d'une famille aisée, c'est comme si tu venais d'une autre planète, je t'assure !

Je note qu'elle me tutoie. Ce n'est que la seconde fois. Mais je ne veux pas qu'elle pense que tout m'a été offert sans aucun effort de ma part. Je ne suis pas devenu ce que je suis par hasard ou par la volonté de mon clan. Je suis ici parce que je me suis battu pour ça.

– Tu parles de quelque chose que tu ne connais pas, rétorqué-je. Ma famille n'était pas modeste, dans aucun sens du terme, c'est vrai. Mais ça ne veut pas dire que j'ai bénéficié de leur soutien pour quoi que ce soit. On ne m'a rien donné.

Elle n'ose pas me répondre, mais je sens qu'elle doute de mes propos.

– Mes parents m'ont coupé les vivres et ont tenté de capter un héritage qui me revenait, révélé-je d'un ton indifférent.

– C’est pour ça que tu as poursuivi ton père en justice ? Mais pourquoi a-t-il fait ça ?

– Et toi qui disais n’avoir rien découvert d’intéressant sur moi au début de ton stage, remarqué-je avec ironie.

Elle rougit encore. C’est charmant. Mais il lui faudra apprendre à se maîtriser davantage pour plaider de manière crédible.

– Il a fait ça parce que je m’opposais à lui, et oui je l’ai poursuivi, confirmé-je. J’ai récupéré mon héritage et j’ai pu payer mes études sans avoir à trop travailler à côté, ce qui m’a permis de le sortir de ma vie définitivement. Je le referais sans hésiter.

– Et ta mère ? demande-t-elle, interloquée.

– La dernière fois qu’on s’est parlés, c’était il y a huit ans, quand elle a voulu m’extorquer une pension parce que son deuxième divorce avait été conclu à ses torts et que mon père lui faisait un autre procès parce qu’elle avait subtilisé un bijou de famille, qu’elle avait déclaré comme ayant été perdu.

– …

– Alors, tu vois, la cuillère en argent, je l’ai plutôt eue en travers de la gorge, si je puis dire !

Hazel esquisse un geste vers moi, mais dévie sa main pour saisir son verre, maladroitement. Elle est magnifique et son visage est un écran en technicolor sur lequel je peux lire toute la palette émotionnelle qui l’envahit : empathie, tristesse. Désir.

Le silence autour de nous devient dangereux. Nous

sommes seuls dans des bureaux déserts. Je détourne le regard, termine mon verre d'un trait et me lève.

– Appelle-toi un taxi, dis-je froidement. Je fermerai les bureaux.

Je quitte la pièce, la laissant derrière moi. Une minute plus tard, alors que je suis devant mon écran allumé, je la vois s'en aller, l'air désappointé.

C'est mieux pour toi, Hazel.

17

DOUCHE FROIDE AU TRIBUNAL

Hazel

Je suis arrivée très tôt ce matin, mais tout de même après Cole. C'est à se demander s'il est rentré chez lui... Il porte un autre costume, mais ses traits sont tirés. Il est concentré sur l'audience qui a lieu tout à l'heure. Me Brevitz semble encore plus nerveux.

De mon côté, j'ai réservé un taxi pour le témoin, qui nous rejoint directement au tribunal, retranscrit et transmis l'entretien effectué avec elle hier soir...

Hier soir.

Si je n'avais pas encore la trace des doigts de Cole gravée sur la peau de ma fesse droite, je pourrais presque douter de ce qui s'est passé. Presque, parce que le souvenir est encore assez vivace pour que je rougisse chaque fois que j'y pense.

Tout autant que cette étreinte fiévreuse, ces baisers volés, ces mots à propos de lui-même m'ont marquée. Cole vient d'une famille riche, mais peu aimante. Moi, qui suis boursière et sans aucun réseau, j'ai probablement plus de difficultés que lui à intégrer ce milieu qui reste fermé. Mais j'ai mille fois plus de soutien qu'il n'en a jamais eu. Mes parents sont là pour moi, à n'importe quel moment. Ils croient en moi, m'encouragent et me poussent à donner le meilleur de moi-même. Malgré la distance, malgré mes emplois du temps infernaux qui ne nous autorisent pas à nous téléphoner aussi souvent qu'on le voudrait, je n'ai aucun doute à propos de leur amour.

L'idée qu'un jour on puisse se déchirer pour de l'argent est tout simplement inconcevable pour moi !

Peut-être est-ce ce manque de soutien, d'amour familial, qui rend Cole aussi difficile à saisir, aujourd'hui ? Peut-être qu'il me fuit après chaque moment d'intimité parce qu'il n'espère rien de plus ?

Ou peut-être que je suis en train d'analyser son comportement pour éviter de réfléchir au mien ?

Je soupire. Pour être tout à fait honnête, j'espérais qu'il se montre un peu moins glacial après ce qui s'est passé. Il est désormais clair que nous sommes attirés l'un par l'autre, au point que nous n'arrivons pas à rester simplement professionnels. Alors pourquoi afficher cette indifférence obstinée lorsque nous sommes seuls dans ce cabinet ?

Ce matin, Selena est arrivée après moi, nous étions seuls dans les bureaux, mais il a à peine levé les yeux sur moi. J'ai eu la cruelle sensation de passer d'une éruption volcanique à l'ère glaciaire, sans transition aucune.

Se rend-il seulement compte de ce contraste ?

Soudain, je me souviens de ce qu'il m'a dit la première fois que nous avons eu une vraie discussion, lui et moi. « Tout ce que je fais est voulu. » Dans ces conditions, sachant qu'il est habitué à maîtriser ses propos et le moindre de ses gestes, il est difficile de croire qu'il n'a pas conscience de souffler le chaud et le froid.

La question est : est-il en train de jouer avec mes nerfs ou de combattre cette attraction entre nous ?

Suis-je encore en train de me questionner à son sujet au lieu de me demander ce qui m'attire dans ce petit jeu, volontaire ou pas ?

Cette fois, je souffle, exaspérée par mon propre comportement. Je suis là, en train de consacrer mon énergie à cette histoire – si tant est que c'en soit une –, au lieu de me focaliser sur ce que je suis censée faire : travailler sur un dossier pour valider mon stage de fin d'année !

Nerveuse, je vérifie encore que j'ai enregistré tous les documents nécessaires sur la tablette qui me servira à prendre des notes durant l'audience, quand mon téléphone sonne. Je décroche.

– Hazel Rivendale, assistante juridique de…

– Dans mon bureau, m'interrompt-il avec impatience, avant de raccrocher.

– Super… murmuré-je en reposant le combiné.

Mais je me précipite, heurtant Penelope de plein fouet, alors qu'elle passe notre porte au même moment.

– Aïe ! Fais attention, un peu ! dit-elle, irritée.

– Pardon ! Pas le temps ! réponds-je sans m'arrêter.

Le bureau de Cole est grand ouvert, comme toujours. Je frappe tout de même.

– Oui, oui, répond-il avec un geste de la main.

Sans attendre, il se rend dans le fameux local à photocopieuse. J'hésite un instant, émue et déjà frissonnante, mais il semblerait que je sois la seule à me sentir perturbée à l'idée de retourner là où nous avons fait l'amour la première fois.

– Il vous faut une invitation ? me demande-t-il ironiquement.

– Non, répliqué-je en avançant d'un air décidé.

Son attitude commence à m'agacer sérieusement. Il n'est pas obligé de se montrer aussi désagréable chaque fois qu'il veut instaurer une distance professionnelle entre nous. Et puis qu'espère-t-il, à la fin, en me demandant de le suivre dans ce local ?

Évidemment que je vais repenser à notre première fois !

– Vous voyez cette porte, dans le mur, ici ?

Il me désigne un carré à peine visible, de la même

couleur que le mur, en partie dissimulée par la petite table sur laquelle…

Stop ! Ça suffit.

J'acquiesce, tout en priant pour que la pénombre de la pièce masque suffisamment mes joues, qui rosissent irrémédiablement.

– Derrière celle-ci, vous trouverez un coffre où je range les documents confidentiels, poursuit-il, imperturbable. Des preuves, la plupart du temps. La serrure de ce coffre est électronique.

Tout en parlant, il appuie sur la petite porte, déclenchant son système d'ouverture invisible et faisant apparaître un pavé numérique.

Waouh…

– Chaque personne autorisée à ouvrir ce coffre possède un code personnel. Le vôtre est One69, me dit-il.

Je le regarde, stupéfaite. Certes, la symbolique du code qui m'est attribué est pour le moins… discutable, mais cela signifie aussi que j'ai gagné sa confiance, professionnellement. Tous ces messages contradictoires me rendent muette, incapable de décider si je suis contente, fière ou gênée.

– Bon, suivez-moi, le taxi doit être arrivé.

Je lui emboîte le pas, naviguant entre fierté, concentration, pensées coupables, angoisse à l'idée d'un autre trajet où ma libido prendrait le pouvoir sur mon cerveau… et excitation à l'idée d'assister à ce moment où le procès va basculer en faveur de notre cliente !

Heureusement pour moi, notre chauffeur est particulièrement doué, ou né sous une bonne étoile, et nous arrivons au tribunal en moins de temps qu'il ne le faut pour le dire.

Eva, notre cliente, a presque le sourire. Elle prend Phoebe dans ses bras, ce qui atténue légèrement la nervosité de celle-ci. Nous entrons tous ensemble dans la salle d'audience, soudés. Cole ouvre la marche, suivi d'Eva et Phoebe, puis de moi-même, attentive à ce que personne ne les approche de trop près. Nous nous installons ensuite à nos places. Rapidement après l'arrivée du président, Cole est invité à prendre la parole. Il appelle notre témoin sans attendre.

Phoebe Jones répond aux questions de Cole. Notre préparation de la veille a porté ses fruits, et la jeune femme donne toutes les réponses qu'il faut. Je vois Barbra Fitzpatrick se pencher vers William Carrington, sourcils froncés. Mais celui-ci demeure étrangement calme.

Ça ne me dit rien qui vaille.

Comme pour confirmer mon impression, Phoebe n'ose pas soutenir son regard, alors que lui ne se prive pas de la fixer avec une expression peinée. À mes côtés, Eva se tord les mains sous la table, tendue au point que je crois parfois entendre sa nuque craquer.

Il essaie de se faire passer pour l'innocent patron poignardé dans le dos… Salaud !

Dès que Me Fitzpatrick engage son contre-interrogatoire, notre témoin s'effondre. Elle parle si bas et si vite que même le juge lui demande de faire un effort, ce qui achève de lui faire perdre ses moyens. À partir de là, chaque seconde qui s'écoule est une catastrophe pour nous.

– Que s'est-il passé le lundi 16 octobre 2017 ? demande soudain Barbra Fitzpatrick à Phoebe, en s'avançant vers elle.

– Euh, je… je ne sais pas.

– Lisez, je vous prie.

L'avocate distribue une feuille au juge, puis à Cole, qui y jette un œil avant de la balancer devant lui. Je comprends que ça n'est pas une bonne nouvelle pour nous.

– De quoi s'agit-il ? insiste Fitzpatrick.

– Il s'agit d'une évaluation professionnelle, souffle Phoebe.

– Pardon ?

– Une évaluation professionnelle ! articule notre témoin, les larmes aux yeux.

Merde.

– Que dit cette évaluation ? Lisez les points négatifs, je vous prie.

– Elle dit que je manque de rigueur et que je suis arrivée en retard à plusieurs reprises, mais c'est parce que…

– Mademoiselle Jones, qui a signé cette évaluation professionnelle ? la coupe l'avocate, impitoyable.

– Me William Carrington, révèle Phoebe, atone, les yeux baissés.

Tout dans son attitude hurle qu'elle est fautive. De quoi ? Peu importe : en quelques minutes, nous venons de perdre le bénéfice que nous avions gagné.

Eva baisse la tête, résignée.

– Donc cet avocat renommé, que vous accusez d'avoir harcelé une collègue, vous a donné une mauvaise évaluation peu avant votre départ dans un autre cabinet, résume froidement Fitzpatrick. Souhaitez-vous vous venger de cette évaluation ? S'agit-il d'un règlement de comptes personnel ?

Sans attendre la réponse de Phoebe, dont les yeux se remplissent de larmes, Cole se lève.

– S'il vous plaît, monsieur le juge ! Me Fitzpatrick tente de discréditer notre témoin ! tonne-t-il, le regard droit. Mais cette mauvaise évaluation peut tout à fait avoir été rendue justement parce que Phoebe Jones refusait de céder aux pressions de M. Carrington !

– Oh, je vous en prie ! lance l'avocate de la défense, en levant les yeux au ciel.

Là, elle a ce geste odieux : elle désigne d'un geste las son client, puis regarde les jurés d'un air de dire « pensez-vous réellement qu'il ait eu envie de coucher avec elle ? ».

Le contraste entre William Carrington, en costume, présentant bien, très calme, et Phoebe Jones, larmoyante, en train de se moucher pitoyablement, est terrible. Et le sous-entendu fonctionne sur quelques jurés, je le vois à leur expression.

C'est ignoble.

N'importe qui sait que le physique n'a rien à voir avec ces histoires de harcèlement. Tout n'est question que de pouvoir et, ici, l'équation est claire : Carrington en avait, Jones n'en avait pas, point. Discréditer Jones sous prétexte qu'elle ne joue pas dans la même ligue que Carrington, physiquement, c'est comme… dire qu'une agression à coups de râteau n'est que du jardinage, parce qu'un râteau n'est pas une arme !

Je suis furieuse et déçue. Je ne suis pas la seule, si j'en crois les remous dans la salle. Le juge Jackson décide d'en rester là pour la journée. Phoebe Jones s'enfuit littéralement de la salle. Eva s'éclipse peu de temps après la fin de l'audience, rejoignant la même amie qui la soutient depuis le début. Cole a pris le temps de lui adresser quelques mots réconfortants mais, après une telle déconfiture, il est difficile de garder espoir.

Lui et moi ramassons nos affaires en silence. Puis, n'y tenant plus, je toussote pour attirer son attention.

– J'ai regardé les jurés, nous en avons perdu au moins cinq, murmuré-je.

Cole secoue la tête, sombre.

– C'est trop tôt pour le dire et la panique de Phoebe peut être interprétée de deux manières différentes, répond-il à voix basse, lui aussi. Nous sommes plus ou moins revenus au point de départ : ceux qui pensent

Carrington coupable voient la panique de Phoebe Jones comme la peur de la victime, les autres comme une preuve de sa malice.

– En somme, tout est question de conviction personnelle, soufflé-je.

– Tant que nous n'aurons aucune preuve à charge, oui.

Je me mords les lèvres, déçue par ce retournement, alors que je pensais vraiment que nous allions gagner. Je ne suis pas la seule à me dire que la défense a marqué des points, puisque Me Fitzpatrick arrête Cole dans l'allée de la salle d'audience.

– Maître, vous devriez considérer cet arrangement, lui dit-elle avec un sourire carnassier, en lui glissant une feuille pliée en quatre dans la main.

Cole saisit le papier, y jette un œil indifférent. Je dois me maîtriser pour ne pas chercher à lire ce que l'avocate de Carrington y a noté. Un chiffre à plusieurs zéros, mais combien ?

– Cette somme ne couvre pas le préjudice professionnel et personnel de ma cliente, rétorque calmement Cole.

– Allons, vous savez bien que vous ne gagnerez pas, répond Barbra Fitzpatrick avec une intonation chantante. Mon client est très généreux. Mais l'offre ne tient que vingt-quatre heures, il n'aime pas perdre son temps.

– Nous avons donc un point commun, lui et moi, commente Cole. Étonnant.

Je le suis alors qu'il quitte la salle sans un regard en

arrière. Barbra Fitzpatrick ne se laisse pas impressionner pour autant.

– Vingt-quatre heures, et après je vous démolis comme je l'ai fait aujourd'hui ! ajoute-t-elle d'une voix claire.

Alors que je dois presque courir pour rattraper Cole, il se retourne brusquement vers moi.

– Tenez, et prenez votre journée, j'ai besoin de réfléchir, me lance-t-il avant de me fourrer un billet dans les mains.

Il n'attend même pas ma réponse et me plante là, s'éloignant à grandes enjambées. C'est à peine s'il m'a regardée, et ne parlons même pas d'une éventuelle formule de politesse.

Moi qui pensais avoir tout vu en matière de chaud et froid… J'étais loin du compte.

Apparemment, notre… deuxième faux pas dans les escaliers l'a décidé à se montrer plus distant que jamais. L'affaire sur laquelle nous travaillons est énorme et surtout elle traite d'un cas de harcèlement sexuel. Je mesure alors que Cole joue tout aussi gros que moi : il est mon supérieur hiérarchique direct et, si ce qui s'est passé entre nous se savait, ce serait une catastrophe pour sa crédibilité. D'ailleurs, tout le cabinet en subirait les conséquences parce que le procès tournerait court immédiatement. Un avocat couchant avec son assistante juridique et qui défend une assistante juridique victime de harcèlement sexuel… ce serait un carnage !

S'il savait à quel point je suis à mille lieues de vouloir lui nuire !

Mais je sais bien, avec ma formation de juriste, que là n'est pas la question. C'est avec une bouffée d'amertume que je m'oblige à faire face à la réalité : mes préoccupations ne sont pas les siennes. S'il me signifie aussi clairement qu'il ne veut pas me voir de la journée, c'est pour me mettre à distance définitivement, pour protéger le dossier.

Il est clair que plus nous tenterons le diable, plus nous risquerons de nous faire surprendre.

Hier, c'était déjà une folie.

Je baisse la tête. Voici donc à quoi pense la maîtresse d'un homme marié. Me voici dans ce rôle détestable… Et pourtant je ne regrette plus ce qui s'est passé. J'en souffre, c'est tout.

J'ai pourtant tellement haï celle qui avait séduit mon père et que j'avais rendue responsable du chagrin de ma mère. Je suis de l'autre côté du miroir, aujourd'hui, et je suis en train d'apprendre que la souffrance ne fait pas de quartier. On peut avoir mal aussi en étant l'amante illégitime.

Je reste seule, immobile dans le couloir où se croisent avocats, prévenus, juges et témoins. Des policiers en tenue passent à mes côtés sans m'accorder un seul regard. J'ai l'impression étrange d'être devenue transparente aux yeux du monde.

Techniquement, c'est assez juste : je suis une

stagiaire, autant dire une personne totalement insignifiante.

Je ne compte pour rien dans ce milieu et guère plus aux yeux de Cole. Sentant des larmes monter, je fais appel à toute ma volonté pour quitter les lieux. En chemin, je cherche mon téléphone au fond de mon sac. La raison voudrait que je retourne au bureau pour taper le compte rendu de cette audience. Mais mon ego en miettes a d'autres impératifs.

– Oui, coloc chérie ? Qu'est-ce qui se passe ? demande Esther en décrochant dès la première sonnerie.

– Tu fais quoi ? J'ai ma journée, dis-je en retenant un sanglot.

– Génial ! Je suis tout à toi ! me lance-t-elle, un sourire dans la voix.

18

UNE TRAHISON PEUT EN CACHER UNE AUTRE

Cole

C'est sans frapper que j'entre dans le bureau de Leonard. Il lève les yeux alors que je claque la porte derrière moi.

– Ça s'est mal passé, dit-il aussitôt, sombre.

Putain, oui ! J'ai encore fait le con, je n'arrive pas à me concentrer comme je devrais et je n'arrive même plus à la regarder dans les yeux !

– Pas tant que ça, réponds-je d'un ton beaucoup trop agressif.

Bordel, faut que je me calme.

– On dirait que c'est toi qui as trop de caféine dans

le sang, réplique mon ami. Tu as ta tête des mauvais jours ; explique !

Je m'assieds face à lui. Le reproche et la stupéfaction que j'ai lus dans ses yeux bleu-vert continuent de me torturer depuis mon retour du tribunal. J'ai beau essayer de ne penser qu'à ce foutu procès, pas moyen d'oublier Hazel. D'habitude, les femmes font des passages éclair dans ma vie ou, quand je suis amené à les côtoyer, je m'en désintéresse assez rapidement pour que leur présence ne me dérange pas.

Cette fois, il se passe quelque chose.

Lorsqu'elle s'éloigne de moi, je regarde la courbe de ses fesses, la ligne de ses chevilles ou sa nuque gracile. Si par hasard j'arrive à m'en empêcher, mon cerveau prend le relais et je revois ses seins, son sourire ou le grain de beauté qui orne son ventre, juste au-dessus de son nombril.

– Bon, Cole, merde ! crie soudain Leonard. Qu'est-ce qui t'arrive ? Tu ne me rassures pas, là !

Je suis resté combien de temps sans rien dire ?

– Arrête de t'exciter, réponds-je d'un ton ferme. On a essuyé un revers, c'était à prévoir.

– Merde, répète-t-il en se rejetant en arrière.

– Mais j'ai débusqué un des traîtres, ajouté-je d'un ton froid.

Leonard bondit de sa chaise, comme s'il était monté sur ressorts.

– Qui est l'enflure qui a osé ? rugit-il, les deux poings posés sur son bureau.

– Tu ne vas pas aimer ça.

– Arrête de faire durer le suspense.

– J'avais donné un dossier différent à tes enquêteurs, tu te rappelles ?

– Oui, oui, enchaîne mon ami, impatient.

– Milton Ross avait la nouvelle adresse mail d'Eva Pintoro, et Marina Greco son nouveau numéro de téléphone. J'ai envoyé un mail à la cliente pour lui suggérer – en apparence – d'envisager de passer un accord avec la défense. Évidemment, il n'en a jamais été question en réalité.

– Putain… grince Leonard, qui commence à comprendre.

– Dans le même temps, par SMS, je lui annonçais que j'avais un enregistrement d'une conversation téléphonique qui pouvait compromettre l'accusé. Ce qui était faux également. Après l'audience d'aujourd'hui, Fitzpatrick m'a fait une proposition. Une proposition intéressante, mais pas délirante. Le genre de proposition que pourrait faire un avocat qui sait que la partie adverse est fragilisée, ajouté-je pour enfoncer le clou.

Leonard se décompose. Il se rassied lentement, sous le choc.

– Ils ont eu ton mail… murmure-t-il. Ross a piraté la messagerie dès qu'il a eu connaissance de son existence et il a communiqué l'info à VFC… L'enfoiré…

Je ne réponds rien. Ce n'est pas à moi de lui dire ce qu'il a à faire. J'ai fait mon boulot. Je suis sa lucidité sur ce coup-là. Pour la vengeance, je le laisse aux manettes.

Je n'ai pas longtemps à attendre. Leonard bondit hors de son bureau et fonce droit vers celui de son enquêteur.

– Ross ! hurle-t-il dans le couloir, faisant se retourner tous les employés. Enfant de salaud ! Ordure !

Je me lève à mon tour. Je n'ai jamais apprécié ce Milton et son air faussement débonnaire. Ses yeux de fouine et sa propension à fourrer son nez partout m'ont immédiatement déplu. Qu'un enquêteur cherche des infos, c'est son job. Mais quelqu'un qui espionne tout et tout le monde en permanence… C'est une bombe à retardement qu'il convient de désamorcer avant qu'elle ne vous pète au visage.

Quoi qu'il en soit, Leonard est dans un tel état de rage qu'il pourrait faire une connerie. Et sachant Ross à la botte de VFC, il a à sa disposition une batterie d'avocats, prêts à mettre mon meilleur ami en charpie au moindre faux pas.

– Dégage de là, connard ! Tu prends tes affaires et tu t'en vas maintenant ! hurle toujours Leonard.

Des affaires jaillissent du bureau du détective. Un globe terrestre va rouler à l'autre bout du couloir, un presse-papiers manque d'assommer un avocat spécialiste des affaires familiales.

– Tu es viré ! assène Leonard.

J'arrive à temps pour le voir en train de tenir son ancien détective par le col, prêt à en venir aux mains.

– Leonard, dis-je calmement. J'ai déjà un procès sur les bras, je ne pourrai pas te défendre si tu le frappes, il y aurait conflit d'intérêts.

Ross Milton me fusille du regard. Bras ballants, rouge de rage, mais prêt à se laisser frapper, il attend la faute. Leonard ne se résigne pas à le lâcher. Je comprends la lutte intérieure qui l'agite. C'est un homme de loi, tout comme moi. Mais il y a des moments où on aurait envie de régler certaines affaires de manière expéditive…

– Tu veux vraiment lui payer des dommages et intérêts ? insisté-je sur le ton de la conversation.

– Plutôt crever, grince mon meilleur ami, lâchant à regret le traître.

– Dehors, ordonné-je à ce dernier d'un ton définitif. Maintenant.

Milton ne ramasse même pas les dossiers que Leonard a balayés et qui gisent sur le sol. Il attrape juste son immonde veste sur le portemanteau et passe devant moi sans oser soutenir mon regard. Il traverse ensuite le couloir, sous les yeux éberlués ou accusateurs des autres employés.

Au moins, l'ambiance est posée.

Puis, lorsqu'il disparaît dans l'ascenseur, dans un silence sinistre, tous les regards se tournent vers Leonard et moi.

– Voilà ! Voilà ce qui se passe quand on se fout de ma gueule ! rugit mon meilleur ami, entre fureur et satisfaction.

– Leonard… murmuré-je.

Il peut facilement passer pour un sympathique amateur de café bourré de tics. Mais Leonard a la rancune tenace et, si ses colères sont rares, elles sont explosives.

– Alors qui est le prochain sur la liste ? crie-t-il à la ronde. Vous avez quelque chose à confesser ? Qui d'autre passe des infos à VFC ? Hein ?

Tous le regardent, stupéfaits de sa crise de rage. Leonard les toise, furieux, puis se redresse.

– Retenez bien ce qui vient de se passer, c'est le sort que je réserve aux traîtres, déclare-t-il, solennel.

Ça suffit.

Je quitte le chambranle de son bureau où je m'étais adossé.

– Je pense que c'est clair, là, dis-je en ouvrant sa porte.

Leonard passe devant et referme.

– Très impressionnant, commenté-je, sarcastique.

– Putain ! Un de moins ! Je le savais ! Bordel !

Leonard continue ainsi pendant plusieurs minutes, marchant en rond dans la pièce, sans cesser de jurer et de se féliciter d'avoir eu l'occasion de virer un traître. Je le laisse extérioriser cette victoire jusqu'à ce que j'estime nécessaire de le ramener sur terre.

– Tu vois, dit-il brusquement en se tournant vers moi, un sourire mauvais aux lèvres. On va les avoir, chez VFC ! On va leur couper tous leurs canaux d'informations et je vais les briser, tous, un par un ! On va gagner ce procès et, dès que ce sera fait, je débusquerai tous ceux qui ont quelque chose à leur reprocher et je les défendrai jusqu'à ce que j'aie ruiné leur réputation ! C'est œil pour œil, dent pour dent.

– Leonard, tu sais qu'une vendetta ne se termine jamais, lui rappelé-je d'un ton ferme.

– Ne me dis pas de laisser couler ! s'indigne-t-il.

– Je ne te dirai jamais ça. Mais n'oublie pas que tu as un cabinet à redresser et des emplois qui dépendent de toi ! C'est pour ça que tu fais appel à mes services, lui dis-je calmement.

– Oui, je sais… bien sûr…

Il se remet à marcher de long en large, plus lentement, se passe la main sur le visage. Mon intervention semble l'avoir ramené à plus de raison.

– J'ai fait appel à toi parce que je sais que tu as la tête froide et que tu es assez brillant pour affronter tous les avocats de VFC, déclare-t-il soudain. J'aurais pu défendre Eva Pintoro, mais pas sans abîmer le portrait de Lincoln si je l'avais croisé, cet enfoiré de traître !

Il s'arrête et reprend son souffle, essaie de se calmer.

– Je n'aurais pas pu confier ce dossier à un autre avocat que toi, Cole, tu le sais. Parce que tu es comme un frère pour moi, ajoute-t-il, presque gêné de sa confession. Je sais que tu me comprends et tu es le seul en qui je peux avoir totalement confiance.

Leonard me tourne brusquement le dos, par pudeur. Mon meilleur ami vient de me dire qu'il mettait son avenir professionnel entre mes mains.

Si Leonard savait que j'ai couché deux fois avec une stagiaire, en plein procès pour harcèlement, lui qui m'a connu avec Jane… je doute que notre amitié y survivrait.

De vieux souvenirs m'assaillent. Notre mariage, à Jane et moi, le sourire qu'elle avait ce soir-là quand nous nous étions enfin retrouvés seuls. Le toast interminable de son frère, mon meilleur ami et témoin… Notre fou rire durant le banquet… Ses colères aussi. Et son regard blessé lorsqu'elle avait découvert le message de cette fille sur notre répondeur. Mon infidélité l'avait brisée ce soir-là. Et Leonard a mis plusieurs années à me pardonner cet écart de conduite.

S'il découvrait ce que je lui cache, cette fois, ce serait pour lui la pire des trahisons.

Leonard reste debout face aux fenêtres, les mains dans le dos. Le silence devient pesant.

– Que comptes-tu faire ce soir ? demandé-je, sûr qu'il attend une parole de ma part après sa déclaration.

– Réfléchir, me répond-il aussitôt. Et toi ?

Les mots franchissent mes lèvres aussitôt.

– Me changer les idées.

19

SOUS HAUTE SURVEILLANCE

Hazel

– Et voilà, tu sais tout ! finis-je après plusieurs heures de récit ininterrompu.

J'ai la bouche sèche, les yeux rouges, les mains moites et j'ignore si je me sens en colère, triste ou soulagée d'avoir parlé avec Esther.

Sûrement un peu de tout ça.

Ma colocataire m'a écoutée sans m'interrompre et je ne lui ai rien épargné : ce qui s'est passé avec Cole depuis la dernière fois, sa façon de souffler le chaud et le froid, la journée au tribunal, sa manière de me congédier à la fin de l'audience !

J'ai juste évité de mentionner l'énigmatique Jane…

dont Cole ne parle jamais.

Maintenant, j'aimerais bien qu'elle dise quelque chose. Comme le silence se prolonge, je bois une gorgée de ma bière. La sensation de fraîcheur sur ma langue me fait un bien fou et je réalise que je meurs de soif ! Avant même d'avoir pu m'en rendre compte, mon verre est vide. Esther lève une main en direction du serveur pour commander autre chose. Je fais un geste pour l'arrêter, puis renonce.

Après tout, hein… Au point où j'en suis.

Esther et moi, nous nous sommes rejointes dans un café, au cœur de Soho. Je suis arrivée presque en larmes, épuisée d'avoir arpenté sans relâche des montagnes émotionnelles depuis le début de mon stage. Entre la pression due à mon cursus universitaire, les enjeux du procès, les variations imprévisibles de ce qui se passe avec mon boss… je suis près de l'explosion en plein vol !

– On a couché deux fois ensemble, c'était une énorme connerie, ce serait super risqué de continuer, je sais tout ça ! Et pourtant, ça me fait très mal… ajouté-je d'une petite voix.

Esther fait une grimace apitoyée avant de poser sa main sur la mienne. Au même moment, heureusement, le serveur apporte deux autres bières, ce qui m'oblige à ravaler les larmes pathétiques qui me montent aux yeux.

Esther saisit son verre et le lève en ma direction.

– À toi ! Les passions sexuelles, c'est comme… euh…

– Les burritos de fin de soirée, je sais, complété-je, peu convaincue.

– Non !

Esther s'interrompt, fait glisser ma bière vers moi, puis rajuste le col montant de sa blouse de soie verte, qu'elle a associée à une improbable salopette de velours moutarde.

– C'est comme les crèmes brûlées ! Tu as super envie de tout terminer, c'est chaud et sucré, puis quand tu as fini, tu regrettes ! déclame-t-elle, sentencieuse.

– Hum… grogné-je, sceptique.

– Allez, ma belle, tu vas t'en relever, je t'assure.

– Mais je sais, c'est juste que… Je ne sais pas, je ne comprends pas qu'il ait eu besoin de me congédier de cette manière, aussi froidement ! m'agacé-je. Je savais aussi bien que lui que ça avait une fin mais on aurait pu faire ça de manière plus… civilisée !

– Peut-être qu'il était mal à l'aise, lui aussi.

– C'est la dernière personne que j'imagine être mal à l'aise, laissé-je tomber.

Je hausse les épaules, puis lève mon verre à mon tour.

– À nous, à l'amitié ! dis-je bien fort, comme si ce mantra pouvait effacer tout le reste.

– À nous !

Nous buvons une longue gorgée de bière, avant de reposer nos verres. Esther lance un sourire au serveur, qui lui tourne visiblement autour.

– Un autre candidat ? ironisé-je.

– Peut-être… mais je n'aurai pas le temps, de toute façon, avec ce qui m'attend, me répond-elle, mystérieuse.

– Qu'est-ce que tu veux dire ? demandé-je aussitôt, intriguée.

– Je veux dire qu'une galerie m'a proposé, enfin, d'exposer mes œuvres avec d'autres artistes débutants ! m'annonce-t-elle avec un sourire radieux.

– Mais c'est fantastique ! m'écrié-je aussitôt. Ce sera quand ?

– Dans quelques semaines ! J'ai beaucoup de choses à préparer, mais c'est tellement stimulant !

Esther lance ses deux bras en l'air, bousculant un autre serveur au passage, qui manque de renverser le contenu de son plateau sur le sol.

– Oups ! Pardon !

Je retiens un rire. Le serveur en question lui lance un regard noir, avant de marmonner un « ce n'est rien » qui manque nettement de conviction.

– J'ai envie de dévorer le monde, pouffe Esther, pas vraiment embarrassée.

– Évite quand même de nous le laisser en miettes, plaisanté-je.

– J'ai l'impression d'être en surtension depuis que j'ai appris la nouvelle !

– Moi aussi, d'une certaine manière, remarqué-je avec une grimace. Mais mon énergie tient plus du trou noir que de l'explosion solaire.

– Dans ce cas, j'ai une solution toute trouvée !

Avec un regard mystérieux, mon amie attire à elle le sac de sport qu'elle avait posé sur le sol.

Je crains le pire.

Elle ouvre lentement la fermeture éclair et, d'un geste théâtral, sort deux tenues de sport bariolées qu'elle m'agite sous le nez !

OK, j'étais loin du compte.

– Tu envisages une soirée déguisée ? demandé-je en fronçant le nez.

Honnêtement, entre les leggings façon seconde peau, avec empiècement résille, et les tee-shirts brassières rose fluo, je ne vois pas quoi envisager d'autre. Ces tenues sont l'équivalent « zumba » des costumes d'infirmière sexy qu'on voit pulluler à Halloween.

– J'envisage une incursion… dans un lieu… pour lequel j'ai besoin… de toi ! termine-t-elle en me souriant de toutes ses dents.

– J'ai peur de comprendre, réponds-je, sentant le traquenard.

Esther penche la tête et émet de petits gémissements, façon chiot en détresse. Je soupire en levant les yeux au ciel.

Si elle sort ces yeux de cocker à ses mecs, je comprends qu'elle en fasse ce qu'elle veut, quand elle veut.

– Esther, ne me demande pas ça, soupiré-je. Je n'ai aucune envie de retourner ce soir sur mon lieu de travail.

– Ce n'est pas ton lieu de travail, c'est la salle de sport ! me corrige-t-elle.

– Oui, MOI, j'ai le droit d'y aller, mais pas toi ! objecté-je.

– C'est justement pour ça que j'ai besoin de toi ! Allez, Hazel… me supplie-t-elle. Ça nous fera du bien à toutes les deux ! On va se défouler, j'ai pris de la musique et des enceintes miniatures !

Ma volonté vacille. L'idée de me dépenser au point de réussir à m'endormir sans me repasser mille fois les événements du jour est tentante, mais les lieux me rappellent tellement Cole, qu'il se pourrait bien que le résultat soit totalement contraire.

– En plus, après, on ira manger deux énormes hamburgers, avec une tonne de frites, soupire Esther. Je n'ai pas réussi à m'accorder ce genre de plaisir sans culpabiliser depuis 1812, au moins !

Esther, exagérer ? Pas depuis 1812.

– Je ne sais pas, dis-je en regardant fixement ma bière.

– Écoute, tu es mon amie et je vais te parler franchement, reprend alors Esther, soudain sérieuse. Tu ne peux pas arrêter de vivre à cause d'un mec qui ne fait preuve d'aucun tact à ton égard ! En plus, c'est terminé, votre aventure, donc je ne vois pas pourquoi tu t'empêcherais de quoi que ce soit !

Sa remarque pique mon orgueil au vif.

– Tu as raison ! Je suis en train de me priver de ce dont j'ai besoin, juste parce que j'ai peur de penser à lui !

– Voilà ! Là, je te retrouve ! Allez, on y va ! m'intime-t-elle en vidant d'un trait son verre, avant d'empoigner le sac.

– Je ne sais pas comment tu fais pour boire autant avant d'aller faire du sport.

– C'est comme pour tout, une question de volonté. Et d'inconscience, ajoute-t-elle avec un clin d'œil.

À notre arrivée dans le bâtiment, je suis un peu plus détendue. Esther a enchaîné les blagues durant le trajet et le hall désert me rassure. À cette heure-ci, tout le monde est parti et l'ambiance est totalement différente. On se croirait davantage dans un musée que sur mon lieu de travail. Nos pas résonnent et Esther et moi baissons instinctivement le ton, alors que nous nous rendons au sous-sol, où se trouve la fameuse salle de gym.

– C'est immense, remarque mon amie, d'habitude peu impressionnable.

– Oui, mais le cabinet n'occupe qu'un seul étage, précisé-je.

– Tout de même, c'est très… cossu. Il n'y a pas à dire, tu seras riche avant moi ! s'amuse-t-elle.

– Ne dis pas ça, tu n'es pas à l'abri d'un succès fulgurant, objecté-je. Je te rappelle que tu vas bientôt être exposée dans une galerie connue.

– Et un généreux mécène va proposer de financer mon art ? me demande-t-elle avec ironie.

– Ou quelqu'un va acheter plusieurs de tes œuvres, la presse parlera de toi, on te proposera d'exposer partout, listé-je. Et de fil en aiguille, tu me snoberas quand tu me croiseras dans la rue !

– Non, je saurai rester humble, répond Esther avec un regard modeste, les mains jointes et un sourire idiot aux lèvres.

Nous rions ensemble, puis les portes s'ouvrent sur la salle déjà éclairée. Des coups sourds nous arrivent aussitôt aux oreilles. Surprises, nous avançons prudemment vers les vestiaires. Une silhouette s'agite, au fond, près d'un sac de frappe situé en face d'un miroir.

Je me fige, affolée. Esther à mes côtés s'arrête, sans comprendre.

– Quoi ? Qui est-ce ? me questionne-t-elle à voix haute.

Cole se retourne brusquement. Torse nu, en sueur, il a le regard mauvais. Ses poings à hauteur de torse, recouverts de gants de boxe, lui donnent l'allure d'un combattant plein de hargne. Ses cheveux tombent en mèches épaisses sur ses yeux si clairs qu'ils semblent traverser mon crâne jusqu'à mes plus intimes pensées. Celles que j'essaie de refouler de toutes mes forces en ce moment même.

J'ai envie de lui. Maintenant, comme ça. Et j'aurai encore envie de lui demain.

Je devine plus que je n'aperçois le visage d'Esther, qui se tourne vers lui, puis vers moi.

– OK… Je comprends mieux… murmure-t-elle.

– On s'en va, lâché-je avec un effort, en la tirant par la manche.

Mais il est trop tard, Cole se dirige vers nous à grands pas. Le visage furieux, il détache ses gants en tirant sur les lacets avec ses dents. On dirait un fauve qui s'apprête à bondir. Mon cœur accélère. Il jette à peine un regard à Esther, mais ce regard lui apprend ce qu'il n'aurait pas dû savoir : elle sait qui il est et ce que nous avons fait ensemble.

Mais comment aurais-je pu garder ça pour moi, quand il me rend folle avec ses volte-face permanentes ?

– Mademoiselle Rivendale, où est-ce que vous vous croyez ? assène-t-il, cinglant. Ce lieu appartient au cabinet, ce n'est pas un lieu public où vous pouvez emmener n'importe qui !

– Je n'avais pas l'intention d'organiser une visite du cabinet, simplement de faire un peu de sport avec une amie ! protesté-je, outrée de sa façon de me parler. Ce n'est pas comme si j'avais rompu mon devoir de confidentialité !

Il fronce les sourcils, encore plus furieux par ma réponse. Je vois les muscles de sa mâchoire se crisper. Je lutte pour soutenir son regard froid, alors que mes yeux sont irrémédiablement attirés par sa peau nue, brillante de sueur, ses pectoraux saillants, ses biceps…

Au secours.

– Les lieux sont sous surveillance, ajoute-t-il soudainement, dents serrées. Vous aurez sûrement à rendre des comptes demain. Filez de là tout de suite !

Quoi ? Sous surveillance ? Des comptes à rendre ?

Cette fois, je ne réfléchis plus et attrape la main d'Esther.

– Tout est entièrement ma faute, intervient-elle calmement. J'ai insisté pour venir. Lourdement. Je voulais juste profiter de la salle et c'est moi qui ai préparé ce sac.

Elle ouvre le sac de sport, laissant voir nos deux tenues. Je rougis, honteuse à l'idée qu'il m'imagine là-dedans, en plus du reste.

– Alors insistez encore pour sortir d'ici, lui rétorque-t-il sans aucune indulgence. Il y a des caméras partout, vous ne pouvez pas venir ici avec des amies !

– Quoi ? Des caméras partout ! répété-je, en état de choc.

Il me toise en silence. Je suis au supplice. Il serre les mâchoires et, à son regard, je comprends qu'il devine mon inquiétude : avoir été filmée pendant nos ébats.

– Non, pas partout, lâche-t-il finalement, avant de faire demi-tour en remettant ses gants.

Je suis encore en train d'assimiler ce qu'il vient de me dire qu'il a déjà repris sa séance de frappe. Rageur, il démolit un adversaire imaginaire à coups de poing. Ses muscles dorsaux roulent sous sa peau luisante.

Esther et moi nous éloignons en pressant le pas. L'ascenseur est heureusement toujours là. Nous y entrons et j'appuie sur le bouton qui nous rendra la liberté.

– Il se comporte parfois comme un vrai connard, murmuré-je, le cœur encore battant.

– Oui. Mais ta coloc t'emmène boire un verre pour oublier ça, m'annonce Esther sitôt les portes refermées.

Je n'hésite même pas. Après ce que je viens de subir,

il est urgent et vital pour moi de penser à autre chose.

– Il est méga beau, soupire mon amie, comme en écho de mes propres pensées. Il est trop tentant pour rester gérable…

– Je sais, murmuré-je, consternée.

– Cela dit, ajoute mon amie avec un demi-sourire, c'est vraiment super excitant…

Je ne réponds rien, sentant mon désir pulser au creux de mon ventre, au même rythme que les battements de mon cœur.

JE SAIS !

20

UN JEU BIEN DANGEREUX

Hazel

L'éclairage artificiel me fait un peu moins mal que la clarté du ciel, heureusement. Avec un soupir de soulagement, j'ôte mes lunettes de soleil dans le hall de l'immeuble. Hélas, contre le mal de tête qui me vrille les tempes, il semblerait que mon huile essentielle de lavande ne suffise pas.

Je n'aurais jamais dû accepter ce dernier verre… CES derniers verres.

Je secouerais bien la tête, mais j'ai trop peur d'avoir mal. Le miroir de l'ascenseur me renvoie une image déprimante. Je suis pâle comme la mort, avec des cernes mauves et mes yeux sont injectés de sang. On dirait un zombie qui s'est maquillé pour tenter en vain de passer inaperçu. En plus, j'ai enfilé une robe de maille grise, qui fait une espèce de ton sur ton désastreux avec mon teint.

J'extirpe de mon sac un flacon de comprimés, en avale un sans même attendre de me servir un verre d'eau et prie pour qu'il agisse rapidement.

Ça me servira de leçon, c'est la dernière fois que je fais n'importe quoi comme ça ! Ce stage est ma priorité, je ne dévierai plus de cette ligne.

Intérieurement, je rage contre moi-même d'avoir cédé à la facilité hier, d'avoir accepté de faire entrer Esther ici, puis d'avoir bu en excès, dans l'espoir puéril d'oublier l'altercation avec Cole. Le résultat, c'est qu'aujourd'hui je n'ai rien oublié du tout et qu'en plus j'ai la gueule de bois.

Bingo.

Oui, Cole m'a blessée ; oui, j'aurais aimé être seule avec lui et qu'il ne me chasse pas comme il l'a fait. Non, je ne referai pas la même erreur une troisième fois.

L'ascenseur s'ouvre sur le seuil du cabinet. Je salue brièvement Selena et entre dans mon bureau, où se trouve hélas déjà Penelope.

Pitié, faites qu'elle ne soit pas d'une humeur de dogue parce que je ne me sens pas capable de supporter ça en plus du reste.

– Bonjour, dis-je d'une voix éteinte.

– Salut ! Dis donc, tu n'es pas au courant, toi, pour le

renvoi de Ross ! me dit-elle, surexcitée.

– Pardon ? Milton Ross a été renvoyé ? L'enquêteur ? demandé-je, intriguée.

Penelope acquiesce avec force, un sourire satisfait aux lèvres. Elle replace nerveusement ses lunettes sur son nez, avant de passer une main sur sa nuque courte, comme pour s'assurer de la bonne ordonnance de sa coiffure. Avec sa blouse de soie à col lavallière, elle ressemble à l'idée que je pourrais me faire d'une assistante des années soixante-dix. La cigarette en moins.

– Par Me Brevitz, peu de temps après que Me Parker est revenu du tribunal, me souffle-t-elle d'un air de conspiratrice. Tu es au courant de quelque chose ?

Mon pauvre cerveau embrumé tente d'extirper de ses rouages grinçants une information pertinente. L'esquisse d'une hypothèse se fait dans ma tête, mais j'ai la présence d'esprit de ne pas partager mes pensées.

Est-ce que ça aurait un rapport avec les dossiers que j'ai photocopiés pour Cole ? Dans ce petit local isolé du reste du cabinet, où… RIEN DU TOUT.

Je toussote, gênée.

– Non, rien qui soit en rapport avec ce renvoi, dis-je d'un ton neutre.

Penelope me lance un regard soupçonneux.

– Mais j'imagine que c'est en lien avec le cabinet VFC, ajouté-je pour faire preuve de bonne volonté.

– Oui, évidemment ! rétorque-t-elle, la bouche pincée. En tout cas, je me réjouis que les traîtres se fassent débusquer, et j'espère que s'il y en a d'autres ils seront vite découverts !

Si Cole continue sur sa lancée, je n'ai pas trop de doute à ce sujet.

– Pour Me Brevitz et Me Soporovski, la loyauté est ce qu'il y a de plus important, pontifie-t-elle en faisant mine de trier des papiers. Et je suis tout à fait d'accord avec cette philosophie, d'ailleurs je reste très vigilante à chaque instant ! Surtout que certaines personnes ne brillent pas franchement par leur esprit *corporate*…

Je rêve où elle parle de moi ?

Un regard vers elle me confirme ce que je pressentais. La tirade de ma collègue n'est qu'une menace à peine voilée à mon égard. Je lève les yeux au ciel en allumant mon ordinateur. Je devrais probablement me défendre, lui répondre quelque chose, mais je suis déjà épuisée rien qu'à l'idée d'un autre conflit ouvert avec elle.

De plus, si jamais j'ai réellement été filmée hier soir, en train de pénétrer dans l'immeuble et la salle de sport avec Esther, je risque d'avoir des ennuis, alors autant économiser mes forces.

Mon estomac se serre. J'espère qu'on ne me tiendra pas rigueur d'avoir voulu faire entrer une amie.

On parle de vélos elliptiques, pas de dossiers sensibles !

Aussitôt, la vision d'un torse nu aux muscles saillants s'impose à mon esprit. Je fronce les sourcils, ouvre rapidement ma messagerie, histoire de me plonger dans le travail en oubliant le reste.

– Ah, vous êtes enfin ici ! glapit une voix autoritaire.

Ouille…

Mary Soporovski est entrée sans frapper. Campée sur des talons vertigineux, sanglée dans un tailleur sans doute hors de prix, elle semble furieuse.

Pitié, ne me renvoyez pas, pitié, ne me renvoyez pas…

Mon cœur s'arrête presque de battre, mais c'est vers Penelope qu'elle se tourne.

– Je vous avais demandé de me trouver tous les précédents au dossier dont nous avions parlé hier ! Où sont-ils ?

– Euh… mais, dans votre messagerie, maître, je vous ai fait un envoi urgent dès mon arrivée ce matin, explique Penelope, visiblement secouée par l'agression en règle de sa supérieure.

– Par messagerie ! Et vous ne pouviez pas me déposer une version papier, non ?

– Mais je…

Mary Soporovski n'attend pas les explications de son assistante et repart comme elle est entrée : brusquement et sans un mot.

– Elle m'a demandé d'éviter les impressions pour des raisons économiques et écologiques ! se justifie Penelope d'un ton ébahi. Je lui ai fait un dossier très complet, avec des liens cliquables et une note de synthèse au début !

– Je suis sûre que ton dossier est parfait, la rassuré-je.

Mais visiblement, le renvoi de Ross a réactivé des tensions.

Penelope me regarde, un peu surprise. Elle l'ignore évidemment, mais nous avons en commun au moins une chose : l'obligation de travailler avec un avocat lunatique, autoritaire et irascible. Forcément, je compatis à sa situation.

– Oui, j'espère que c'est ça, répond-elle, hésitante.

– Regarde, elle est déjà devant son écran, lui fais-je remarquer.

Grâce à la configuration du cabinet, notre bureau vitré a une vue imprenable sur celui de Me Soporovski, que nous pouvons observer sans aucune difficulté.

– À mon avis, elle est en train de cliquer sur tes liens en regrettant de t'avoir agressée, ajouté-je.

– Regretter ? Je crois que ça ne fait pas partie des compétences de Soporovski, murmure Penelope.

– Je vais me chercher un café, tu veux quelque chose ? lui proposé-je en la sentant encore secouée.

– Euh… Non, laisse, je vais y aller. Sucré, ton café ?

– Oui, s'il te plaît, réponds-je en souriant, surprise de sa proposition.

– C'est noté.

Elle se lève, toujours très droite. Juste avant de sortir, elle se retourne vers moi, l'air un peu gêné.

– Merci. Tu sais, c'est… compliqué d'accueillir quelqu'un comme il faut quand on a eu pour consigne de se méfier de tout le monde, prononce-t-elle très vite.

Mais... ce sont des excuses !

– Merci de me le dire, réponds-je sérieusement. J'imagine que c'est difficile de trouver la bonne distance.

Penelope hoche la tête et s'en va. Je regarde fixement l'endroit où elle se trouvait, songeuse.

Et je m'y connais, question difficulté à trouver la bonne distance...

Je grimace à cette pensée, mais je n'ai pas le temps de m'appesantir sur le retournement de situation avec Penelope que Cole apparaît à son tour sur le pas de la porte. Nos regards se croisent et le temps s'arrête. Aujourd'hui encore, il ne porte pas de cravate, juste une chemise ouverte. Je dois lutter contre moi-même pour ne pas regarder ce triangle de peau mate.

Je ne l'ai jamais vu entièrement nu.

Cette pensée fugace et totalement hors de propos me fait instantanément devenir cramoisie. J'en ai presque envie de pleurer tant je ne sais plus où me mettre. Les yeux glacier ne me lâchent pas, je panique, persuadée qu'au fond, il sait ce que je suis en train de me dire.

– Inutile de vous mettre dans cet état, déclare-t-il brutalement, alors que je suis au bord du sanglot. Je me suis porté garant pour vous auprès de Me Brevitz. Même si vous apparaissez sur la vidéosurveillance avec une inconnue, j'ai expliqué la situation et mis votre manque de discernement sur le compte de votre inexpérience.

Je hoche la tête, mais ne le remercie pas davantage. Le vocabulaire et le ton employés sont suffisamment insultants pour que ma panique se transforme en colère. Il ne peut pas me parler ainsi et s'imaginer que je vais rester polie et docile.

Je suis son assistante, pas son punching-ball !

– Ce sera la seule et unique fois, insiste-t-il, comme s'il espérait une autre réaction de ma part.

– Vous croyez vraiment que j'ai envie de renouveler l'expérience ? demandé-je, aussi froidement que possible.

Moi aussi, je peux pratiquer le double discours, cher maître Parker !

Il ne réagit pas, mais je sais qu'il a parfaitement compris. Sinon il me demanderait d'employer un autre ton. Je respire un peu mieux, cela dit, sachant que mon initiative de la veille ne me porte aucun préjudice pour mon stage.

– Je veux que vous repreniez les éléments du dossier traités par Milton Ross, enchaîne-t-il, impassible. Vous vérifierez qu'il n'a pas transmis d'informations erronées ou sciemment omis d'inscrire des informations.

– Quels éléments de comparaison aurai-je ? demandé-je, un peu perplexe.

– Vous devrez rappeler toutes les personnes qu'il a contactées pour leur demander de confirmer les propos retranscrits par Milton ; quant aux informations issues de sources inconnues, vous les transmettrez à Marina Greco. Et je veux une copie de tous vos échanges, évidemment.

– Évidemment.

Je le toise du regard, dents serrées. Il s'approche, un dossier à la main, sur lequel est accrochée une clé USB.

– Les documents sont ici, m'explique-t-il en déposant le tout sur mon clavier.

Cette façon de faire, comme si le travail que j'étais déjà en train d'effectuer n'avait plus aucune importance, m'irrite, et je lève la main pour décaler la chemise cartonnée. Au même instant, ses doigts s'avancent et effleurent les miens.

Sa peau est chaude, la mienne est glacée. Je me sens frissonner des pieds à la tête. Il me semble que Cole s'est figé l'espace d'une demi-seconde, mais il se redresse immédiatement. Une fois encore, nos regards s'imbriquent, comme aimantés.

– Je t'ai pris un double café ! annonce Penelope qui fait son retour dans le bureau.

La magie est rompue. Je ne sais pas si je suis soulagée ou déçue. Cole salue à peine ma collègue et quitte le bureau. Penelope me regarde avec un air curieusement complice, avant de poser mon gobelet en carton sur mon bureau.

Je la remercie à mi-voix, la gorge serrée.

Un simple contact et toutes mes résolutions ont volé en éclats. C'est comme si lui et moi essayions de tenir notre rôle sans jamais réussir à aller au bout de la scène… Il est le patron, je suis l'assistante. Mais il suffit d'un rien, et d'un seul coup il n'existe plus que cette attraction physique. J'ai beau être furieuse après lui, avoir peur de ruiner mon avenir, penser à sa manière de me traiter avec indifférence, rien n'y fait.

C'est un jeu dangereux et je n'ai jamais été joueuse... Qu'est-ce qui m'arrive ?

Je suis une fille sérieuse, raisonnable. Ennuyeuse, selon certains. Je sais ce que je veux, ce que je vaux et j'ai de l'ambition, c'est tout.

Je dois me sortir de cette situation avant qu'il ne soit trop tard.

J'ouvre la chemise cartonnée qu'il m'a laissée. Une odeur de cigarette est incrustée dans le papier. Je grimace. Heureusement pour moi, le cachet que j'ai pris dans l'ascenseur a fait effet. Je soupire, saisis mon café et en avale une gorgée.

Au travail.

***

La journée s'écoule à un rythme lent. Je passe des dizaines de coups de téléphone, compile des témoignages et recoupe des informations. Je trie ce que je peux vérifier et ce que je dois transmettre à Marina, l'autre enquêtrice du cabinet toujours en poste.

La tâche est fastidieuse et décourageante car je ne trouve strictement rien de nouveau. Milton Ross n'a rien caché ni tronqué, il s'est contenté de transmettre des informations à la partie adverse.

Et il nous a aussi fait perdre un temps précieux.

Penelope a proposé de m'aider, mais je n'ai pas osé accepter, de peur que Cole ne me reproche de partager le dossier. Puis je préfère continuer de me méfier, même si je ne pense pas que ma collègue oserait trahir le cabinet d'une quelconque manière.

Telle que je la connais, elle serait capable de traverser la ville pour rapporter un trombone qu'elle aurait embarqué chez elle par erreur.

Mais « on » m'a donné une tâche à effectuer seule, je vais montrer ce dont je suis capable. Résultat : il est presque vingt et une heures et il n'y a plus que moi dans les bureaux. « On » est parti en début de soirée, probablement attendu.

Mais j'ai presque terminé. Plus qu'un entretien à décortiquer et je pourrai enfin…

– Hazel ! hurle-t-on soudain.

– Ah ! répliqué-je aussi fort, tout en sursautant au point de me cogner les genoux sous mon bureau.

– Oh, pardon ! s'excuse Marina, que je n'ai pas entendue entrer dans mon bureau.

– Ce n'est rien, gémis-je en me frottant les jambes. Tu m'as un peu surprise, c'est tout.

– J'ai trouvé quelque chose ! m'annonce-t-elle sans attendre, un sourire aux lèvres.

Vêtue d'un pantalon large et d'un pull en lurex, elle ressemble à tout sauf à une détective. Mais la clé USB qu'elle brandit recèle visiblement une information brûlante.

– Qu'est-ce que c'est ? demandé-je, curieuse.

– Je préfère que ce soit Cole qui le découvre, tu comprends ?

L'ère du soupçon, encore et toujours.

– Bien sûr, admets-je, un peu déçue malgré tout.

– Rien de personnel.

– Je sais. Il est rentré chez lui rejoindre son épouse, ajouté-je, comme pour mettre un point final à ce qui fut une relation adultère.

Je grimace un sourire à l'intention de Marina, qui lève un sourcil perplexe.

– Rejoindre son épouse ? Je ne crois pas, non, lâche-t-elle avec une moue exagérée. Ce mariage est mort avec…

– Oh ! m'écrié-je avec une intonation joyeuse qui m'échappe totalement. Je veux dire… pardon… je… ne voulais pas commettre d'impair. Tu veux que… je lui donne ce dossier demain ? À Me Parker, je veux dire ! Pas à son épouse ! Ah, ah !

Son couple n'existe plus ! Je ne suis pas une briseuse de mariage !

Je tente de sourire de nouveau, essayant de reprendre mes esprits. Marina me dévisage en silence, puis semble décider que mon étrange réaction ne mérite pas qu'elle s'y attarde.

– Oui… La baby-sitter de mes fils vient d'appeler pour prévenir que mon plus petit était fiévreux, et mon mari a été retenu à son travail, donc je vais filer, débite-t-elle à toute vitesse, visiblement pressée d'en finir. La clé est cryptée, tu la gardes et tu la remettras à Cole en main propre, OK ? Je dois vérifier les infos de Milton demain matin, je n'arriverai pas avant midi, donc…

– Pas de problème ! réponds-je en remerciant mentalement le dieu des maladies infantiles.

– Super, tu me sauves !

Avant que je n'aie pu lui souhaiter une bonne soirée, elle est déjà partie. Il ne reste plus que moi. Même si Cole m'a rejetée, je suis au moins délivrée de ma culpabilité ! Si son couple est mort, comme l'a dit Marina, ça explique l'absence d'alliance au doigt de Cole ! Il n'est pas un de ces hommes infidèles et je ne suis pas une maîtresse ! Il est séparé, et moi je…

Moi, je dois laisser cette histoire derrière moi.

Je m'attelle aux pages restantes de mon dossier, faisant appel à mes dernières forces pour rester concentrée. Une demi-heure plus tard, moi aussi, j'ai terminé. Mais la perspective de traverser la ville avec dans mon sac une clé susceptible de faire basculer le procès me paraît complètement insensée.

Et si on m'arrache mon sac dans le métro ?

Aussitôt, cinq ou six scénarios catastrophes se déroulent dans ma tête. Jamais je ne vais réussir à dormir tranquille en sachant que m'importe quoi peut arriver à cette clé d'ici demain matin. Soudain, je réalise qu'il y a une solution simple, totalement sécurisée et parfaitement autorisée : je vais la ranger dans le coffre que Cole m'a montré l'autre jour.

Soulagée, je me dirige donc vers son bureau, afin de déposer les nouvelles preuves – je suppose – avant de rentrer chez moi à mon tour.

Je vais rentrer en Uber, prendre un bain avec un verre de vin, me mettre en pyjama et dormir.

Depuis le couloir, j'aperçois la lueur bleutée d'un écran dans le bureau de Cole. Je pense d'abord qu'il a oublié d'éteindre son ordinateur, mais sa silhouette se découpe en contre-jour.

Il est là.

Je ne comprends pas, je pensais être la dernière... Il lève les yeux, hausse les sourcils. Il porte un jean, un sweat-shirt gris chiné et ses cheveux sont humides. Je devine qu'il a sûrement dû passer à la salle de sport, prendre une douche et remonter à son bureau sans que je m'en rende compte.

– Que fais-tu ici ? me demande-t-il, tout aussi surpris que moi.

Le « tu » dans sa bouche me trouble davantage encore que son regard sur moi. Le bleu glacier s'est réchauffé, semble moins dur. Comme si Cole avait baissé sa garde.

– Je... travaillais, dis-je avec une pointe d'agressivité. C'est ce que je suis censée faire, non ?

– Entre, répond-il simplement, sans relever mon attitude défensive. Je ne vais pas te manger.

Vraiment ?

J'obéis, brandissant la clé USB comme un talisman.

– Marina m'a donné cette clé cryptée, elle renferme

des informations pour le procès d'Eva, je venais la mettre dans le coffre avant de partir, débité-je sans reprendre ma respiration.

Mon cœur bat la chamade quand Cole se lève et contourne son bureau pour saisir l'objet. Je lui tends la clé, il la saisit, la pose sur son bureau et attrape ma main avant que je ne la retire. Nous nous figeons. Puis ses doigts s'entremêlent aux miens et il m'attire vers lui. Je ne résiste pas. Son torse, son odeur, sa peau… Nos lèvres se rejoignent d'un même élan. Sa bouche est chaude et douce, ma langue va chercher la sienne. Je respire enfin. Il est là, je suis contre lui, j'oublie tout le reste.

Le reste ? Non !

– Attends, et les caméras ? dis-je soudain, angoissée. Il n'y en a pas dans le local à photocopieuse ni dans l'escalier, mais ici ?

Il prend mon visage entre ses mains, apaisant, calme.

– Il n'y en a pas non plus, murmure-t-il d'une voix grave.

Je glisse sans attendre mes mains sous son sweat-shirt. La chaleur de son corps me fait pousser un nouveau soupir, de contentement cette fois.

– Je deviens dingue, murmure-t-il, l'air presque grave.

– Quoi ?

Il attrape mes poignets, ôte mes mains de son torse et plonge ses yeux dans les miens. Ses doigts me serrent avec douceur.

– Ça me rend dingue de te voir toute la journée, je ne pense qu'à refaire ce qu'on n'aurait pas dû faire la première fois, dit-il d'une voix sourde.

– Ni la deuxième, ajouté-je, la respiration courte.

– Ni maintenant, poursuit-il, le regard farouche.

Oui, maintenant.

Ses mains lâchent les miennes pour me saisir par la taille et plaquer mon corps contre le sien. Notre baiser se fait sauvage, urgent. Je gémis, pétris ses fesses musclées, sens mon sexe réagir à ce contact. Le sien aussi… Je me frotte contre lui, impatiente. À son tour, il gémit, me mord un peu la lèvre. Ses doigts font remonter ma robe de maille le long de mes jambes, de mes hanches, de ma taille… Encore un peu et je vais me retrouver presque nue devant lui !

– Cole… l'arrêté-je, haletante.

Il passe ses mains sous le tissu de ma robe. Le contact de ses doigts sur ma peau me coupe le souffle. Je ferme les yeux, goûte la délicatesse de ses caresses sur ma taille, mes fesses, mes reins. Je ronronne, yeux fermés, puis me souviens.

– Je ne t'ai jamais vu, dis-je, incapable de formuler clairement ce que je veux exprimer.

Il sourit, perplexe et amusé par mon trouble. Évidemment, il continue ses caresses, sachant pertinemment que ce sont elles qui me font perdre mes mots.

– Tu me verrais si tu ouvrais les yeux, répond-il en remontant un peu plus ma robe.

– Non, ce n'est pas ce que je voulais dire, reprends-je, plus fermement. Je ne t'ai jamais vu nu.

Ses caresses cessent aussitôt. Je le regarde droit dans les yeux, curieuse de voir sa réaction. Il sourit toujours.

– Tu voudrais me voir ? demande-t-il, visiblement très à l'aise avec cette idée.

J'acquiesce.

Comment pourrais-je ne pas le vouloir ?

Sans un mot, il fait un pas en arrière et, d'un geste ample, retire son sweat-shirt. Il ne porte rien dessous. Je suis hypnotisée par sa peau ambrée, ses pectoraux saillants et la ligne de muscles qui descend de chaque côté de sa taille pour plonger vers son bas-ventre, sous la ceinture du jean délavé…

Le bout de mes doigts part à la découverte de cette ligne, jusqu'au pantalon porté bas sur les hanches et qui laisse apparaître la naissance d'un duvet viril, juste sous son nombril.

Ses mains se posent sur le premier bouton de métal. Je recule d'un pas.

Le même sourire en coin aux lèvres, le regard à demi dissimulé sous une mèche encore humide, il retire son jean. Je ne peux pas m'empêcher de sourire, rougissant devant le spectacle. Il se tient devant moi, son boxer déformé par une érection de belle taille. Je me mords de nouveau les lèvres, promenant mon regard sur son corps parfait… La boxe fait visiblement des merveilles. Ses muscles sont puissants, dessinés. La silhouette est sèche, solide.

Et il le sait.

Tout dans son attitude exprime une confiance inébranlable, un désir sans faille… et une pointe de jeu, qui m'excite au moins autant que tout le reste. Toutefois jusqu'à ce que je me souvienne de ce que ça m'a coûté les fois précédentes.

Il est aussi responsable que moi, alors pourquoi me repousse-t-il aussi durement, ensuite ?

Mon assurance à moi vacille. Il me plaît, mais il est dangereux. Je ne l'oublierai pas, cette fois.

– Hazel, qu'est-ce qui se passe ? me demande-t-il, soudain parfaitement sérieux.

J'hésite un instant, puis me décide à être complètement honnête. Avec lui comme avec moi. À ce stade et vu comme je n'arrive pas à résister à l'attraction qui nous pousse l'un vers l'autre, je n'ai plus grand-chose à perdre.

– Est-ce qu'ensuite, tu vas encore me traiter comme la petite stagiaire qu'on doit remettre à sa place ?

Je sais que nous jouons avec le feu… mais même les petites stagiaires ont des sentiments et un amour-propre !

– Hazel…

Je le regarde, presque nu devant moi qui reste habillée. J'essaie de ne pas me laisser emporter par ce que réveille en moi son corps, sa peau et jusqu'à sa manière de respirer et de bouger. Chaque parcelle de son être me donne envie de lui. Je résiste à l'attraction, encore un peu. Juste quelques secondes.

Juste pour qu'il croie que j'en suis capable.

– Dis-moi, Cole, à quel moment tu prends le plus ton pied ? Quand on fait l'amour ou quand tu me rejettes ? lui demandé-je, la voix tremblante.

J'aurais voulu lui poser cette question d'un ton assuré, ou même dur, impitoyable. Comme si moi aussi, j'étais de celles qui jouent. Mais je sens mon menton qui tremble un peu. J'ai peur de ce qu'il va répondre, peur de voir réapparaître le Cole indifférent.

Son regard bleu ciel semble se couvrir de nuages sombres. Mon cœur cesse de battre. Mais continue de se consumer pour lui. Je suis en pleine contradiction intérieure. Je suis un hiatus humain.

Je suis en train de me raconter n'importe quoi pour garder mon calme.

Je pense à toute vitesse à lui, à moi, à nous, à conserver mon attitude défensive. Je remplis mon esprit de mes propres pensées pour ne pas lui laisser d'ouverture. Quand il me dira de rentrer chez moi, qu'il se rhabillera sans un regard vers moi, je partirai sans me retourner, je ferai comme si tout ça n'avait jamais existé. Je refuse qu'il joue davantage avec moi, je refuse…

– Je n'ai jamais pris mon pied en te faisant du mal, Hazel, répond-il enfin, d'une voix douce que je ne lui connais pas.

– Pourtant, tu m'en as fait, lui reproché-je d'un ton tremblant.

Il s'avance vers moi, presque prudemment. Son corps semble dégager une chaleur incroyable.

– Ce que nous faisons est dangereux et je n'arrive pas à m'en empêcher, souffle-t-il en respirant mes cheveux.

J'enfouis mon visage dans le creux de son cou.

– Moi non plus, réponds-je, les yeux clos, un sourire de soulagement aux lèvres.

– Merde…

Mais son juron est prononcé avec un sourire dans la voix, je l'entends. Je sens aussi son désir, qui n'a pas perdu sa consistance. Le mien flamboie de nouveau. Cette fois, c'est moi qui me débarrasse de ma robe, puis du reste. Il en fait autant, j'imagine, parce que nous nous retrouvons nus et enlacés, à nous dévorer de baisers.

Au moment même où ses mains empoignent ma taille, je m'agrippe à ses épaules. Nos corps se parlent sans que nous ayons besoin de mots… C'est chimique, physique, électrique, tout ce qu'on veut, mais ça marche !

Nos épidermes se comprennent, nos corps s'accordent, nos souffles se mêlent et chacun de nos gestes fait vibrer nos nerfs jusqu'à nos cerveaux embrasés.

Cole me dévore du regard, me lèche, m'empoigne, me soulève et m'embrasse. Je le caresse, éprouve la dureté de ses muscles, la douceur de sa peau, goûte sa chair. Il contourne de nouveau son bureau sans me lâcher, alors que je passe ma langue sur ses lèvres avant de gémir lorsqu'il m'assied sur son bureau, dont il balaie la surface du plat de la main. Lentement, ses yeux caressant ma peau, il retire ma culotte et la laisse tomber sur le sol. Mon épiderme frémit lorsqu'il remonte le long de mes cuisses, jusqu'à l'orée de mon sexe.

– J'en rêve depuis des nuits, murmure-t-il, alors que ses doigts explorent mon intimité.

Puis, tout aussi lentement, il embrasse mon cou et la naissance de ma poitrine, descend encore…

Oh, mon Dieu…

Je me mords les lèvres, préparée à exploser en mille éclats. Il m'embrasse l'intérieur des cuisses. Je tressaute, de surprise et de plaisir. De frustration, aussi, un peu.

Il me fait attendre…

Cette pensée m'arrache un sourire : il me fait attendre car, pour la première fois, nous sommes seuls. La nuit nous appartient.

Ses baisers et ses caresses se prolongent quelques délicieuses minutes. Mon corps tressaille, frémit et ma température monte. Lorsque, enfin, sa bouche entre en contact avec mon clitoris, je frôle l'orgasme. Mes doigts se perdent dans ses cheveux bruns. Je me cambre sous l'effet de ses caresses, douces et précises.

Rapidement, je perds le contrôle de mon corps et de mes gémissements. La délicieuse brûlure entre mes jambes se transforme en un incendie qui menace de devenir incontrôlable. C'est ce moment précis que Cole choisit pour se redresser.

Le regard fiévreux, il me saisit par la taille et me plaque contre lui. Je m'accroche à ses épaules comme une noyée, sentant les battements de mon cœur pulser au creux de mon sexe.

Il prend place dans son fauteuil, m'installant sur lui.

Je prends appui sur ses cuisses, lorsqu'il m'arrête d'un regard.

– Impatiente et imprudente, murmure-t-il avec ce sourire qui me fait craquer.

– Ce n'est pourtant pas mon genre, dis-je, sincère, mais étonnée de me sentir effectivement impétueuse quand je suis dans ses bras.

– Vraiment ?

Tout en me parlant, il a sorti du tiroir de son bureau un préservatif, dont il déchire l'emballage. Je lui prends l'objet des mains.

– Je suis plutôt du genre réfléchie et qui prend ses responsabilités, dis-je, la voix rauque.

Les doigts tremblants, je saisis doucement sa verge palpitante, sur laquelle je déroule le préservatif. Sa chair est chaude, douce et dure. Il gémit, la voix grave, renverse la tête en arrière sans me quitter des yeux.

– J'ai du mal à te croire, souffle-t-il, la voix changée.

– Moi aussi… avoué-je, bouleversée par la vulnérabilité soudaine qu'il accepte de me montrer.

Je laisse mes doigts aller et venir, jusqu'à ce qu'il se redresse, me soulève et… Je frissonne de la tête aux pieds quand nos corps s'imbriquent enfin. Il se redresse, embrasse mes seins, joue avec eux, les lèche, les mordille. Sur lui, j'ondule, me cambre, me déhanche. Chacun de mes mouvements lui arrache une réaction. Je lis sur son beau visage la progression du plaisir que je lui donne.

Jusqu'à ce qu'il se lève, me tenant tout contre lui, et qu'il m'allonge sur son bureau.

Debout entre mes cuisses ouvertes, il me tient par les hanches, me regarde passionnément tout en continuant de me faire l'amour. Cette fois, c'est moi qui suis à sa merci.

Ses coups de reins sont amples, doux, puis plus rapides, nerveux. Il est sublime, ses muscles tendus par l'effort se dessinent sous sa peau presque dorée sous l'éclairage... Ses mains se promènent de temps à autre sur ma peau frémissante.

Je tends les mains, attrape les siennes, puis le tire à moi pour l'embrasser. Sa bouche se pose sur la mienne avec douceur, presque avec tendresse. Il n'y a plus seulement de la passion entre lui et moi, et ce constat me bouleverse. Je passe mes chevilles derrière lui, les noue dans son dos pour qu'il vienne plus profondément en moi. Nous gémissons ensemble.

Je sens l'orgasme monter progressivement, creuser son chemin dans ma chair incandescente. Le choc de son corps contre le mien provoque des décharges de plaisir qui partent de mon clitoris jusqu'à la pointe de mes seins.

Ses mains glissent sur mes seins, mon cou... qu'il embrasse soudainement, avec une délicatesse émouvante. Il s'attarde, regarde mes yeux le supplier d'accélérer encore, puis il enserre mes poignets, qu'il plaque au-dessus de ma tête.

Je suis immobilisée. Prisonnière bien volontaire d'un supplice que je voudrais interminable. Comme s'il m'avait comprise, il ralentit, prend tout son temps.

Je lui lance un regard de reproche qui le fait aussitôt sourire.

– Tu veux me rendre folle ? demandé-je, haletante.

Je tente de manifester mon envie en resserrant encore mes jambes autour de lui. Peine perdue.

– Peut-être bien, me répond-il sans me quitter des yeux.

Il ralentit encore, dépose des baisers légers sur mon cou, mes épaules, la pointe de mes seins. Le mélange entre la passion de nos ébats et cette nouvelle douceur dont il fait preuve est bien le signe que quelque chose vient de changer entre nous. Sans y réfléchir davantage, je lui tends mes lèvres.

– Embrasse-moi encore, soufflé-je.

Il me donne un baiser profond. Nos langues s'emmêlent, puis sa bouche quitte la mienne pour se poser sur mes paupières, l'une après l'autre…

Son va-et-vient entre mes cuisses est lent, douloureusement lent, insupportablement bon.

– Plus vite, supplié-je.

Il ne me répond rien, mais je sens qu'il accepte de me délivrer. Le rythme s'accélère progressivement, très progressivement. Cole se redresse sans lâcher mes poignets. Il observe, attentif, la montée du plaisir qui se lit sur mon corps et mon visage.

Je ferme les yeux, submergée par les sensations qu'il provoque en moi. J'entends son souffle s'accélérer en même temps que le mien. Je ne retiens même plus mes cris, que j'entends de toute façon à peine. Les mains de Cole quittent mes poignets, et ses bras m'enlacent, me serrent contre lui. Je rouvre les yeux en l'entendant gronder de plaisir à son tour.

Et je décolle. Mon bassin se soulève avec une force venue de je ne sais où. Nos corps soudés l'un à l'autre se rejoignent une dernière fois, presque brutalement. Il jouit en même temps que moi. Le visage transformé. Je m'entends crier son prénom avant de l'accueillir sur moi.

– Hazel, souffle-t-il à mon oreille.

21

J'APPELLE À LA BARRE…

Hazel

– Le juge Jackson ! annonce l'officier.

Nous nous levons tous en même temps. Alistair Jackson affiche son visage habituel : expression sévère, regard intelligent. Il ne nous regarde pas avant d'être installé, comme à son habitude. Méthodique, consciencieux.

Nous nous rasseyons après un signe de sa part. Aujourd'hui, au tribunal, Eva me semble toujours aussi tendue, comme si elle avait totalement perdu confiance en elle et en l'issue de ce procès. J'ignore ce que Marina a trouvé, puisque Cole ne m'en a pas parlé, mais j'imagine que ça n'a pas suffi à la rassurer.

Cole…

De son côté, il est toujours aussi calme. Dans son costume taillé sur mesure, il a fait se retourner tout le public féminin de la salle d'audience, lorsqu'il est arrivé. Moi-même, j'ai du mal à ne pas lui lancer des regards à chaque minute. Depuis hier soir, je pense – j'espère – qu'il n'est plus totalement impossible que nous nous revoyions après mon stage.

Qui sait ? Après tout, j'ai son numéro, il a le mien et… si son mariage est fini, quand ce dossier sera clos, alors nous pourrons voir ce qu'il y a derrière cette attraction physique.

Je prie, peut-être aussi fort qu'Eva, pour que cette fameuse preuve découverte par Marina suffise.

Être sous les ordres du mec le plus sexy de la planète, savoir qu'il me désire, et risquer mon avenir chaque fois qu'on cède à nos pulsions, c'est vraiment l'enfer. Je soupire discrètement, tellement absorbée par mes réflexions que je n'entends pas que la défense a pris la parole.

– J'appelle à la barre en tant que témoin Mlle Hazel Rivendale, annonce Barbra Fitzpatrick d'une voix forte.

Un brouhaha agite la salle. Près de moi, Cole se tend immédiatement, tandis qu'Eva me lance un regard où la peur se mêle à la méfiance.

Merde ! Qu'est-ce qui se passe ?

Je regarde Cole, paniquée. Il hoche la tête, ses yeux me disent de rester calme. Il se tourne vers le juge.

– La défense tente une manœuvre grossière, Votre Honneur, déclare-t-il d'un ton calme. Je demande une suspension de séance afin d'en savoir plus sur leurs intentions.

– Pourquoi donc auriez-vous ce privilège ? s'étonne Fitzpatrick, satisfaite de son petit effet.

– Poursuivez, se contente de dire le juge, impassible.

Cole se rassied, stoïque. Je n'ai pas le choix. Tout regard inquiet que nous pourrions échanger serait en la défaveur de notre cliente. Je dois me montrer calme, sans peur. Étonnée, certes, mais sereine.

Je m'avance d'un pas que j'espère sûr vers la chaire où je vais répondre aux questions perfides de la partie adverse. J'ignore ce que Fitzpatrick mijote mais, la connaissant, ce qui m'attend ne sera pas une partie de plaisir.

J'ai mal au ventre, la bouche sèche, la tête qui tourne et le cœur qui bat à cent à l'heure. Mais je fais mon possible pour donner le change et faire bonne figure.

Barbra Fitzpatrick, dans son tailleur Chanel rose vif, s'avance vers moi, tout sourire. On dirait qu'elle s'apprête à entamer une conversation anodine. Mais ses yeux se plantent dans les miens, impitoyables.

Elle va me crucifier…

Je déglutis. Puis je me force à respirer lentement et à rendre son sourire à l'avocate.

– Vous êtes assistante juridique au service de Me Cole Parker, c'est bien ça ? attaque-t-elle sans attendre.

– Oui, en effet, dis-je d'une voix à peu près normale.

– Et je crois que vous avez l'intention d'embrasser notre beau métier, mademoiselle Rivendale ? poursuit-elle.

– Oui, en effet.

Elle hoche la tête avec une moue appréciative.

– Alors vous connaissez sûrement la réponse à cette question : quelle est la conséquence d'un parjure pour une avocate ?

Mon cœur fait une embardée.

Elle fait ça pour me déstabiliser, je dois répondre comme si je passais un examen, rien d'autre.

– Eh bien, ce serait la fin de ma carrière avant même qu'elle ne commence, réponds-je comme un automate, un sourire plaqué sur mes lèvres sèches.

– En effet. Il faudrait donc que ce que vous ayez à protéger vaille ce sacrifice, déclare-t-elle, pensive.

Elle se retourne, lance un regard à Cole. Il ne la quitte pas des yeux. Pour qui ne le connaîtrait pas, il semblerait parfaitement indifférent. Moi, je peux presque sentir une onde de rage émaner de chacune de ses respirations.

– Je vais vous poser une dernière question, reprend-elle en s'adressant de nouveau à moi, le ton durci. Avez-vous une liaison avec Me Cole Parker ?

Mes oreilles bourdonnent, je vais vomir.

Brouhaha. Le juge réclame le silence à coups de marteau. L'ambiance est électrique dans la salle d'audience. Je vois Eva se pencher vers Cole, sourcils froncés, furieuse et inquiète. Les jurés nous dévisagent, Cole et moi, stupéfaits ou rigolards. L'accusé, quant à lui, retient à grand-peine un sourire victorieux.

Je prie de toutes mes forces pour que ce soit une tentative de bluff de la part de Fitzpatrick. Qu'elle n'ait pas de preuve. Même s'il est improbable qu'elle ait posé cette question sans avoir eu connaissance de ce que Cole et moi avons fait. Même si une part de moi sait pertinemment que ce n'est que du déni, je prie. Car Cole me l'a dit : il n'y a pas de caméra dans son bureau. Et personne n'était présent hier soir.

***

La veille

Cole se redresse lentement, me tend les mains. Je les attrape et il m'aide à me rasseoir, juste avant de m'enlacer pour me serrer contre lui. Une bouffée de douceur, juste après la déferlante de plaisir... Je ferme les yeux, au paradis.

– On déconne vraiment, nous deux, murmure-t-il à mon oreille.

Je souris. Il me dit qu'on déconne, je suis d'accord avec lui et pourtant je ne peux que sourire. Il se recule, voit mon sourire, y répond de la même manière.

Comment ai-je pu penser un jour que ses yeux étaient froids ?

– Moi aussi, je trouve ça bon, mais... on doit arrêter ça, me dit-il avant de déposer un baiser sur mes lèvres.

– Je sais…

Je soupire, me blottis contre lui. Il me serre encore, puis relâche son étreinte. Quand je relève les yeux vers lui, il est sérieux. Presque grave.

– Il ne faut plus continuer, mais j'ai besoin de toi pour y arriver, avoue-t-il.

– Je sais, je suis d'accord, dis-je sur le même ton. Mais c'est tellement difficile d'y résister ! Je n'y suis pas arrivée jusqu'ici.

De nouveau, nous nous sourions, mi-complices mi-désolés de la situation. Je pose mon front contre le sien.

– Tant que je serai ton boss, tant qu'on travaillera sur ce cas, ça ne doit plus se reproduire, prononce-t-il d'une voix ferme.

Tant qu'il sera mon boss ? Veut-il dire qu'après…

Je lui lance un regard interrogateur, plein d'espoir. Il hoche lentement la tête, écarte une mèche de mes cheveux.

– Après ce procès, nous nous reverrons. Si tu le souhaites, ajoute-t-il très vite, comme s'il doutait de moi.

Je souris, sans pouvoir m'en empêcher, et acquiesce vivement, la gorge trop serrée pour répondre. À son tour, il me sourit. Puis nos lèvres se rejoignent pour un baiser d'une intense douceur. Je ferme les yeux, jusqu'à ce que nous devions reprendre nos souffles. Je me redresse. Nous nous faisons face, nus et sincères.

– C'était juste un dernier craquage, reprends-je. Et à partir de maintenant, ça n'arrivera plus et ce, jusqu'au verdict.

– Exact. En attendant ce moment, nous n'avons pas de relation suivie, il n'y a rien entre nous. Je suis ton boss, tu es mon assistante, rien de plus, affirme-t-il, sourcils froncés.

– Rien du tout…

Cole caresse doucement ma joue, une lueur mélancolique au fond des yeux. J'embrasse le bout de ses doigts, mordille sa paume. Soudain, il saisit mon visage entre ses mains et pose de nouveau ses lèvres sur les miennes.

– Rien du tout, répété-je dans un souffle, avant de l'embrasser une fois encore.

***

– Non, je n'ai pas de liaison ni de relation suivie avec Me Cole Parker, affirmé-je haut et fort.

De légers remous se font entendre, mais personne n'ose faire plus que murmurer, devant le regard courroucé du juge Jackson.

Barbra Fitzpatrick fronce les sourcils, visiblement très contrariée par ma réponse.

– Dois-je vous rappeler les conséquences d'un parjure, mademoiselle Rivendale ? me demande-t-elle d'une voix menaçante.

– Votre Honneur, Me Fitzpatrick harcèle le témoin ! intervient Cole sans attendre. Mlle Rivendale a déjà répondu, et ce, très clairement !

Soulagée par sa réaction, je respire un peu mieux.

– C'est une habitude, dans votre cabinet, le harcèlement ? ose-t-il ensuite, s'adressant directement à sa collègue, qui ouvre la bouche devant son culot.

– Maîtres ! rugit le juge. Je vous prie de vous calmer, l'un et l'autre !

La réflexion acide de Cole, dont je devine la rage, a pour effet de détourner l'attention de Fitzpatrick vers lui.

– Je vous demande de rester corrects dans mon tribunal, je ne le répéterai pas, insiste le juge.

Cole hoche la tête. Fitzpatrick fait de même, deux plaques rouges sur les pommettes.

– Cela dit, je suis d'accord avec Me Parker, le témoin a déjà répondu.

Ouf!

Malgré ma réponse, tout le tribunal est sur les charbons ardents. L'accusation à peine dissimulée de la défense a jeté le trouble. Les jurés sont partagés : certains semblent trouver ça très amusant, d'autres parfaitement scandaleux. Mais j'espère que tous sont incapables de décider s'il s'agit d'une stratégie de la défense ou si Cole et moi sommes réellement amants.

Techniquement, à l'heure actuelle, nous ne le sommes pas.

Une question me taraude cependant : qui a incité Fitzpatrick à poser cette question ?

– Bien, poursuit le juge en constatant que le calme ne revient pas. Je déclare la séance suspendue. Nous reprendrons les débats demain ! Et plus calmement !

Je rejoins Cole et Eva en tremblant.

– Tiens-toi droite et garde le silence jusqu'à la sortie, me murmure-t-il en me prenant par le bras. Tu t'en es bien tirée.

Sans attendre, il nous entraîne dehors. Eva semble sous le choc. Cole marche vite, le visage tendu.

– Est-ce que c'est vrai ? balbutie soudain Eva, alors que nous sommes près d'une station de taxis.

– Pas ici, ne dites rien, répond Cole, cinglant.

Mais à peine sommes-nous installés à l'arrière d'un taxi que notre cliente explose.

– Mais bon sang, vous allez me dire ce qui se passe ! crie-t-elle, sans paraître attirer l'attention du chauffeur, qui ne nous jette même pas un regard.

– Du calme, tente Cole.

– Non ! Tous vos beaux discours sur la confiance et vos propos sur Carrington qui déshonore la profession en cherchant à coucher avec des assistantes, c'est du vent ! Vous ne valez pas mieux que lui !

– Eva, c'est une stratégie pour nous déstabiliser, rien de plus, répond fermement Cole. Et vous les laissez faire en réagissant ainsi ! Reprenez-vous ! Le procès n'est pas terminé.

Eva nous dévisage, sceptique. Sans un mot, elle se colle à la portière et ne prononce plus une parole jusqu'à ce que nous arrivions au cabinet. Là, sans attendre, elle bondit de la voiture et fonce. Inutile d'être extralucide pour deviner qu'elle se rend dans le bureau de Leonard.

Cole et moi prenons l'ascenseur ensemble, silencieux. Cette fois, aucune tentation ne nous assaille, nous savons trop bien ce que nous risquons. Et ni lui ni moi ne savons qui a vendu la mèche à nos adversaires.

Pire, il se pourrait bien qu'il existe une preuve tangible, et là… le procès est foutu et ma carrière est morte.

Ma gorge se serre et mes yeux s'embuent. L'ascenseur s'arrête au treizième étage. Cole effleure furtivement ma main, puis sort devant moi.

22

ACCUSÉ, LEVEZ-VOUS !

Cole

Dix minutes. Il aura fallu dix minutes à Eva pour mettre Leonard au courant. Pour la première fois de ma carrière d'avocat, une personne que je défends refuse de m'adresser la parole.

C'est moi, l'accusé.

Mon meilleur ami tente de la calmer, mais à sa manière d'éviter mon regard, je sais qu'il protège avant tout son cabinet. Je reste silencieux, tout ce que je pourrais dire à cet instant présent sera retenu contre moi. Je ne dois pas seulement sauver le dossier, je dois sauver mon amitié avec Leonard et préserver Hazel, qui se tient à côté de moi et que je sens terrifiée.

Putain, quel con…

Cette histoire vient de nous exploser en plein visage. Je serre les poings, impassible, pendant qu'Eva achève sa diatribe furieuse.

– Si c'est vrai, ça veut dire que mon propre avocat a décrédibilisé toute mon affaire ! Je serais défendue par un type qui couche avec son assistante ! crie-t-elle avant de se prendre la tête entre les mains.

Leonard tente d'intervenir, sans succès.

– Vous m'avez encouragée ! hurle Eva à l'intention de Hazel, qui se recroqueville, rouge de honte.

– Eva, faites-moi confiance, je vais régler ça, déclare solennellement Leonard. Je découvre ce qui se passe en même temps que vous. Laissez-moi le temps de tirer cette affaire au clair et je vous rappelle.

Il se lève et la raccompagne doucement, presque prudemment. Elle hausse les épaules.

– Ne me demandez pas de faire confiance, murmure-t-elle.

– Je comprends, répond aussitôt Leonard, prévenant. Je vous demande un peu de patience. Je suis persuadé qu'il ne s'agit que d'une stratégie de la partie adverse, rien de plus. Penelope !

L'assistante arrive, le visage inquiet.

– Eva, voyez avec Penelope si vous souhaitez un café, une collation, un taxi, n'importe quoi dont vous auriez besoin, dit Leonard. Le cabinet le prendra en charge.

– Un taxi, je rentre chez moi, déclare fermement Eva, après nous avoir jeté un regard noir.

– Penelope va vous l'appeler, lui lance mon meilleur ami.

Puis, après le départ de notre cliente, il ferme la porte de son bureau, ce qu'il ne fait jamais. Il retourne s'asseoir dans son fauteuil, d'où il attend de voir disparaître Eva dans l'ascenseur.

– Alors, qu'est-ce qui s'est passé ? explose-t-il sans prévenir. Putain ! Cole ! Et vous, là, Rivendale, je vous parle !

Je serre les dents. Je connais Leonard, si je cède à mon envie de l'empoigner pour le calmer, je vais obtenir l'effet inverse et Hazel pourrait en faire les frais. On serait seuls, nous serions déjà en train de nous affronter, mais là… Hazel baisse la tête, au bord des larmes. La voir ainsi me met au supplice.

– Mais c'est pas vrai, bordel de merde ! poursuit Leonard en la fixant avec colère. Vous avez signé un contrat où il était stipulé que vous ne deviez avoir aucune relation d'ordre affectif ou sexuel avec un collègue ! Je vous vire, vous aussi ! Comme les autres ! Virée !

– Ne passe pas tes nerfs sur elle, interviens-je, irrité par son attitude.

– Toi !

Il pointe un doigt accusateur vers moi, blanc de colère. Je sais déjà de quoi il va parler.

– Toi, tu avais déjà trompé ma sœur une fois, mais je

constate que tu es toujours incapable de te tenir !

– Sa… sœur ? s'étonne Hazel, qui relève la tête et me lance un regard douloureux.

Leonard, merde.

– Et tu ne nies même pas, soupire mon meilleur ami. Alors c'est ça, hein ? Mon propre beau-frère vient de saboter mon cabinet à cause d'une vulgaire histoire de cul…

Cette fois, Hazel sort du bureau, dont elle claque la porte. J'esquisse un geste pour la suivre, mais je m'arrête à temps. Si je fais ça, Leonard va se déchaîner sur elle, car il sait qu'il ne peut pas m'atteindre professionnellement.

Il a encore besoin de moi.

Se passer de mes services maintenant, ce serait s'avouer vaincu face à VFC Lawyers et c'est hors de question pour lui. Et pour moi. De plus, si j'arrive à sauver le procès, je pourrai peut-être aider Hazel. Peut-être.

– Il y a donc eu une nouvelle fuite, laissé-je tomber, froidement.

Leonard souffle, la mine dégoûtée. Je connais assez la philosophie de Barbra Fitzpatrick pour deviner qu'elle a parlé de Hazel et moi dès qu'elle en a eu connaissance. L'occasion était trop belle pour discréditer le dossier auprès des jurés. Que vaut l'accusation d'Eva si son propre avocat couche avec son assistante ? Elle qui reproche à un avocat de l'avoir harcelée quand elle était assistante ! N'importe qui peut alors retourner la situation contre elle en affirmant qu'elle était aussi consentante que l'est Hazel.

– Qui était là, hier soir, entre vingt-et-une et vingt-trois heures ? demandé-je soudain.

– Rivendale et toi, apparemment, répond Leonard, lugubre.

– C'est bon, on a compris, tu es furieux, m'agacé-je brutalement. On peut passer à quelque chose de constructif ?

– Tu as du culot, me rétorque-t-il en secouant la tête.

– J'ai du boulot et toi aussi, tranché-je. Qui était là ?

Avec un soupir, il clique sur son ordinateur. Je devine qu'il cherche les enregistrements des caméras de surveillance durant ce créneau. Après plusieurs interminables secondes, je vois son visage se décomposer, passer de la contrariété à la stupéfaction.

– Alors ? insisté-je, impatient.

– Mary, souffle-t-il, l'air de ne pas y croire.

Il tourne l'écran vers moi et je découvre ce qu'il vient d'apprendre. Sur les images en noir et blanc, on voit clairement son associée entrer dans les bureaux, s'arrêter car elle semble entendre un bruit, puis avancer prudemment. Elle reste une minute au coin du couloir, sourit et ressort comme elle est entrée.

Après avoir vu ce qu'elle n'aurait jamais dû voir…

Leonard est atterré, les épaules basses.

– Selena, appelle-t-il soudain, le doigt sur l'interphone. Appelez Me Soporovski.

– Elle est en rendez-vous à l'extérieur, lui apprend l'hôtesse d'accueil. Je lui laisse un message ?

– J'en ai rien à foutre ! Appelez-la, putain de merde ! hurle-t-il.

Quelques secondes plus tard, la voix de Selena, toujours aussi professionnelle, reprend la parole.

– Son portable est éteint, je lui ai laissé un message lui demandant de vous rappeler, indique-t-elle avant de raccrocher aussitôt.

– Je m'occuperai de Mary plus tard, reprend Leonard d'une voix d'outre-tombe, mais toi, tu viens de signer la lettre de renvoi de ta délicieuse assistante.

– Leo, arrête ton char ! grondé-je, hors de moi. C'est après Mary et moi que tu en as ! Laisse Hazel en dehors de ça !

– Mais qu'est-ce que tu crois ? Que tu es en position de me dire ce que je dois faire ? hurle-t-il de nouveau. Bordel, mais, Cole, tu viens de bousiller nos chances de gagner le procès contre VFC ! Je dois dégager mon associée et renvoyer cette fille ! Les enjeux sont trop importants, on parle de mon cabinet, de dizaines d'emplois ! D'une vingtaine de cas juridiques en cours ! Putain, Cole, merde !

Je serre les poings, mais retiens mon envie de lui rentrer dedans. Je dois laisser passer l'orage. Il a raison : j'ai merdé.

Devant mon silence, Leonard hoche la tête, puis rappelle Selena.

– Dites aussi à Mlle Rivendale qu'elle est virée, lâche-t-il en me regardant droit dans les yeux. Ses affaires lui seront livrées à son domicile.

– Bien, monsieur.

– Maintenant, essayons donc de sauver ce qui peut encore l'être, me lance Leonard avec un soupir.

J'ai juste le temps de voir Hazel sortir du bureau où elle avait dû se réfugier. Les yeux fixes, très pâle, elle marche tête haute jusqu'à l'ascenseur. Je n'ai qu'une envie : la rejoindre et l'emmener loin d'ici. Mais toute initiative de ce genre ne ferait qu'empirer les choses. Ma seule option : gagner le procès.

***

– On est d'accord au moins sur une chose, lâche Leonard après une discussion houleuse d'une bonne heure.

– Deux, en fait, le corrigé-je d'un ton sec.

Nous nous affrontons du regard en silence, jusqu'à ce qu'il détourne les yeux. Nous savons tous deux qu'il faut que je mène ce procès jusqu'au bout. Me retirer le dossier serait un aveu de culpabilité. Or, le seul moyen pour Fitzpatrick de prouver qu'il s'est passé quelque chose entre Hazel et moi serait de faire témoigner Mary Soporovski.

Elle-même ne peut prendre ce risque car elle serait aussitôt attaquée par Leonard.

L'autre certitude que nous partageons, lui et moi, c'est

que notre relation amicale est probablement foutue, désormais.

Il me reste une chose à éclaircir, c'est ce que va devenir ma… relation avec Hazel.

Je n'ai pas le temps d'y réfléchir davantage. Je vois Leonard se tendre brusquement, et un regard par-dessus mon épaule me révèle la raison de son état : Mary Soporovski vient de revenir au cabinet. Elle paraît calme, mais quelques mots de Selena lui font perdre son sourire de façade. Elle jette un regard vers le bureau de Leonard et comprend aussitôt ce qui se passe.

Sans attendre, elle se dirige vers nous, droite, une expression ironique sur le visage. Je sens Leonard prêt à la dépecer vivante.

– Tu veux me parler, il paraît ? demande-t-elle sur un ton faussement léger.

– Prends tes affaires, tu dégages, lui répond Leonard, sans ménagement.

– N'en fais pas une affaire trop personnelle, ose-t-elle. VFC m'a juste proposé des conditions financières bien plus intéressantes que ce que tu pourrais m'offrir… Je pense à ma carrière, rien de plus.

– Dégage, je te dis ! Va rejoindre Lincoln et le reste de la clique ! Je les rachète, tes trente-cinq pour cent ! Mais tu fous le camp !

Nous savons tous que ce sera plus compliqué que ça, mais de toute façon, il est évident que ces deux-là ne doivent pas rester dans la même pièce ni même se croiser dans un couloir. Je n'ai jamais vu Leonard comme ça. Écarlate, tremblant de colère, il semble à deux doigts de bondir sur le bureau pour étriper quiconque se mettrait en travers du chemin. Soporovski ne semble pas impressionnée, elle hausse les épaules avec dédain.

– Tu ne sais pas t'entourer correctement, lâche-t-elle avec un sourire narquois. D'ailleurs, merci à vous, Cole, pour votre participation. Sans vous, je n'aurais pas pu mener ma négociation avec autant de succès ! Fitzpatrick est dure en affaires, comme vous savez…

Cette fois, c'est moi qui dois me retenir. Je la dévisage froidement, comme si je n'avais pas entendu. Mary quitte les lieux sans se retourner. Mais sa dernière pique a réveillé en moi des envies de vengeance.

Je vais les massacrer au tribunal, VFC ne s'en relèvera pas.

Sans attendre une autre intervention hargneuse de Leonard, je quitte à mon tour son bureau et ouvre avec rage la porte qui mène aux escaliers, que je dévale tout en dégainant mon téléphone. Elle décroche après plusieurs sonneries, alors que je me trouve justement au septième étage, là où nous nous étions croisés.

Hazel…

– Écoute, Cole, c'est inutile, répond-elle d'une voix éteinte qui me donne envie de hurler. C'est terminé, nous deux, après ça.

– Hazel, attends, la coupé-je en arrêtant ma course.

– Non, tout ce qui s'est passé entre nous était une

monumentale erreur, tu le sais. J'en paie le prix aujourd'hui, poursuit-elle avec un calme inquiétant. Pour toi, ce sera facile, tu passeras à autre chose, à une autre fille…

– Écoute-moi…

– … ou tu iras finalement retrouver ta femme, je ne sais pas. En tout cas, après ce fiasco, comment pourrait-on reprendre comme si de rien n'était ? C'est impossible…

– Tu ne comprends pas, tenté-je, désespéré.

– Si, je comprends, c'est même ça le plus triste, répond-elle avec un rire désabusé.

– Laisse-moi t'expliquer, parce que quand tu sauras…

– C'est inutile. Concentre-toi sur le procès, si tu peux encore faire quelque chose. Je suis désolée. Nous avons fait assez de dégâts comme ça, tu ne crois pas ?

La question est rhétorique, elle raccroche sans me laisser une seule chance. Je reste immobile, le téléphone à la main, qui déverse à l'infini cette insupportable tonalité.

Qu'est-ce que j'ai fait ?

23

UN AIR D'APOCALYPSE

Hazel

Mon café froid devant moi, je saisis mon téléphone qui vibre sur la table.

Maman.

Sans réfléchir, je rejette l'appel de ma mère. Je sais que je devrais parler à mes parents, mais je n'y arrive pas. Le mieux que je puisse faire, c'est leur envoyer un SMS aussi rassurant que possible de temps à autre. Je sais que si je décroche je risque de m'effondrer aux premières questions. J'ai juste réussi à leur avouer que mon stage s'était achevé prématurément et que j'étais en train de chercher un autre cabinet.

Hazel Rivendale, mensonges en tout genre… J'ai

peut-être une carrière dans ce créneau ?

Je renifle, incapable de me faire à l'idée que mon rêve d'enfance, mon projet de toujours, ne se réalisera jamais. Je n'ai aucune chance de trouver un autre stage. Par conséquent, je ne validerai pas mon année d'étude et comme je dois rembourser un prêt étudiant, je ne peux même pas redoubler ! Donc je n'obtiendrai pas mon diplôme, je ne passerai jamais le concours du barreau et je ne serai jamais avocate. En résumé, je devrais enfiler autre chose qu'un pyjama et me trouver un travail vite fait pour gagner de l'argent.

Sauf que la seule chose que je sache faire, c'est assistante juridique, et même pour ça je suis probablement grillée !

Je suis totalement perdue, je devrais peut-être déménager, essayer de devenir assistante juridique dans un autre État, mais… quel cabinet ne cherchera pas à savoir pourquoi une étudiante avec des résultats brillants a tout lâché soudainement ? Il suffira d'un coup de téléphone à n'importe quel responsable des ressources humaines pour découvrir que j'ai été renvoyée après avoir ruiné un dossier prioritaire.

Après avoir couché avec l'avocat pour qui je travaillais.

Je ne reçois plus d'appel de Cole, en revanche. Normal, j'ai bloqué son numéro la dernière fois. Motif : j'écoutais ses messages en boucle pour simplement entendre sa voix. Il me manque atrocement. Chaque atome de mon corps le réclame, la première pensée que j'ai le matin est pour lui, la dernière aussi. J'ai arrêté de compter entre les deux.

À nous deux, nous avons sans doute ruiné mon avenir, le cabinet Brevitz & Cie, et sa femme est la sœur de Leonard, je ne vois pas ce qui pourrait sortir de bon de cette combinaison.

Dommage pour moi, cette pensée fait remonter à la surface toute la tristesse que je tente d'enterrer depuis des jours et des jours.

Une fois de plus, je fonds en larmes, la tête posée sur mes bras croisés sur la table de la cuisine, en pyjama, les pieds dans mes pantoufles à tête d'abeille, cadeau de mes parents au Noël dernier. Je me sens misérable. Misérable et seule.

– Hazel…

J'entoure ma tête de mes avant-bras en entendant la voix désolée de ma colocataire.

– Qu'est-ce… que tu… fais là ? hoqueté-je, gênée de me faire surprendre en pleine crise de larmes.

J'entends qu'on tire une chaise, puis je sens la main d'Esther se poser doucement sur mon dos. Sa caresse réconfortante m'arrache un sanglot supplémentaire. Je pleure quand je suis seule, je pleure à la moindre démonstration d'affection et je pleure aussi quand un livreur s'agace que je refuse de lui ouvrir la porte – pas plus tard qu'hier.

– Tes parents m'ont téléphoné, dit-elle d'une voix douce.

– Hein ? Quelque chose ne va pas ? demandé-je en relevant la tête, apeurée. Ne me dis pas qu'ils ont eu un problème, je ne pourrai pas en supporter davantage !

Esther fait une moue ennuyée, me tend un paquet de mouchoirs en papier.

– Merci. Qu'est-ce qu'il y a, dis-moi ! insisté-je, sentant la panique m'envahir.

– Ils s'inquiètent pour toi, me répond-elle, très calme. Et moi aussi, je commence à m'inquiéter, Hazel. Au début, je trouvais ça normal que tu aies besoin de pleurer, mais là, ça va faire deux semaines, et je n'ai pas vraiment l'impression que tu vas mieux.

– Moi non plus. Je ne sais pas quoi faire, hoqueté-je, à bout de force.

– Alors dans ce cas, c'est moi qui vais te dire quoi faire, OK ? Juste pour te donner l'impulsion de départ, me propose-t-elle d'une voix ferme.

– Oh, Esther, je n'ai pas le courage…

– Tu ne sais pas encore ce que j'ai à te proposer !

– Dis toujours, soufflé-je, davantage pour avoir la paix que par réel intérêt.

Esther se redresse et me sourit.

– Ce soir, tu vas venir au vernissage de la superbe exposition qui va me faire connaître ! m'annonce-t-elle d'une voix vibrante.

– Je ne me sens vraiment pas d'humeur à sortir, je suis désolée.

– Hazel, c'est le vernissage de l'expo qui va peut-être

me permettre de vivre de mon art ! me lance mon amie.

Je lève les yeux vers elle, cherchant comment je vais lui faire comprendre que la perspective de sortir, de rencontrer des gens me tétanise. Mais quelque chose dans le regard d'Esther m'arrête.

– Écoute, ce soir, on va montrer mes tableaux et diffuser mes performances sur écran géant, et si tu restes là, tu vas rater mes débuts d'artiste *bankable* ! Ce serait dommage parce que tu as toujours été là pour me soutenir quand je galérais pour payer ma part du loyer, tu te rappelles ?

– C'est normal, entre colocataires et amies, de se soute…

– Et c'est aussi ce que je vais faire aujourd'hui ! me coupe-t-elle, la voix ferme.

Je gémis.

– Ne joue pas la carte de l'amitié, Esther, ne me fais pas ça, dis-je en laissant retomber mon front sur la table.

– Je ne joue aucune carte, ma belle, poursuit-elle, intraitable. Tu as pleuré sur ton sort pendant plus de dix jours, ça suffit. Tu vas prendre une douche, t'habiller comme si tu étais Beyoncé et tu vas m'accompagner à ce foutu vernissage parce que je n'irai pas sans toi !

– Mais tu ne peux pas faire ça, c'est ton vernissage ! protesté-je.

– Alors, à la douche ! s'écrie-t-elle, les sourcils froncés. Si tu ne viens pas, je n'irai pas non plus, et tu auras ça sur la conscience !

– En plus du reste ? grommelé-je.

– Le temps des remords et des regrets est révolu, lance-t-elle en se levant, le visage farouche. Lève-toi et marche vers la salle de bains, fière colocataire !

– T'es cinglée, soupiré-je, souriant malgré moi.

– Je vais te prêter une robe presque aussi flamboyante que celle que j'ai prévu de porter, continue-t-elle en m'obligeant à me lever. Et on va débarquer là-bas comme les reines de la soirée ! Ça suffit de se lamenter ! On a survécu à New York jusqu'ici, on va montrer à cette ville de quoi on est capables !

Je finis par obtempérer. Je sais qu'Esther a besoin de moi ce soir. Je peux faire semblant de me sentir un peu mieux, le temps d'une soirée. Elle a raison : on s'est soutenues l'une l'autre chaque jour depuis deux ans, malgré nos différences. Je ne peux pas rater cette exposition. C'est la première à laquelle des journalistes se rendront, c'est peut-être sa chance de se faire connaître.

Ce n'est pas parce que ma carrière est foutue que je dois me désintéresser de la sienne.

***

– Et donc, ce sont des collages de déchets, c'est bien ça ?

Je suis face aux œuvres gigantesques de Rimka, une amie qu'Esther a rencontrée aux Beaux-Arts. Ses tableaux, de trois mètres sur quatre, occupent la plus grande pièce de la galerie. Debout à côté de moi, Rimka est une grande blonde solide, vêtue d'une robe moulante sur laquelle elle a enfilé une crinoline en fil de fer barbelé. À ses côtés, dans ma robe noire toute simple – vu que j'ai refusé d'enfiler le fourreau brodé de sequins qu'avait prévu ma colocataire –, j'ai l'air très accessible.

– Oui, comme je fais le ménage dans des entreprises de Manhattan pour payer mon loyer, je m'arrange pour vider les corbeilles à papier, me confie Rimka. C'est là que je trouve mes matériaux.

Ses tableaux semblent fasciner un peu moins que les vidéos d'Esther, devant lesquelles se masse un public apparemment conquis. Moi, j'avoue que ce sont ces étranges collages qui attirent mon attention depuis que je suis entrée ici. L'un d'eux en particulier a éveillé mon intérêt.

– Des entreprises que vous choisissez ? demandé-je encore. De toutes sortes ?

– Oui, ça dépend où m'envoie la société qui m'emploie, répond Rimka avec un haussement d'épaules. Mon but, c'est de dénoncer les dégâts que fait le capitalisme, en termes écologiques, économiques ou humains. Là, par exemple, j'ai voulu montrer la consommation à outrance qui pouvait avoir lieu dans une entreprise qui a pourtant une bonne image publique.

Elle me désigne un immense collage, intitulé *La forêt peut crever tranquille*, où elle a reconstitué le logo d'une entreprise « verte » à l'aide de demi-gobelets jetables, récupérés dans les locaux de ladite entreprise. Je hoche la tête, l'air entendu.

J'espère qu'elle va vite vendre quelques tableaux parce que c'est terminé pour elle le ménage ; aucune entreprise ne lui fera assez confiance pour la laisser entrer.

La plupart de ses collages sont faits d'emballages de chewing-gums et de nourriture livrée aux employés, de vieux gobelets ou de post-it. Rares sont les feuilles imprimées, où alors sous forme de fines bandelettes, puisque toutes les entreprises détruisent la totalité de leurs documents avant de s'en débarrasser. C'est d'ailleurs pour ça que dans un des collages un petit logo a attiré mon regard… Il s'agit d'un morceau de carte de visite, miraculeusement échappé d'une broyeuse. À la seconde où mes yeux se posent dessus, mon alarme intérieure se met en route, d'autant que le titre de l'œuvre a tout pour éveiller mon attention.

– Et en général, reprends-je en tentant de prendre un air dégagé, chaque collage est constitué de déchets en provenance de combien d'entreprises ?

– Une seule, fait Rimka, un peu déstabilisée par la nature de mes questions. Je m'inspire du domaine de compétences de l'entreprise ou de l'atmosphère qui y règne.

Merci ! Qui que vous soyez, merci !

Je souris, dissimulant tant bien que mal l'excitation nerveuse qui vient de s'emparer de moi.

– Euh, qu'est-ce qui t'arrive ? me demande soudain Esther, que je n'ai pas vue arriver. Tu es face à une artiste et tu la questionnes sur les heures de ménage qu'elle fait pour vivre ?

– Regarde, là ! m'exclamé-je, m'approchant encore du collage en question.

Esther, mais aussi Rimka, plisse les yeux pour voir ce que je désigne. Sur le grand tableau qui porte le titre provocateur de *Je te prendrai sur le bureau*, il y a le fameux logo de VFC Lawyers : les initiales enlacées des trois partenaires principaux.

On y trouve des photos issues de revues pornographiques découpées en bandelettes et que l'artiste a reconstituées, des papiers d'emballage qu'elle a utilisés pour créer des mosaïques représentant des scènes explicites. Tout dans ce tableau parle de relations sexuelles en milieu professionnel. Mais curieusement, alors que je devrais me sentir gênée, embarrassée ou, au moins, poursuivie par le destin, tout ce que je ressens, c'est l'intuition d'être sur le point de trouver quelque chose… quelque chose que je cherche désormais avec ferveur.

Je le sens, c'est là, sous mes yeux… sinon elle n'aurait pas intitulé l'œuvre ainsi.

– Là ! m'écrié-je brusquement.

– Ah oui, c'est le post-it qui m'a inspiré le tableau tout entier, explique calmement Rimka, qui me lance ensuite un regard interrogateur.

Au bout de mon doigt, collé entre un pénis géant fait

de capsules de café et une langue disproportionnée constituée de morceaux de moquette, un post-it maculé de taches de gras et recouvert d'une écriture serrée déclare : « Je te prendrai volontiers sur ce bureau. »

Exactement la phrase que nous avait rapportée Eva. LA preuve qui nous manquait !

– Bon, tu nous expliques ? s'impatiente alors Esther.

Je secoue la tête, un demi-sourire aux lèvres, n'y croyant presque pas.

– Je ne peux pas, admets-je, un peu sous le choc. Mais ce tableau risque de devenir une preuve dans un procès en cours, et si jamais vous le vendez il faudra l'identité de l'acheteur.

– Sérieusement ? fait Rimka, médusée.

– Sérieusement, confirmé-je. Esther, je vais avoir besoin de ton aide.

– Euh, OK…

– Regardez ce post-it, là, dans le coin, dis-je à voix basse. C'est la preuve qui manquait dans un procès pour harcèlement sexuel dans le cabinet où tu as pris les matériaux, Rimka.

– Non ! Alors là… souffle-t-elle.

– Alors, il faudrait qu'on puisse le présenter au jury.

– Aucun problème, mais il est hors de question que mon collage soit découpé, il sera présenté entier ou pas du tout ! prévient Rimka. Et il faudra aussi voir avec la galerie, j'ai signé un contrat pour une exposition de deux semaines !

– Ça ne devrait pas poser de souci, la rassuré-je.

– Tu vas coincer un mec qui a harcelé quelqu'un ? me demande Esther, une pointe d'admiration dans la voix.

– Pas moi, la corrigé-je. Et c'est là que tu interviens.

– Je t'écoute.

– Tu vas prendre le tableau en photo, puis le post-it, et tu vas aller montrer les clichés à Cole, commencé-je. Tu lui donneras aussi ce mot…

Rapidement, je sors de mon sac à main ma carte de visite, biffe d'un geste vif la mention « étudiante en droit, assistante juridique » et explique en quelques mots ce qu'il a sous les yeux et où trouver le collage en question. Puis, après une hésitation, j'ajoute :

Je te souhaite le meilleur au tribunal…
et ailleurs.

24

LA BOMBE

Cole

J'approche du bâtiment où se trouve Brevitz & Cie, mon café noir à la main, d'un pas nerveux. Je n'ai aucune envie de bosser au cabinet après tout ce qui s'est passé, mais Leonard est tellement anxieux à l'idée de perdre ce foutu procès qu'il a besoin d'un briefing tous les deux jours.

Franchement, un lundi matin, je ne vois pas ce que je vais lui dire de plus que la dernière fois.

Oui, le procès est compliqué. Non, le renvoi de Hazel n'a rien arrangé. OK, son absence au tribunal a eu le mérite de recentrer l'attention des jurés. Mais je vois chaque fois Fitzpatrick qui me regarde avec son air narquois et ça me rend dingue.

Et ce qui me rend encore plus dingue, c'est le refus catégorique de Hazel de me voir ou de m'adresser la parole.

C'est comme si elle s'était évaporée. Je suis allé jusqu'à guetter devant chez elle en espérant la voir sortir, mais rien. Peut-être est-elle retournée vivre chez ses parents ?

J'ai bousillé l'avenir de la fille la plus brillante que j'aie croisée, parce que je n'ai pas été capable de me comporter en patron.

Après des années sans éprouver un quelconque intérêt durable pour aucune femme, je rencontre Hazel… Je ne pense plus qu'à elle, je respire Hazel, je veux Hazel, je rêve Hazel et qu'est-ce que je fais ? Je la fais virer.

Quel con.

Rageur, je vide mon expresso d'un trait et balance le gobelet dans une corbeille après l'avoir écrasé dans mon poing, puis je passe la porte vitrée.

– Bon, ben, au moins, demandez-lui s'il peut descendre ! vocifère, exaspérée, une jeune femme devant laquelle le nouveau vigile se dresse, inflexible.

– Je ne suis pas habilité à transmettre du courrier, adressez-le par voie postale, lui répond-il d'une voix ferme.

– Mais vous êtes idiot ou quoi ? Dites-lui que c'est de la part de Hazel Rivendale ! C'est im-por-tant ! Vous comprenez, ça ? IMPORTANT !

Je stoppe net mon avancée vers l'ascenseur. La jeune femme est métisse, très jolie, vêtue d'un sarouel maculé de peinture que le vigile engagé par Leonard regarde avec hauteur. Sa tenue n'est pas exactement de celles qu'on croise le plus souvent dans un immeuble d'affaires. Son visage me dit quelque chose.

Putain ! L'amie de Hazel, qui était venue à la salle de sport !

– Vous avez dit Hazel Rivendale ? interviens-je en m'avançant vers le duo.

Le vigile tourne la tête vers moi, me reconnaît et se calme. La jeune femme, quant à elle, exprime un soulagement tellement visible que mon inquiétude pour Hazel augmente d'un seul coup.

– Que lui est-il arrivé ? demandé-je sans attendre.

– Bah… elle a été virée, comme vous savez, me rétorque son amie, une pointe d'agressivité dans la voix.

Je ne réponds rien, me contentant de la regarder dans les yeux. Elle n'est pas venue jusqu'ici pour me reprocher le renvoi de son amie. Et si je la prends de haut, elle risque de repartir comme elle est venue, sans que je puisse apprendre quoi que ce soit sur Hazel.

Allez, parle !

Après un regard au vigile, elle me tend une carte de visite dont on a noirci le dos d'une écriture élégante et sort son téléphone de son sac.

– Tenez, c'est de la part de Hazel.

Cole, je pense avoir trouvé la preuve qu'il te faut pour gagner le procès. C'est une œuvre de

Rimka, à la galerie Xperienz. Esther t'expliquera. Ceci est le dernier échange que nous aurons, toi et moi. Tu le sais, « nous », ça ne donne rien de bon. Mais va voir ce tableau. Je te souhaite le meilleur au tribunal… et ailleurs.

Je lis et relis ce mot, entre le soulagement de savoir qu'elle est toujours à New York et la douleur de constater qu'elle refuse de me laisser une seconde chance. La seule femme qui me redonnait goût à la vie ne veut plus de moi. J'ai mal chaque fois que je respire, mais je ne peux pas me permettre de m'y attarder.

Pas encore.

– Regardez.

Je relève la tête. La compassion dans les yeux d'Esther me gêne. Je fronce les sourcils et me concentre sur les deux photos qu'elle fait défiler sur l'écran de son téléphone.

– Bordel… C'est ce que je crois ? m'exclamé-je, éberlué.

– Hazel pense qu'avec ça vous pouvez gagner un procès, m'explique Esther, scrutant mon visage comme si elle y cherchait des réponses.

– Vous pouvez m'envoyer les photos ? demandé-je aussitôt.

En quelques secondes, je lui donne mon numéro et reçois à mon tour les clichés ahurissants. Si Hazel a vu juste, je tiens la preuve décisive, et le procès est pratiquement gagné. Mais encore faudra-t-il prouver que le post-it en question a bien été écrit par ce salopard de Carrington.

Un zoom rapide sur le post-it en question me donne un peu d'espoir : des taches graisseuses ont été laissées par des doigts et je crois me souvenir qu'Eva avait retrouvé ce mot au retour d'un déjeuner.

Ce serait bien que la chance tourne et qu'il ait laissé ses empreintes là-dessus.

– Le tableau est toujours exposé ? demandé-je.

– Oui, pour deux semaines.

Ce qui veut dire que n'importe qui peut l'acheter, y compris la partie adverse.

– Vous remercierez Hazel, sincèrement, dis-je enfin à son amie, qui attend une réaction de ma part. Si elle a vu juste, Eva pourra remporter son procès contre ceux qui l'ont harcelée et virée pour avoir osé parler.

– Je lui dirai, me répond Esther avec un hochement de tête.

Elle range alors son portable et fait mine de sortir.

– Comment va-t-elle ? demandé-je très vite.

Esther hausse les épaules, soupire.

– Pas très bien, m'apprend-elle d'une voix triste. Elle s'en remettra, elle est forte, mais… il faut qu'elle réenvisage toute sa vie. Elle n'a pas juste perdu une occasion de stage, elle doit faire le deuil de sa vocation.

Je reste là, sans rien dire, comme un abruti. Esther me lance un dernier regard navré.

Pour qui ? Hazel ? Moi ?

La porte se referme derrière elle.

Je tourne les talons, me dirige vers l'ascenseur. Dans l'habitacle étroit, qui me rappelle lui aussi à quel point Hazel me manque, la rage me prend. Ce n'est pas à elle de payer si cher le prix de mon erreur. Je vais faire tout ce que je peux pour gagner ce procès, faire ravaler son sourire à Fitzpatrick et mettre son cabinet à genoux.

Si je gagne ce procès contre VFC, Brevitz & Cie deviendra une étoile montante, et je serai en position de négocier la réintégration de Hazel !

Dents serrées, je vais voir Leonard, qui m'accueille avec un air bougon.

– Alors, du neuf, j'espère ? attaque-t-il avec morgue.

– J'ai besoin de plusieurs mandats, commencé-je froidement. Il me faut ce tableau, exposé actuellement dans une galerie de Soho, je veux aussi qu'on prélève les empreintes digitales de Carrington et qu'on obtienne une analyse graphologique. Il me faut un délai pour le procès et je veux un expert en identification d'empreintes qui soit une pointure. Je pense à ce type, là, John Pittsburgh, qui a témoigné dans l'affaire du cambriolage et qui a fait les premières pages de la presse le mois dernier. Je veux que ça claque, je veux que les jurés soient impressionnés, que personne ne puisse remettre sa parole en doute, parce que si c'est ce que je crois…

– OK, OK, ralentis, tempère Leonard, le regard soudain brillant. Qu'est-ce que tu as trouvé ?

– Une bombe. Mais si on ne va pas assez vite, c'est entre nos mains qu'elle va exploser.

25

K.-O. TECHNIQUE

Cole

L'ambiance est électrique dans la salle d'audience. Leonard, qui est venu assister à la mise à mort de son ennemi juré, Carrington, lui lance des regards provocateurs. Barbra Fitzpatrick, quant à elle, se tient très droite sur son siège, menton haut, les yeux obstinément fixés sur le juge, à qui elle adresse de petits sourires complices.

Sans réponse, jusqu'à présent.

À côté de moi, Eva bout. Nous nous sommes à peine adressé la parole aujourd'hui et je sais que j'ai perdu sa confiance depuis le dernier éclat de la partie adverse. Je mentirais en disant que je trouve sa réaction injuste, mais ce n'est pas ce qui m'importe le plus.

De toute façon, je suis bien placé pour savoir que ce qui se passe dans un tribunal n'est pas toujours juste.

Cette pensée me ramène une fois encore à celle pour qui je vais me battre aujourd'hui. Même si elle ne s'est pas déplacée jusqu'ici, comme je l'espérais. Chaque fois que j'arrive au tribunal, je la cherche des yeux… Chaque fois que je prends un taxi, je pense à elle… Chaque jour, je crois devenir fou.

Je dois me concentrer.

Le juge utilise son marteau pour obtenir le silence et déclare la séance ouverte. Je me lève. Je suis calme, déterminé.

Je vais gagner, Hazel.

– J'appelle à la barre la plaignante, Eva Pintoro, annoncé-je d'une voix forte.

Eva se lève, fragile et digne. Elle sait qu'ensuite Fitzpatrick va la discréditer, elle y est préparée.

– William Carrington vous a fait des avances, c'est bien ça ?

– Oui. À de multiples reprises.

– Oralement ?

– Pas uniquement, répond Eva.

– C'est-à-dire ?

– Il n'a jamais envoyé de mail clairement sexuel, explique-t-elle, mais il procédait par sous-entendus.

– Il n'a jamais été explicite ? insisté-je.

Fitzpatrick soupire suffisamment fort pour être entendue au fond de la salle. Je ne réagis pas. C'est inutile. Eva cille, mais ne faiblit pas.

– Une seule fois, sur un post-it qu'il avait collé sur mon clavier d'ordinateur, me répond-elle d'une voix sourde.

– Que disait ce post-it ?

– « Je te prendrai volontiers sur ce bureau. »

– Comment savez-vous qu'il venait bien de Me Carrington ?

– J'ai reconnu son écriture.

– Comment avez-vous réagi ?

– Je l'ai jeté, j'étais dégoûtée.

– Merci, mademoiselle Pintoro. Le témoin est à vous, maître Fitzpatrick.

Ma collègue se lève, mais ne prend pas la peine de se déplacer jusqu'à ma cliente.

– Ce post-it que vous dites avoir découvert sur votre clavier et dont vous affirmez qu'il a été écrit par mon client, commence-t-elle d'un ton impatient, hormis vous, quelqu'un l'a vu avant que vous ne le jetiez ?

– Pas à ma connaissance.

– Pas d'autre question, Votre Honneur, lâche-t-elle, semblant se désintéresser totalement de ma cliente.

Je me relève, un sourire courtois aux lèvres.

– J'ai demandé au juge Jackson l'autorisation de présenter une nouvelle preuve, dont je viens d'avoir connaissance, déclaré-je.

La partie adverse s'agite. Carrington sait que je vais l'appeler à la barre. Il me connaît. Il me craint.

Et je m'en réjouis.

Deux policiers apportent l'encombrant tableau et le déposent sur le chevalet prévu à cet effet. Il masque presque entièrement les fenêtres de la salle et il faut allumer les plafonniers. Des rires étouffés naissent dans le public. Il faut dire que ce collage parle de lui-même. Sexes géants en érection, langues tirées, seins, fesses, phrases obscènes... Tout y est. L'atmosphère change.

Le pouvoir de l'art.

Ma petite plaisanterie personnelle me fait sourire. Carrington se décompose, Fitzpatrick secoue la tête, les yeux au ciel.

– Vous avez devant vous, chers jurés, un collage exécuté par une artiste nommée Rimka, expliqué-je en me levant. Essayez de faire abstraction de la thématique appuyée, si vous le pouvez.

Des sourires, encore. Quelques regards courroucés, guère plus. Je sais que je ne dois pas leur laisser le temps de réfléchir à ce que l'œuvre leur met sous les yeux. Je dois au contraire les aider à remarquer ce qu'on n'y voit pas.

Mais que Hazel n'a pas raté, elle.

– Je souhaite donc, pour nous aider à comprendre ce qu'il faut regarder ici, appeler à la barre Tania

Rebelde, autrement connue sous le pseudonyme de Rimka, qui a créé cette œuvre, déclaré-je.

Rimka se lève, un peu impressionnée. Elle a choisi pour l'occasion une espèce de tailleur revisité à la mode gothique, qui fait son petit effet dans la salle.

– Silence ! tonne le juge.

– Rimka, pouvez-vous nous expliquer votre processus créatif ? demandé-je.

– Je travaille au sein d'une entreprise de ménage et je nettoie des bureaux, le soir, commence-t-elle. Donc, je récupère les déchets qui se trouvent dans les poubelles pour en faire des collages.

– Les déchets se trouvant dans des poubelles, il ne s'agit donc pas de vol, précisé-je en me tournant vers les jurés. Ces déchets, vous les rapportez chez vous ?

– Oui, et je les découpe, les presse, les assemble et les colle ensuite pour en faire des mosaïques, comme ici.

– Vous travaillez dans plusieurs entreprises à la fois ? demandé-je, sachant que je suis en train de couper l'herbe sous le pied de mon adversaire.

– Oui, mais une entreprise par soir.

– Vous arrive-t-il de mélanger les déchets de plusieurs entreprises, afin de créer une seule œuvre ?

– Jamais ! s'offusque Rimka. Je m'inspire de l'atmosphère qui règne dans les bureaux déserts pour déterminer la thématique de l'œuvre que je vais faire avec les ordures.

Un brouhaha s'élève, vite éteint par le regard courroucé du juge. Mais j'ai obtenu ce que je voulais. Je laisse passer un ange, pour que le jury repense à ce que Rimka vient de dire. Le tableau ultra sexuel, très provocant, que lui a inspiré VFC Lawyers devrait leur donner à réfléchir.

Je me retourne, faussement songeur. Assis derrière Eva, qui affiche un visage tendu, Leonard exulte.

– Ce tableau vous a donc été inspiré par l'atmosphère du cabinet de Mes Carrington et Fitzpatrick…

– Objection ! Une inspiration, vraiment, Votre Honneur ? s'offusque Fitzpatrick.

– Accordée, laisse tomber le juge, laconique.

– Laissez-moi reformuler autrement. Vous avez créé ce tableau avec des éléments trouvés dans les bureaux de VFC Lawyers, comme cet extrait de magazine ?

Je désigne le coin supérieur droit de l'œuvre, où se trouve une page de revue porno qu'on avait passée à la déchiqueteuse. Plusieurs jurés se mordent les lèvres pour ne pas rire. Je sais que je joue avec le feu ; le juge Jackson n'est pas connu pour son humour et Fitzpatrick s'agite de plus en plus. Mais l'atmosphère potache qui s'installe et la gêne manifeste de certains jurés sont primordiales pour ma stratégie, car c'est justement de cette ambiance et de ce malaise qu'il s'agit ! Ce tableau est une véritable mise en abyme de ce qui est arrivé à ma cliente. Et je tiens une occasion de le faire vivre aux jurés, tout en apportant la preuve de la culpabilité de Carrington.

– Donc ces images pornographiques que vous avez reconstituées, vous les avez trouvées dans leurs bureaux ? insisté-je en désignant les photos obscènes.

– Exactement, ils étaient dans une corbeille, sous une broyeuse à papier.

– Celle-ci, celle-ci et celle-ci également ? continué-je tout à fait sérieusement, en désignant une fellation, un trio et une sodomie en gros plan.

– Objection, monsieur le juge, s'il vous plaît ! proteste Fitzpatrick. Nous ne sommes pas dans une foire !

– Maître Parker, n'exagérez pas, admet le juge de sa voix de basse.

Mais il n'accorde pas d'objection.

– Excusez-moi, Votre Honneur, réponds-je immédiatement. Si ce que donne à voir ce tableau vous semble déplacé, maître Fitzpatrick, permettez-moi de procéder autrement.

Cette fois, mon adversaire darde vers moi ses yeux vert foncé, froide et hautaine. Furieuse. Elle sait que je viens de placer un de mes pions. Son client, livide, semble avoir perdu quelques centimètres. Il a deviné ce qui l'attend.

Je saisis alors une télécommande et demande qu'on allume l'écran de la salle.

– Voici un détail que je voudrais que vous regardiez, poursuis-je.

Je zoome sur une carte de visite portant le logo du

cabinet. Les regards courroucés deviennent intrigués.

– Pouvez-vous lire le nom qui figure en haut ? continué-je.

– William Carrington, avocat senior, annonce docilement Rimka.

Nous avons préparé son interrogatoire durant plusieurs heures, cette semaine. Je ne voulais rien laisser au hasard. Les réactions du jury dépassent mes espérances. Même le juge semble fasciné.

– Il me reste deux questions, avisé-je le jury.

Mais le silence est désormais dense. Plus personne ne rit. Ils attendent l'estocade.

– Ici, qu'avez-vous collé ?

Je zoome de nouveau. Plus personne ne regarde ce tableau délirant, composé de scènes pornographiques et de mosaïques de sexes géants. Je ne veux plus les faire rire, je veux les indigner.

– Un post-it.

– Qu'est-il écrit ? demandé-je pour la forme.

Les jurés lisent silencieusement. Certains ouvrent la bouche de stupéfaction, d'autres secouent la tête en signe de désapprobation. Eva relève la tête.

– « Je te prendrai volontiers sur ce bureau. »

– Objection ! crie Fitzpatrick. Qui peut prouver qu'il s'agit bien de l'écriture de mon client ?

– L'expert en graphologie que je vais appeler ensuite à témoigner, réponds-je aussitôt, très calme.

Le reste de l'audience se passe comme je l'avais prévu. La défense s'agite, vocifère, objecte, mais sans résultat. Chaque preuve que j'apporte est comme un direct en plein visage. Carrington est groggy, Fitzpatrick essaie bien de déstabiliser Rimka, mais celle-ci confirme qu'elle a récupéré les matériaux à la période où Carrington harcelait ma cliente. Quand on aborde la question de l'empreinte digitale restée sur le post-it, c'est terminé. Le gong a déjà retenti et Fitzpatrick le sait. Elle demande alors une suspension de séance pour négocier un accord.

Leonard ricane en narguant Carrington sans plus se cacher. Lorsque je reviens vers Eva pour lui apprendre que le cabinet VFC lui propose un dédommagement d'un demi-million de dollars, elle refuse.

– Non, répond-elle, farouche. Ils m'ont traînée dans la boue ; cet argent, ils le récupéreront et… je ne saurai jamais s'ils n'ont pas recommencé avec une autre jeune femme comme moi.

Je hoche la tête. Leonard aurait cherché à la convaincre, mais pas moi. Oui, un demi-million, c'est une grosse somme. Mais après aujourd'hui, je suis prêt à parier que le jury verra d'un œil nouveau ce cher William Carrington.

Je vise le K.-O. technique.

Lorsque j'annonce la décision de ma cliente à Fitzpatrick, son assurance de façade s'effondre. La suite de la journée est à l'avenant et s'achève sur la déconfiture totale du cabinet VFC Lawyers. Après une délibération d'à peine une heure, le jury les condamne à des pénalités financières, une enquête sur leurs pratiques internes et un dédommagement de dix millions de dollars !

La presse s'est précipitée à la sortie, permettant à Leonard de faire une déclaration triomphante.

Dans son bureau, où nous fêtons la victoire, c'est bien simple, il exulte.

– On leur a fait mordre la poussière, à ces salopards ! s'écrie-t-il. Putain, dix millions, Cole ! Dix bordel de millions de dollars !

Il éclate d'un rire tonitruant, puis avale son verre de whisky d'un trait. Je hoche la tête, conscient que cette victoire assied ma réputation tout autant que celle de Brevitz & Cie. Songeur, je sirote mon Chivas, attendant que Leonard soit en état de m'écouter. Je n'ai pas tout à fait terminé ma plaidoirie…

Enfin, il semble s'apercevoir que je ne partage pas totalement sa joie.

– On dirait que quelque chose te chiffonne, me dit-il en s'asseyant derrière son bureau. Si c'est ta rémunération, je te rappelle que tu as négocié un pourcentage non négligeable de la somme obtenue.

– Je sais et justement, à ce propos…

Leonard se raidit.

– Ah non, Cole, tu ne peux pas renégocier après victoire, s'insurge-t-il. Le résultat obtenu est inespéré, mais…

– Je ne veux pas d'argent, le coupé-je.

– …

– Je suis même prêt à revoir ma prime à la baisse, ajouté-je.

Cette fois, il hausse les sourcils, sans chercher à cacher son étonnement.

– Cole, tu te sens bien ?

– En contrepartie…

– Je me disais, aussi, fait Leonard avec un demi-sourire narquois.

– Tu réembauches Hazel Rivendale pour qu'elle puisse terminer son stage dans de bonnes conditions, précisé-je fermement.

Leonard reste silencieux, se verse un autre verre, puis fait une moue sceptique.

– Tu ne le regretteras pas, ajouté-je simplement.

Il m'observe, puis boit une gorgée.

– Cette fille t'a changé, déclare-t-il sur le ton de la constatation.

Peut-être. Peut-être pas. Elle me manque à en crever, en tout cas.

Mais bien sûr je me contente de hausser les épaules et de poser mon verre à demi plein sur le bureau.

– Penses-y, c'est tout ce que je te demande. Elle est douée, ajouté-je en me levant.

– Tu t'en vas ? Mais où ?

– Là où on ne me cherchera pas.

Je sors de l'immeuble sans un regard en arrière, pressé de passer à autre chose. Machinalement, je cherche dans mes contacts la lettre H… même si je sais qu'elle ne décroche plus lorsque je l'appelle. Je serre les dents, puis range mon téléphone. Hazel a une chance de récupérer sa vie, mais je dois m'éloigner d'elle pour ne pas tout foutre en l'air, une fois encore.

26

PLUS RIEN À PERDRE

Hazel

– Allô ? réponds-je d'un ton acerbe.

Aujourd'hui est un mauvais jour. Comme hier, avant-hier, le jour précédent… J'ai vu que Cole avait remporté le procès contre VFC Lawyers ; je suis ravie pour lui, soulagée pour Eva, mais ça n'a fait que raviver mon désespoir. Je l'ai perdu et je dois dire adieu à tout ce pour quoi je me suis battue jusqu'ici.

– Euh… Hazel ? avance une voix hésitante. C'est Penelope, de chez Brevitz & Cie. Je sais que tu n'as sans doute pas envie d'entendre parler de nous, mais…

– En effet ! la coupé-je, fermant les yeux pour endiguer une crise de larmes. Qu'est-ce qu'il y a ?

– Me Brevitz souhaiterait te voir, me répond très vite Penelope.

J'hésite un instant. Puis secoue la tête, dents serrées.

Une humiliation supplémentaire ? Non, merci, j'ai eu mon compte.

– Je suis très occupée, dis-lui que je le remercie de son attention, mais que je suis dans l'impossibilité de répondre positivement, réponds-je aussi dignement que possible.

– Hazel, il sait que nous avons gagné contre VFC grâce à ton intervention, ajoute Penelope en chuchotant. Je t'assure que tu n'as rien à craindre, au contraire. D'ailleurs, tout le monde sait que tu as fourni la preuve déterminante. Tu as rapporté plusieurs millions à Brevitz, c'est fantastique, ce que tu as fait !

Je réfléchis à toute vitesse. Si Leonard Brevitz considère lui aussi que j'ai contribué à préserver son cabinet d'un déclassement professionnel, je peux aller écouter ce qu'il veut me dire.

Et tomber sur Cole ? Non !

L'éventualité de croiser Cole est au-dessus de mes forces. Il me manque, mais lui et moi, c'est comme… la fission atomique : inévitable et dévastateur.

– Penelope, je ne pense pas que ce soit une bonne idée, dis-je avec difficulté.

– Me Parker est parti depuis la fin du procès et personne ne l'a revu, m'apprend-elle, toujours à voix basse. Je pense qu'ils se sont disputés et, de toute façon, il venait très peu depuis…

Depuis mon renvoi ?

Penelope n'ajoute rien, attendant sûrement que je dise quelque chose, mais je suis trop occupée à ravaler un sanglot.

– Hazel, viens, tu n'as plus rien à perdre, me dit-elle d'une voix douce.

Pas faux.

***

À peine suis-je assise dans son bureau que Leonard Brevitz m'assène un monologue sur son cabinet, l'éthique à avoir lorsqu'on est avocat, ses débuts, la question de l'indulgence et tout un tas d'élucubrations que je finis par ne plus écouter que d'une oreille. De toute façon, visiblement, il s'écoute très bien tout seul.

Serais-je devenue cynique ?

Je ne sais pas exactement ce qu'il attend de moi et je refuse d'espérer quoi que ce soit. J'ai bien peur de ne pas être en mesure d'encaisser une déception supplémentaire avant un long moment. D'ailleurs, ce matin, je n'ai même pas pris la peine de revêtir un de mes uniformes de juriste. J'ai juste enfilé un jean, des talons, une chemise et une veste.

Je n'ai pas non plus débarqué en legging et tee-shirt, donc j'estime être parfaitement présentable.

– Je ne sais pas ce qui vous a pris, mais je vais considérer que vous avez fait une erreur de jugement, due à votre jeunesse, déclare soudain Me Brevitz.

Quoi ?

C'est davantage la tonalité de sa voix qui a capté mon attention. Cet homme, le frère de celle qui a épousé Cole, semble ne plus m'en vouloir autant.

– Vous allez réintégrer le cabinet pour terminer et valider votre stage, reprend-il. Mais je vous préviens ! Une erreur, une seule erreur, et c'est la porte. Définitivement, cette fois. C'est bien compris ?

– Je crois, oui, réponds-je d'une voix hésitante.

Je ne suis pas certaine de bien saisir les motivations de cet homme. Mais je ne peux pas refuser cette proposition inespérée.

Alors il va falloir crever l'abcès.

– Maître Brevitz, je voulais vous dire… commencé-je.

– Oui ? continue-t-il, l'air sévère.

Je prends discrètement une respiration. Je n'ai pas reparlé de Cole depuis ce jour où Esther m'a raconté comment elle lui avait transmis mon message à propos du procès d'Eva.

– J'ignorais que Cole Parker était marié à votre sœur, dis-je très vite. C'était de toute façon une erreur, en effet, mais… je ne savais pas… pour votre sœur.

Leonard Brevitz me lance un regard étrange. Il semble me voir pour la première fois. Lentement, il s'enfonce dans son siège sans me quitter des yeux. Je me sens comme un insecte sous la loupe d'un entomologiste.

– Cole a été marié à ma sœur, c'est vrai, mais elle est décédée il y a plusieurs années. D'une rupture d'anévrisme.

Je reste muette. Sidérée. Une foule de détails se télescopent sous mon crâne : la réaction de Marina lorsque j'ai dit que Cole était parti rejoindre Jane, l'absence d'alliance, la colère de Me Brevitz, la tentative de Cole pour s'expliquer au téléphone avant que je ne raccroche… Tout se mélange, sans que j'arrive à y voir clair.

– Merci… de me permettre de poursuivre mon stage, dis-je avec difficulté, tentant de masquer mon trouble.

Leonard Brevitz hoche la tête, l'air songeur. Je sors de son bureau comme un automate. Sonnée.

Dans le couloir, Penelope me fait signe d'approcher, à l'entrée de son bureau. Sans réfléchir, j'avance jusqu'à la rejoindre.

Elle me prend dans ses bras, un grand sourire aux lèvres, puis Selena, présente elle aussi, fait de même. Je me laisse faire, déconcertée.

– Je suis vraiment contente que tu reviennes ! souffle Selena, avant de me serrer encore contre elle.

– Oui, et franchement tu as fait un tel boulot, je suis honorée de pouvoir travailler de nouveau avec toi, déclare gravement Penelope.

Je comprends que c'est sa manière de me présenter ses excuses pour son comportement hostile à mon égard. Son effort me touche au point que j'arrive à lui sourire.

– Merci, Penelope.

– C'est vrai, tu seras un jour une grande avocate, je n'ai aucun doute à ce sujet !

– Tu es aussi une assistante brillante, tenté-je.

– Oui, mais moi, je resterai assistante, alors qu'une autre carrière t'attend, réplique-t-elle. Et c'est très bien, j'adore être assistante, hein !

– Et… je vais assister qui, d'ailleurs ? demandé-je, la voix vacillante.

– Les deux nouveaux, je pense, répond Penelope.

– Ah, il y a des nouveaux ? m'informé-je par réflexe.

– Bon, je te laisse lui raconter ! lance Selena avant de quitter la pièce.

Penelope, elle, toussote et se met à me parler très vite des nouvelles habitudes du cabinet. Quand elle a terminé, une bonne heure plus tard, je n'ai strictement rien retenu. Mais au moins je n'ai plus envie de pleurer.

***

Le soir même, à Esther qui m'attend à l'appartement avec une bouteille de bon vin pour fêter ma réintégration au cabinet Brevitz, je déballe tout. Trois quarts d'heure plus tard, la bouteille est toujours fermée sur la table et Esther me regarde avec de grands yeux.

– Eh bien, on peut dire que ce stage aura été un véritable parcours du combattant, murmure-t-elle, presque aussi choquée que moi.

– Le pire, c'est que si je n'avais pas eu autant honte de me croire la maîtresse d'un homme marié, je lui aurais posé la question ! lâché-je au bout d'un moment. Mais comme je m'en voulais, j'ai préféré me voiler la face !

– Chérie, ça ne l'aurait pas empêché pour autant de te repousser après chaque… moment d'intimité, avance doucement mon amie.

Je soupire, me prends la tête entre les mains.

– Je sais, mais je me serais peut-être comportée autrement, je ne sais pas ! gémis-je.

La main d'Esther se pose sur la mienne.

– Il faut arrêter de te flageller comme ça, me dit-elle. Tu n'aurais peut-être rien obtenu de plus, de toute façon.

J'écarquille les yeux, un peu vexée.

– Arrête d'essayer de m'hypnotiser, dit-elle en agitant les bras au-dessus de sa tête. Veuf ou pas, il n'a pas été super tendre avec toi.

Si, parfois… et c'est aussi ce qui rend tout ça si difficile.

– Sa femme est morte alors qu'ils étaient super jeunes, énumère Esther à son tour. Il ne s'est jamais remarié, il bosse chez son ex-beau-frère quand il te rencontre, mais il est trop attiré par toi pour résister, vous essayez tous les deux de mettre fin à votre aventure sans y parvenir, et là, vous vous faites surprendre !

Je pousse un gémissement.

– C'était impossible pour lui d'oublier son épouse décédée, alors que vous étiez tous les deux dans le cabinet de son ex-beau-frère, poursuit Esther, impitoyable. Il te rejetait à cause de votre situation professionnelle, mais le fait de se montrer aussi dur avec toi devait être sa façon de lui rester loyal.

– Super, j'étais en concurrence avec une femme dont il chérit la mémoire et dont il n'a jamais fait le deuil ! Personne ne peut rien contre une épouse qui ne fait plus d'erreur, qui n'est plus jamais de mauvaise humeur…

J'espère qu'Esther va démonter ma théorie avec des arguments rationnels, comme elle sait si bien le faire, mais elle regarde par terre, songeuse.

Merde. Merde, merde, merde.

– Est-ce que ça t'aiderait de penser que tu as été sa « relation-pansement » et que tu l'as mis sur le chemin de la guérison ? suggère prudemment Esther.

– De penser que, grâce à ce que j'ai enduré, il pourra tomber amoureux d'une autre que moi ? résumé-je froidement. Non, franchement pas. Désolée, Esther, je sais que c'est le genre de truc que tu considérerais comme positif, mais moi, j'ai vraiment l'impression de me faire arnaquer !

Mon amie hoche la tête, l'air désolé.

J'ai de nouveau envie de pleurer. Moi qui pensais en avoir terminé avec tout ça, je me trompais. Aujourd'hui, j'ai appris deux choses : Cole est un veuf dont le cœur saigne encore, et moi je suis loin de l'avoir oublié.

– Bon, on ouvre la bouteille ? me demande Esther avec une moue hésitante.

– Ce ne serait pas une bonne idée, réponds-je sans hésiter.

J'ai besoin de tout, sauf de perdre le contrôle.

– Bon… Une partie de Scrabble ? finit-elle par me dire, résignée.

– OK, bonne idée.

Au moins, l'amitié d'Esther est indéfectible, elle.

27

LE VERDICT

Hazel

Deux semaines plus tard, je sors du cabinet avec un léger mal de crâne. J'ai rencontré les deux avocats juniors que Me Brevitz a embauchés pour les former et que je suis censée assister.

Ce serait envisageable s'ils étaient un minimum organisés.

L'ascenseur descend jusqu'au rez-de-chaussée, tandis que je songe à mes journées interminables. Je suis désormais cantonnée à ce qui rendait folle Penelope : classement, rangement, numérisation, re-classement. Mon travail chez Brevitz & Cie ressemble à celui de Sisyphe : répétitif et sans fin. Quoique comportant une dimension administrative qui fut épargnée au fondateur de Corinthe. Mais je fais ce qu'on me demande et plus encore, afin de valider mon année et d'oublier ce cabinet à tout jamais. Plus tard, je pourrai retrouver tout ce qui fait que j'aime le droit et le métier d'avocat : les stratégies, la fièvre des procès, les échanges avec les clients…

En attendant, je n'ai qu'une hâte, c'est de rentrer chez moi, de me faire chauffer une soupe et de me mettre au lit.

Il n'y a pas à dire, j'ai vraiment l'étoffe d'une rock star.

Les portes de l'ascenseur s'ouvrent, je presse le pas, traverse le hall et passe la porte automatique de l'immeuble, me préparant mentalement à affronter le métro new-yorkais aux heures de pointe.

– Hazel.

Je me fige. Cette voix, grave et chaude, fait réagir tout mon corps. C'est lui. Je reste debout, immobile sur le trottoir, luttant contre moi-même. Je ne sais pas si j'ai envie de me retourner pour le regarder dans les yeux ou si je préfère fuir, l'ignorer et faire comme s'il n'existait pas.

Comme si rien n'avait existé entre lui et moi.

– Je n'arrive pas à t'oublier, ajoute-t-il.

Moi non plus.

Lentement, je me tourne. Il est debout face à moi, toujours aussi beau malgré sa barbe naissante, ses cernes, ses yeux presque fiévreux.

Il va mal.

– J'essaie, de toutes mes forces, mais tu m'obsèdes, poursuit-il, la voix rauque.

Nos deux vies sont devenues des champs de ruine. Il faut mettre fin à ce carnage une bonne fois pour toutes.

– Cole, nous deux, c'est impossible, tu vois bien, reprends-je, décidée à trancher dans le vif. On est allés de catastrophe en catastrophe : on a failli bousiller la vie d'Eva, le cabinet de Leonard, on ne s'est pas fait de bien non plus…

– Si, tu m'as fait du bien, à moi ! proteste-t-il. Tu m'as… sorti de l'ombre, Hazel.

Comment peut-il dire une chose pareille ?

– Regarde-toi, Cole. Et regarde-moi. Cette histoire a failli nous détruire.

– Je te regarde. Je pourrais te regarder toute… toute ma vie, je… Je…

Nous échangeons un long regard. Ses yeux me dévorent, me supplient, me lisent à cœur ouvert. Quant à moi, je suis ébahie de l'avoir entendu bafouiller… C'est idiot, mais pas une seule fois depuis que je le connais, je ne l'ai entendu trébucher ainsi sur les mots. Argumenter, c'est son métier. Et là, devant moi, il a hésité, s'est trompé et reste muet, sans savoir que dire pour plaider sa cause.

Soudain, il se secoue, puis avance vers moi.

– Viens, je t'en prie, allons au moins discuter ailleurs que sur ce trottoir, me supplie-t-il à voix basse.

J'accepte de le suivre, mais refuse qu'il me prenne le bras. Je ne dois pas accepter la moindre proximité physique. Je connais trop bien le pouvoir attractif de sa musculature de boxeur…

Sans hésiter, je me dirige vers le parc le plus proche. Il ne discute pas. J'ai trop peur de craquer si on se trouve dans un lieu clos, à l'abri des regards. Je veux rester dehors, avec des gens tout autour de nous, n'importe quoi qui puisse m'empêcher de retomber dans ses bras. Nous marchons dans les allées, doublés sans arrêt par des joggeurs, des femmes avec des poussettes, des gens qui promènent leur chien.

– Notre relation est… toxique, je pense, et puis tu es veuf et… argumenté-je sans pouvoir terminer ma phrase. Tu restes le beau-frère de Leonard, vu la manière dont il en parle. Je pense que, peut-être, tu as ton deuil à faire avant tout.

À mes côtés, Cole lâche un rire désabusé.

– Hazel, tu es loin du compte…

– Non, je comprends, tu as envie de refaire ta vie, mais Jane t'a été enlevée de la manière la plus injuste qui soit, dis-je, retenant mes larmes. Je ne peux pas rivaliser, elle ne fera jamais les erreurs que je peux faire, elle…

– Le deuil de mon mariage était fait bien avant que Jane n'ait sa rupture d'anévrisme.

Quoi !

Sa révélation me choque. Ce n'est pas l'idée que je me fais d'un époux endeuillé. Je lui lance un regard entre surprise et réprobation. Il hausse les épaules.

– Je ne peux pas me faire meilleur que je ne suis, Hazel, souffle-t-il. Je n'en ai jamais parlé à personne ; Leonard n'aurait pas compris, parce que j'avais trompé sa sœur et qu'il ne me pardonnait pas ce faux pas.

Je retiens mon souffle, consciente de la confiance qu'il m'accorde en se livrant ainsi.

– Je n'ai pas été parfait, loin de là, mais notre relation, à Jane et moi, ne l'était pas non plus, poursuit-il d'un ton morne. Nous étions très jeunes quand nous nous sommes mariés. Nous nous aimions, mais… nous avons évolué dans deux directions différentes. Les derniers mois, nous vivions comme des colocataires, nous adressant à peine la parole et uniquement pour des choses pratiques. Nous aurions fini par nous séparer de toute façon. Mais quand elle est morte, ce fut si soudain que j'ai… été… je ne sais pas, je crois que j'ai été submergé de culpabilité parce que…

De nouveau, il s'interrompt, se reprend, semble ne pas réussir à trouver les mots justes. Je n'ose plus le regarder, craignant ce qu'il va dire.

– Deux ans auparavant, je l'avais trompée et fait souffrir.

Elle aussi…

– Elle en a parlé aussitôt à Leonard, qui ne me l'a jamais vraiment pardonné. Elle aussi me trompait…

Et lui n'a rien dit à Leonard ?

– J'ai essayé de m'amender, nous avons consulté un thérapeute conjugal, sans succès. Les deux dernières années furent un simulacre de mariage. Alors quand elle est morte, j'ai été triste. Mais pas dévasté comme tout le monde le pensait. J'ai même ressenti un certain… soulagement. Je ne suis pas… un homme bien, c'est clair, je…

– Ne dis pas ça, interviens-je enfin, émue aux larmes. On ne contrôle pas ce qu'on ressent ! Tu as eu beaucoup d'émotions contradictoires, c'est tout ! Si tu n'avais pas éprouvé de gêne à être soulagé, là, effectivement, tu pourrais le dire, mais regarde, des années plus tard, tu es encore bouleversé !

Il secoue la tête, buté, les yeux rougis, avec une expression de colère sur le visage.

– Du soulagement, putain ! Quel mari ressent du soulagement à la mort de sa femme ?

Je reste muette devant l'intensité de sa culpabilité. Lentement, je saisis sa main. Glacée. Ses yeux, empreints d'une telle détresse que j'en ai le souffle coupé, se tournent vers moi.

– Et combien de maris s'en veulent de ressentir du soulagement ? Sans doute plus que ce qu'on pense, murmuré-je, sincère. Ceux dont le couple battait de l'aile, ceux qui ne supportaient plus de voir une maladie détruire leur femme à petit feu, ceux qui savaient leur histoire déjà terminée.

Il baisse la tête. Sa main serre la mienne avec force.

– Je ne mérite pas ton indulgence, je t'ai fait souffrir, souffle-t-il.

– C'est vrai, admets-je doucement.

Cole baisse la tête sans chercher à se justifier. Je réalise que cet homme est pétri de culpabilité… vis-à-vis de Jane, de Leonard, de moi…

Pas étonnant qu'il ait autant besoin de taper dans un sac de frappe, à s'en abîmer les phalanges.

– Je vous ai fait souffrir toutes les deux, confirme-t-il en se redressant. Je ne peux plus demander pardon à Jane, mais… à toi, je peux demander pardon.

La respiration coupée, je le laisse entremêler ses doigts aux miens. L'iceberg de ses yeux fond lentement, jusqu'à ce qu'une larme s'échappe.

– Cole… murmuré-je d'une voix enrouée.

– J'espère sincèrement que tu arriveras à…

– C'est déjà fait, réponds-je sans attendre qu'il termine sa phrase.

Lentement, nos corps se rapprochent pour une étreinte pleine de tendresse. Je le sens qui se détend contre moi. Mes bras s'enroulent autour de son cou, je niche mon visage contre son torse, respire son parfum.

– Tu m'as manqué à chaque seconde, me chuchote-t-il.

Je ne réfléchis plus, mes lèvres cherchent les siennes. La fusion est instantanée. Ses lèvres douces, sa langue impatiente, notre compatibilité presque effrayante. Nous nous embrassons comme si nous nous retrouvions après un interminable voyage, jusqu'à ce que l'oxygène nous manque.

– Putain, Hazel, je t'aime, murmure-t-il, caressant mon visage de ses doigts.

Je lui mords la bouche, encore. Mon corps se plaque au sien, je gémis.

– Moi aussi, dis-je enfin, à bout de souffle.

Cette fois, c'est lui qui m'embrasse avec fougue. Je sens son désir prendre forme, tout comme le mien. La température monte dangereusement.

– Hey, prenez une chambre ! nous lance un joggeur goguenard.

Nos bouches se séparent. Je pouffe, tout en sentant mes joues s'enflammer. Cole me sourit, dépose un baiser sur mes pommettes brûlantes.

– Et si on faisait ça ? prononçons-nous au même moment.

28

POUR LE MEILLEUR ET POUR TOUJOURS

Cole

– Cole, franchement, tu crois que c'est de mon âge ? proteste-t-elle en riant, un bandeau sur les yeux.

– Absolument, madame l'avocate du barreau de New York, lui réponds-je, amusé.

Ma main sur son épaule la guide fermement. J'ouvre la porte et la fais entrer. Je prépare ce moment depuis au moins six mois. J'ai attendu les résultats officiels de son admission au barreau de New York pour l'emmener ici et je suis aussi impatient qu'elle.

Durant ces six mois, ma plus grande difficulté a été de convaincre Hazel d'accepter de se faire emmener ici sans savoir ce que je préparais !

Mais depuis trois ans que nous vivons ensemble, j'ai appris à la connaître suffisamment pour savoir quels mots employer. C'était nécessaire pour échapper à ses parties de Scrabble.

Hazel, amour de ma vie...

La voir travailler d'arrache-pied, ne rien céder à l'adversité, jusqu'à l'obtention de son diplôme et, cette semaine, son admission au barreau, a été un spectacle dont jamais je ne me suis lassé. Elle est obstinée, brillante et irrésistible. Chaque jour, je mesure ma chance d'avoir croisé sa route.

Jamais je n'aurais cru possible de revivre avec une femme et de trouver ça aussi merveilleux.

– Bon, dis-moi au moins si c'est un appartement ? Tu as acheté un appartement ? insiste-t-elle. Le tien est très bien, je m'y plais parfaitement ! En plus, mes parents adorent la chambre d'amis, avec vue sur la ville !

– Patience, l'exhorté-je, me retenant de rire.

Je l'abandonne un instant, mais au moment même où ma main quitte son épaule, je la vois qui esquisse le geste de découvrir ses yeux.

– Non ! Interdiction d'ôter ce bandeau, m'écrié-je, impitoyable. Je désactive d'abord l'alarme.

Elle soupire ostensiblement, mais un sourire naît sur ses lèvres. Je compose le code sur le clavier numérique du système de sécurité que j'ai fait installer.

Je ne suis pas aussi paranoïaque que ne l'était Leonard il y a trois ans, mais disons que je reste prudent.

– Tu es prête ? demandé-je à Hazel, qui trépigne presque.

– Évidemment ! Je suis au-delà de prête !

Avec un sourire, je la rejoins et lui retire son bandeau. La somme de ses émotions passe sur son visage comme s'il s'agissait d'un film à grand spectacle. Stupéfaction, ravissement, bonheur…

Voilà ma récompense.

– Cole ! s'écrie-t-elle, le visage illuminé. C'est bien ce que je crois ?

Elle balaie la pièce principale du regard, émerveillée. La banque d'accueil en verre dépoli, située dans l'entrée, donne sur un arc de cercle où les portes des futurs bureaux – les nôtres étant les seuls à être aménagés –, sont ouvertes. L'éclairage est naturel, puisque j'ai choisi un plateau entièrement vitré, qui donne sur Central Park. Hazel retient son souffle lorsqu'elle s'approche du salon où nous ferons patienter nos futurs clients. Situé au creux de la demi-lune qui constitue notre cabinet d'avocats, il comporte des fauteuils et des sofas de velours bleu nuit, abrités d'arbres en pot, et donne sur le plan d'eau Jacqueline-Kennedy-Onassis.

– Quoi de mieux pour se détendre que de se perdre dans cette verdure et ce bleu ? murmuré-je sans cesser de sourire.

– Cole, c'est…

Hazel est ébahie. Elle avance doucement, entre dans le premier bureau, caresse le meuble de bois brut, allume la lumière, examine le matériel informatique, un sourire incrédule aux lèvres. J'ai mis plusieurs mois à la convaincre d'accepter de faire ce montage financier, où son investissement anticipe ses victoires à venir. Je lui ai simplement avancé la somme nécessaire pour que nous ouvrions ensemble ce cabinet, où nous sommes associés à parts égales. Je crois en elle, peut-être davantage qu'elle n'y croit elle-même. Je sais que nous allons devenir le premier cabinet new-yorkais…

Donnez-nous une décennie, on se charge du reste.

– Cole ! répète-t-elle en riant.

– C'est bien mon prénom, oui, acquiescé-je, un peu moqueur.

Elle se retourne et se jette dans mes bras en éclatant de rire.

Non, c'est ça, ma plus belle récompense.

Chaque seconde avec elle est ma récompense. Avec Hazel à mes côtés, le moindre événement devient un souvenir à conserver précieusement. En trois ans, elle m'a fait comprendre tant de choses… que je fuyais toute proximité affective, pour commencer. Que je n'avais pas à me punir pour le décès de Jane, non plus. Que je n'avais pas intérêt à gâcher cette seconde chance qu'elle m'offrait.

Ça, je l'ai compris de moi-même ; il n'y aura pas d'autre Hazel dans ma vie.

Cette fille a réussi à me donner envie de fonder une famille en même temps qu'un cabinet, moi qui refusais tout engagement, aussi bien personnel que professionnel. Elle m'a fait manger des sushis et rencontrer ses parents.

J'ai découvert qu'on pouvait pardonner, à soi et aux autres. Son père m'a mis en garde, quant à lui : si je fais la même erreur avec sa fille que lui a faite avec sa femme… je le regretterai. Hazel m'avait parlé de son infidélité, pour m'expliquer combien elle avait été choquée d'apprendre que j'avais été marié. Mais en écoutant son père, j'ai compris que cette blessure faite à son épouse, c'était lui qui en subissait toujours les conséquences. La mère de Hazel a pardonné, mais lui ne peut se défaire du remords.

Avec eux trois, j'ai découvert aussi ce qu'est une famille aimante, où chacun se préoccupe du bien-être des autres.

Mais quant à pardonner à ma propre famille… c'est une autre histoire.

Ses parents nous rendent visite chaque année et il est prévu que cet été nous leur rendions la pareille. Je suis curieux de visiter la ville où Hazel a grandi. Quand je la vois comme aujourd'hui, un sourire ravi sur le visage, ses yeux bleu-vert qui pétillent, je n'ai aucun mal à imaginer la fillette enjouée qu'elle a dû être.

– Tu aimes ? lui demandé-je après l'avoir embrassée.

– Si j'aime ? Tu plaisantes ! C'est… parfait ! Depuis la vue sur Central Park jusqu'aux œuvres d'Esther sur les murs !

En effet, même son ancienne colocataire était dans

le secret. Je lui ai acheté ses dernières créations. Ses tableaux sont étrangement sereins… Des aplats de couleurs qui évoquent autant des paysages sauvages que les humeurs les plus intimes qui peuvent traverser un être humain.

– C'est dingue comme ses toiles sont apaisées, murmure Hazel en détaillant les œuvres qu'elle découvre à l'instant.

– Elle a enfin choisi entre ses trois chevaliers servants ? demandé-je, très sérieux.

Je comprends qu'Esther puisse avoir envie de papillonner, mais beaucoup moins son ambition de mener de front plusieurs relations durables.

Hazel pouffe.

– Loin de là ! Ben a rencontré quelqu'un qui est d'accord pour une relation polyamoureuse et, par la force des choses, il est plus heureux, donc Esther aussi !

– Ça doit être un enfer d'organiser un anniversaire, soufflé-je, mi-sérieux mi-moqueur.

– Avoue que tu as peur qu'elle ne m'entraîne sur cette pente dangereuse, me taquine Hazel.

Je suis sûr que ça ne fait pas partie du fonctionnement de Hazel, mais je n'aime pas trop y penser, c'est vrai.

Je grimace, puis lui lance mon regard de braise, celui qui la fait rougir à tous les coups.

– Je te manquerais trop, si tu allais voir ailleurs, la provoqué-je.

Hazel me lance un regard amusé, puis s'approche pour m'embrasser.

– C'est vrai, admet-elle. Mais Esther fonctionne ainsi, et même si c'est étonnant, ça marche pour eux ! Tout se passe bien entre eux quatre ; en plus, elle vit de son art : je ne l'ai jamais vue aussi heureuse !

– Et toi, tu es heureuse ?

– À chaque seconde un peu plus ! Regarde autour de nous ! Les meubles, l'organisation des lieux, j'adore tout ! TOUT ! insiste Hazel qui éclate de rire, toujours pendue à mon cou. Mais tu as dû faire ça derrière mon dos depuis des mois ! Comment tu as fait ?

– Je ne révèle pas mes petits secrets, tu le sais, réponds-je avec un demi-sourire.

Elle lève les yeux, presque sérieuse.

– Oui, ça, je le sais bien ! me rétorque-t-elle.

– Et tu détestes, bien sûr, enchaîné-je, amusé de sa réaction.

– Évidemment ! répond-elle sur le même ton. Et toi qui es avocat-magicien, est-ce que tu as réussi à débaucher Penelope pour qu'elle devienne notre assistante juridique ?

– Je vois que tu ne perds pas le nord, constaté-je, faussement désabusé.

– Ce serait mal me connaître.

J'aime aussi ça chez Hazel : sa passion pour le métier d'avocat, jamais démentie. Elle n'est pas encore remise de sa surprise qu'elle est déjà en train de se projeter sur le fonctionnement interne de notre cabinet.

– Parce que tu comprends, la dernière fois que je lui ai parlé, elle s'inquiétait de stagner dans son métier, puis je crois qu'elle voudrait avoir des enfants dans deux ou trois ans. J'aimerais bien être sûre qu'elle soit dans un cabinet qui offre une bonne couverture maladie ; je l'aime bien, cette fille, tu sais.

Penelope a étonné tout le monde, le mois dernier, en annonçant ses fiançailles.

– Je sais, réponds-je, attendri par sa manière de tout prévoir pour les autres. Mais quand on monte un cabinet, on ne peut pas toujours promettre des conditions intéressantes sans d'abord décrocher des contrats ! Il faut mettre la trésorerie sur les rails.

– Ne me dis pas que tu as commencé par lui dire ça ? demande Hazel, qui fronce les sourcils. Parce que si elle a refusé notre offre…

– Penelope était enthousiaste, la coupé-je. En revanche, il a fallu convaincre Leonard, et ça n'a pas été facile…

– Mais ?

Hazel me regarde, pendue à mes lèvres.

– Penelope commence demain, révélé-je. Disons que Leonard avait une dette envers moi.

Elle me lance un regard entendu, pas dupe. Je sais que Leonard lui en a fait baver, avant de s'assouplir à la toute fin de son stage. Il m'a suffi de lui rappeler sa manière d'agir avec celle qui partage désormais ma vie.

Ensuite, il a bien fallu que nous parlions à cœur ouvert de mon mariage avec sa sœur, Jane. Ce fut douloureux, d'un côté comme de l'autre, mais il a admis qu'il avait préféré nier le caractère difficile de Jane pour en faire son deuil. Cette discussion a marqué un vrai tournant dans notre relation… Et je sais que la personnalité de Hazel est aussi pour beaucoup dans la bonne volonté de Leonard. Il lui a fait payer, de manière injuste, sa relation avec moi… Mais la ténacité et le professionnalisme dont elle a fait preuve ont fini par lui attendrir le cuir.

Encore heureux, j'aurais fini par lui casser la gueule, ce qui aurait entravé toute perspective de réconciliation !

Leonard a même déclaré que je ne la méritais pas, ce qui était sa manière à lui de me dire qu'il approuvait notre couple. Il n'est pas impossible que lui et moi redevenions amis.

Sans doute sur un mode plus sain qu'auparavant.

– Génial ! C'est bien qu'elle soit avec nous dès le départ, reprend Hazel, le visage sérieux. Je projette de contacter les clients lésés par l'assureur Bergonist ; je suis certaine qu'on peut décrocher une affaire collective. Et puis, il y a aussi ton homme d'affaires qui se dit victime de l'entrepreneur véreux. Encore que, lui, je ne suis pas certaine qu'il soit totalement blanc dans cette affaire, mais il est assez solvable pour qu'on s'intéresse à son dossier. En revanche, ce serait vraiment bien si on pouvait faire venir Marina aussi, c'est une excellente enquêtrice, et elle aimerait travailler avec nous !

– Je doute cependant que Leonard se laisse dépouiller de ses meilleurs éléments sans rien faire, objecté-je, amusé par son enthousiasme. Ne t'inquiète pas, j'ai déjà lancé la campagne de recrutement et reçu quelques CV.

– Ah oui ? Montre ! s'exclame-t-elle sans attendre. Je veux déjà effectuer une présélection et caler quelques entretiens, il va falloir qu'on…

– Hazel, la coupé-je, doucement.

Elle se tourne vers moi, charmante dans son jean slim et sa veste de tailleur foncée. Elle ressemble à ce qu'elle est : une jeune avocate pleine d'ambition. Et j'adore être le seul à savoir que, sous son uniforme, elle porte une délicieuse petite culotte de dentelle violet foncé, assortie au balconnet qui met ses magnifiques seins en valeur.

Et je le sais parce que je lui ai offert cette parure et qu'elle l'a mise ce matin, après que nous avons fait une première fois l'amour.

– Quoi ? me demande-t-elle alors que je garde le silence, songeur.

– Tu ne veux pas d'abord voir ton bureau ? Parce que nous sommes dans le mien, ici…

– Ah oui, bien sûr ! Allons-y !

– Attends. Regarde.

J'ai trouvé un seul architecte capable de réaliser ce que j'avais en tête, mais ça valait le coup. Un bouton situé sous mon bureau permet de rendre les parois vitrées opaques, grâce à un système de stores intégré dans le double-vitrage.

Isolation totale, sonore et visuelle…

Hazel en reste bouche bée. Puis je fais glisser un des tableaux réalisés par Esther, qui occupe un pan entier de mur, du sol jusqu'au plafond.

– Oh ! lâche Hazel, estomaquée.

Une découpe dans la paroi est révélée et, d'une simple pression de la main, j'ouvre un passage entre son bureau et le mien.

Quand je me retourne vers Hazel, elle arbore un sourire radieux, puis me lance un regard évocateur, avant de se mordre les lèvres.

Putain, j'adore tellement quand elle fait ça !

– Tu as pensé à tout, hein ? murmure-t-elle d'une voix sourde.

– Sans arrêt…

Elle pouffe. Je fronce les sourcils, intrigué.

– Qu'est-ce qui te fait rire ?

– Esther…

– Pardon ?

Hazel éclate franchement de rire avant de s'en excuser.

– C'est juste qu'elle m'avait dit qu'entre toi et moi, il s'agissait d'une passion sexuelle.

– Pas faux.

Je souris, sachant pertinemment qu'entre elle et moi, il s'agit de bien plus.

– Elle avait prédit que ça nous passerait, ajoute alors Hazel, avant de rire encore.

– C'est heureux qu'elle soit artiste et non extralucide, commenté-je en m'approchant.

– Peut-être qu'elle a une vision à trèèèès long terme ! me provoque Hazel en déboutonnant ma chemise.

– Il faudra vérifier, réponds-je, sérieux, en lui retirant sa veste. Souvent… Par rigueur scientifique.

– Oui, soyons rigoureux, répète Hazel qui me tend ses lèvres affamées.

Quelques minutes plus tard, je plonge en elle. J'observe son beau visage changer, ses yeux se noyer de plaisir, puis attrape ses hanches rondes et douces. Chaque fois, c'est une renaissance et une découverte… comme une histoire qui ne finira jamais.

Fin

Extrait

BOSS AFFAIR

Lil Evans

Dans la collection Luv

1

Autumn

Le long couloir recouvert de moquette grise me déprime. Je suis accoudée à mon bureau, exaspérée dès le matin. À ma gauche, l'ascenseur bipe toutes les cinq minutes pour déverser son flot d'avocats prétentieux et de clients énervés qui ont des questions à me poser. Face à moi, le bureau du grand patron du cabinet Spencer & Co.

M. Spencer n'y connaît strictement rien en affaires juridiques mais il a ouvert cet endroit, des décennies auparavant, parce que ce secteur rapporte un paquet d'argent. Il est vieux. Non, il est vraiment très vieux ! Si je devais lui donner un âge, j'aurais dit environ un milliard d'années. Il a probablement contribué en personne à l'extinction des dinosaures.

Ses cheveux sont blancs comme neige, son visage plus ridé que celui de Tom Cruise avant son dernier lifting, mais ses yeux n'en restent pas moins perçants et vifs. Si M. Spencer semble plus inoffensif que le bernard-l'ermite de compagnie de mon meilleur ami Austin, le sous-estimer, c'est signer son arrêt de mort.

Quand je l'entends hurler sur ses avocats au téléphone, les jours où ils perdent un procès, j'en ai froid dans le dos. Et mon patron est aussi un homme fourbe au caractère volcanique. Ses employés doivent être à ses pieds, presque littéralement. Je suis sûre qu'il aurait plané si qui que ce soit s'était agenouillé devant lui pour embrasser le bout de ses chaussures italiennes de luxe.

Perdre un procès vous garantit de passer une heure à vous faire postillonner dessus dans son bureau, sous les cris et les grands gestes de ses mains vieillies. Et je vous assure que vous n'avez pas du tout envie de passer autant de temps face à cet homme glacial, avec son regard fixé droit sur vous sans qu'il ne cligne jamais des yeux.

Quand il vous remet à votre place avec une aisance telle qu'on l'aurait cru né pour briser les gens, votre sang se glace.

Oui, M. Spencer est vieux, tyrannique et n'a aucun respect pour ses employés.

Si bien qu'au moment où une vingtaine de policiers ont débarqué dans nos locaux, sortant de l'ascenseur le regard fier et les épaules toutes droites, personne n'a été surpris. Moi la première, j'ai tout de suite pensé qu'il avait envoyé des lettres de menaces pour empêcher les enfants du coin de fêter Halloween, ou défenestré l'un de mes collègues en sirotant son bourbon à la paille.

Je ne suis pas seule dans le couloir, ce jour-là, après qu'il a renvoyé quelques personnes vers leurs étages respectifs. En criant. Fort.

Deux de mes collègues avocats sont avec moi et nous bavardons tranquillement autour de mon bureau, à voix basse en essayant de savoir ce qu'il se passe.

Je ne suis pas du genre à colporter des ragots mais mes confrères, deux hommes de la cinquantaine, engoncés dans leur costume noir, adorent cela et ils n'arrêtent plus de parler et de faire des suppositions hasardeuses.

Je ris jusqu'à en avoir les larmes aux yeux.

En revanche, quand on nous annonce enfin que M. Spencer a détourné les revenus de la société et que tout l'argent du cabinet a disparu, nos fonds de pension, nos primes, tout... plus personne n'ose bouger, parler ou même respirer.

Ce doit être une blague, non ?

Non...

Cette matinée n'aurait pas pu être plus ignoble.

Déjà, on est jeudi, le jour le plus long de la semaine. Celui qui nous nargue en disant « pas encore vendredi », « encore quelques heures avant le week-end ». Saleté de jeudi !

Et quand les policiers se mettent à fouiller partout, j'ai l'impression que toute cette histoire de détournement de fonds n'est pas la plaisanterie à laquelle je m'attends. Pas de « non, c'était pour rire » ni de « faites coucou à la caméra ». Bordel ! De ! Merde ! Ce con de Spencer vient de tous nous faire virer en une demi-seconde.

Un policier m'attrape brusquement par le bras pour me lever de ma chaise quand il voit que je ne bouge pas de son chemin. Je suis trop abasourdie pour esquisser le moindre geste, et la violence de sa poigne n'y change rien. Je suis toujours dans mon monde, perdue. Perdue, tout comme mon boulot. Mon salaire. Et, bon sang !, comme tous ces clients qui comptent sur moi pour leurs dossiers.

Dans le fond de ma poitrine, mon cœur bat lourdement, si bien qu'une douleur s'épanouit peu à peu jusqu'à s'étirer dans mon ventre. J'ai l'impression que je vais m'évanouir, car tout autour de moi est flou, distant, un peu comme un rêve qui empiéterait sur la réalité.

– Madame, contre le mur. Immédiatement, ordonne l'homme en uniforme.

Il serre mon poignet entre ses doigts, si bien que je pousse un petit hoquet de stupeur, et il me bouscule, me faisant vaciller sur mes talons. Mon regard se fixe soudain au sien, dur et implacable. Je suis avocate. Je suis une battante. Il n'a pas idée du déferlement de colère qui gronde en moi, et je suis sur le point de le noyer sous un flot de jurons bien sentis lorsque nous sommes heureusement interrompus. Je crois que j'aurais pu finir en prison si je n'avais pas été interceptée à temps.

– Inspecteur, du calme ! grogne l'autre policier qui vient de nous rejoindre.

Il porte un costume gris avec une grande veste bleue par-dessus sa chemise blanche.

Ses paroles claquent comme des ordres, si bien que mon ennemi du moment se raidit.

L'inspecteur me lâche enfin et je lui lance un petit sourire narquois qui le fait enrager. Il se peut également que je lui aie tiré la langue.

Je finis par retomber comme une masse sur mon fauteuil avant de soupirer, les mains un peu tremblantes. La pression qui s'accumule en moi depuis l'arrivée de la brigade ne fait que m'empoisonner. Je me pose tant de questions sur mon avenir, et celui de cette boîte, que je n'arrive plus à réfléchir correctement.

– Désolé, capitaine, grommelle l'imbécile toujours à mes côtés.

– Ce n'est pas à moi que vous devez des excuses.

Il rougit et me regarde d'un air mauvais.

– Désolé, madame.

Il n'en a pas l'air.

– C'est *mademoiselle*, maugréé-je.

Les fourmis dans mes jambes m'empêchent de me lever pour lui rendre son regard noir. Je n'en mène pas large, tout au fond de mon siège, face à sa grande carcasse maigre, mais ce n'est pas une raison pour le laisser me parler de la sorte.

Je m'apprête à lui décocher un coup de pied dans le tibia quand le capitaine recule ma chaise à roulettes jusqu'au mur du fond, près de la fenêtre. Il me fait signe de rester assise. De toute façon, je n'aurais jamais eu la force de me relever, et puis honnêtement, je ne sais plus comment marcher. Ni même penser.

Mince, c'est ce qu'on appelle un problème plutôt gênant.

Je sens que je suis devenue toute rouge et je commence à agiter les mains devant mon visage pour avoir un peu d'air. Il ne faut pas que je me mette à paniquer !

Je ne veux pas perdre ce boulot. Je ne peux pas perdre ce boulot. Spencer & Co., c'est toute ma vie ! Littéralement. Je ne vis que pour mon travail, et ce, depuis que j'ai terminé mes études. Études durant lesquelles je n'ai fait que réviser pour, justement, avoir cet emploi. Je ne peux quand même pas leur avoir donné autant pour que tout disparaisse aujourd'hui, bon sang !

– Madame, respirez ! dit calmement le capitaine en constatant mon état.

Je lui fais les gros yeux.

– Mademoiselle, se reprend-il.

Il s'accroupit à côté de moi et prend mes mains dans les siennes. Je vois à son regard franc et bleu qu'il est habitué aux crises de panique ; et à la façon dont il reste bien calme, qu'il a de l'expérience dans son travail. Aussi, je prends trois immenses respirations sans le quitter des yeux. Il respire en même temps que moi, hoche la tête pour m'encourager. Il me donne un peu de sa force à travers sa poigne de fer et je l'en remercie d'un affreux sourire en biais qui manque de se transformer en crise de larmes.

– Alors… C'est vrai ? M. Spencer a volé le cabinet ? haleté-je.

– Oui. Je suis désolé. Tout a disparu, mais nous faisons notre possible pour retrouver la trace de l'argent.

Il passe une main dans ses cheveux poivre et sel. Plus poivre que sel en fait. Il n'a pas beaucoup de cheveux blancs. Juste assez pour le rendre charmant et sexy, comme par hasard.

– Vous n'avez pas à être désolé, ce n'est pas vous qui avez volé tout cet argent, grogné-je. Enfin, je l'espère.

Je hausse les sourcils tandis qu'il rit.

– Non, je vous assure que si j'avais des millions, je serais présentement en train de me dorer la pilule sur une île déserte.

– Eh bien, vous avez toujours le soleil d'Odessa pour vous réchauffer, à défaut d'être riche. Enfin, je pense que vous devriez vraiment enlever ce trench-coat si vous voulez profiter de la chaleur du dehors. Et aussi votre veste. Et votre chemise. Enfin je dis ça, je ne dis rien.

– Êtes-vous en train d'essayer de déshabiller un agent des forces de l'ordre, mademoiselle ?

Je toussote et repousse d'une main fébrile mes longs cheveux chocolat, ondulés, tout en faisant la moue. Le capitaine rougit en regardant mes lèvres rouges.

– Non, pas du tout ! Je ne faisais que vous donner des indications pour votre bien-être personnel.

Il rit à nouveau et se relève.

Deux officiers sortent alors du bureau face à moi avec

M. spencer (oui, il a perdu le droit à sa majuscule, cet enfoiré). Il est menotté et profère des insanités. Je me lève d'un bond, ma colère reléguant mon choc au second plan. Je serre les poings et au moment où je vais m'avancer vers lui pour lui montrer ce que je pense de sa politique stupide, le capitaine m'arrête en posant une main sur mon épaule.

– Ça n'en vaut pas la peine, déclare-t-il avec un petit sourire triste, comme s'il savait de quoi il parle.

Ma gorge se noue. Comment un homme, un seul, a pu jouer avec la vie de tant de personnes ! Et je ne parle pas des employés qui travaillent ici, dans cette boîte réputée. Nous trouverons tous un nouveau travail, même si cela risque de prendre du temps. Non, je parle de nos clients qui ont besoin de notre soutien, de notre aide. Je suis tellement outrée !

– Mais… commencé-je en tentant de m'extraire de son emprise.

– Il sera jugé pour ses crimes. Pas la peine que vous alliez en prison, vous aussi.

Ça ne m'aurait pas dérangée. Au moins, j'aurais eu la satisfaction de faire un peu mal à cet enfoiré. Et honnêtement, je n'aurais même pas eu de remords à frapper un vieux croulant, surtout pas quand je vois ses yeux lancer des éclairs vers tous les policiers qui font leur boulot, tandis qu'on l'entraîne loin de son bureau.

Mon ex-patron éclate soudain d'un rire sans joie et darde son regard de glace sur le chef de la police. Un homme de grande taille, mince et mal à l'aise dans son costume trop serré et bon marché. Il a été récemment décoré pour toutes les arrestations qu'il a à son actif, et son âge avancé ne le rend que plus acharné dans son travail. Cela se voit à la façon dont il dirige son équipe avec efficacité.

– J'espère que vous êtes contents de vous, hurle M. Spencer. Pendant que vous travaillez quinze heures par jour dans des costumes au rabais et pour des salaires de misère, moi j'ai vécu comme un roi ! Et mes avocats se feront un plaisir de me faire sortir de vos cellules misérables en un claquement de doigts.

J'espère sincèrement pour lui qu'il n'a pas choisi un avocat de *ce* cabinet pour le représenter. Personnellement, j'aurais été prête à me faire hara-kiri et à saboter mon propre dossier pour l'envoyer croupir en prison le plus longtemps possible.

– Mademoiselle Fells.

Il se tourne vers moi et je déglutis avec difficulté, me demandant s'il n'a pas réussi à lire dans mes pensées. Figée sur place, je reste muette alors que toutes les insultes du monde se battent la place à même mes lèvres pour lui dire ce que je pense de lui.

– Veuillez appeler ma femme pour lui expliquer la situation. Elle saura vers qui se tourner.

Je fronce les sourcils et lève une main devant moi pour examiner mes ongles. Ils sont vernis de rouge, une couleur sombre et que je trouve d'un seul coup fascinante.

– Mademoiselle Fells ? répète-t-il.

Les policiers qui l'ont arrêté l'emmènent à présent vers

l'ascenseur au bout du couloir et il gesticule entre leurs bras pour se tourner vers moi et hurler.

– Mademoiselle Fells !

Son cri me fait sursauter mais je ne dis rien. Pas plus que je ne bouge. Il n'est plus mon patron et je n'exécuterai plus aucun des ordres que cet homme me donnera.

Quand les portes de métal s'ouvrent en coulissant, mon meilleur ami, Austin Green, sort en bousculant le vieux d'un coup d'épaule et il se dirige vers moi.

– Oh mon Dieu, alors c'est vrai ce qu'il se passe ? panique-t-il.

Sa voix est pleine de trémolos. Puisqu'il travaille aux étages inférieurs, il n'a pas dû voir la police arriver mais à présent qu'il est à mes côtés, il ne peut s'empêcher de dévisager les hommes en uniforme autour de nous. Sa bouche est grande ouverte.

Je le regarde en soupirant, amusée de voir sa panique soudain ensevelie sous une bonne couche de luxure tandis qu'il contemple quelques officiers plutôt mignons.

– Oui, c'est vrai.

Son regard se fixe à nouveau au mien.

D'un commun hochement de tête, nous nous dirigeons vers la machine à café pour nous servir un gobelet fumant. J'en prépare toute une cafetière pour les policiers présents qui soupirent de plaisir quand l'odeur amère se répand dans le couloir ; puis Austin et moi nous installons derrière mon bureau, sur la moquette grise. Franchement, elle est moche. Mais qu'est-ce que c'est confortable et moelleux !

J'étends devant moi mes jambes gainées dans des collants transparents et chaussées de talons aiguilles vertigineux. J'ai l'impression que ma vie prend un tournant désastreux et cela me fait de la peine de savoir que nous allons perdre tout ce que nous avons bâti avec cette entreprise.

Austin regarde mes chaussures avec envie. Elles sont noires, toutes simples, avec une semelle bleu turquoise. Mon meilleur ami est fan des talons aiguilles. Quand je dis « fan », je ne veux pas dire fétichiste. Ni même qu'il les aime sur nous, les femmes. Non. Il les aime sur lui. D'ailleurs, il ne cesse de me répéter que ces merveilles lui vont mieux qu'à moi. Tout ça pour que je les lui donne ! Il peut toujours courir.

– Arrête de regarder mes escarpins, le réprimandé-je.

– Mais je les aime tellement !

– Moi aussi. Et puisqu'ils ne sont plus fabriqués aujourd'hui, ne t'avise pas de baver dessus ! Tu vas les ruiner.

– Tu n'es qu'une vieille mégère.

– Toi aussi, ça tombe bien.

Il glousse et passe une main dans ses cheveux blonds naturels rehaussés de mèches décolorées. Parfaitement coiffés, laqués et placés vers l'arrière au millimètre près. Cela lui donne une classe folle, à la mode des années trente. Une fois, j'ai fait l'erreur de les ébouriffer. Il s'est ensuivi des semaines de regards qui tuent et de textos accusateurs. Mais bon, il m'a pardonné et notre relation n'en est devenue que plus soudée puisque je suis la seule personne au monde à oser toucher ses mèches. C'est un comportement hautement suicidaire, mais j'aime le goût du risque.

– Alors, qu'est-ce qu'on va faire maintenant ? lui demandé-je en regardant le fond de mon gobelet désespérément vide.

Austin est certes mon meilleur ami, mais il est aussi mon collègue. Nous avons été engagés en même temps chez Spencer & Co., par le plus heureux des hasards. Et bien sûr, nous avons fêté cela de façon démente et très alcoolisée. Des souvenirs que je chéris puisque bientôt, nous allons nous retrouver à postuler. J'exècre par avance ce moment misérable où je devrais me rendre à des entretiens d'embauche, jugée par des incapables condescendants et déprimée car mes compétences ne vaudront plus rien.

Autour de nous, les policiers retournent chaque meuble, ouvrent chaque dossier. J'ai l'impression qu'ils pénètrent dans l'intimité du cabinet et ça me gêne énormément. Ils auraient pu fouiller mon tiroir à sous-vêtements que ça ne m'aurait pas traumatisée davantage.

– Je ne sais pas, me répond Austin après un long moment à réfléchir. En tant que meilleur avocat de cette ville, je n'aurais aucune difficulté à retrouver un emploi, mais toi…

– Hé ! C'est moi, la meilleure avocate de cette ville ! D'ailleurs, j'ai des articles de journaux pour le confirmer.

Je le bouscule d'un coup d'épaule mais Austin ne bouge pas du moindre millimètre. Il est plus musclé que moi. Ce qui n'est pas difficile, en même temps.

Tous les deux, nous avons notre petite réputation. Certes,

nous l'avons bâtie en nous investissant à deux cents pour cent dans notre travail, et nous sommes très fiers du chemin parcouru. J'espère sincèrement que mon prochain employeur ne me fera pas retourner tout en bas de l'échelle. Je n'ai pas la force de laisser derrière moi tout ce que j'ai construit. Et avec le nombre d'avocats qui vont chercher du travail, il y aura de la concurrence. Spencer & Co. emploie plus d'une centaine de spécialistes.

– Je n'ai pas besoin de ces articles de journaux stupides pour savoir que je suis le meilleur, déclare Austin de son petit ton supérieur.

Je lève les yeux au ciel.

Nous adorons nous taquiner et notre compétition pour la première place des procès gagnés haut la main nous rend encore plus complices.

Il me regarde d'un air supérieur et blasé en même temps. Une véritable œuvre d'art.

– Jaloux, déclaré-je.

Il glousse à nouveau et avale l'une de ses fameuses gélules pour avoir les cheveux brillants. Ou les poils brillants, je ne suis plus trop. Austin est accro à toutes les idioties que racontent les magazines féminins. Que ce soit les quatre mille sortes de régimes différents à faire en périodes de fêtes ou avant les vacances, les gélules miracles – dont le seul miracle est que les gens en achètent à ce prix-là – ou les dernières tendances de la mode. Il n'a pas de Bible dans le tiroir de sa table de nuit mais le dernier *Cosmo*. Il n'a pas de tee-shirt de foot dans son armoire mais le dernier polo multicolore de Desigual. Bref, c'est mon meilleur ami mais je ne sais toujours pas pourquoi.

Oh, si ! C'est parce que nous sommes complémentaires. Enfin, d'après son horoscope. C'est pour cela qu'il m'a accostée la première fois en fac de droit. « Vous allez rencontrer l'amour de votre vie au détour d'un chemin. » Il avait emprunté le Chemin des Astres, un passage peu fréquenté qui mène vers l'arrière du bâtiment où nous avions cours. « La rencontre sera brutale mais l'amour, instantané. » J'avais également emprunté ce chemin et je courais jusqu'à ma salle de classe suivante de peur d'être en retard. Je regardais le sol pour éviter les flaques après l'averse de la nuit et je suis rentrée dans Austin.

Le choc a été rude. Nous nous sommes ouvert le crâne si bien que nous avons tous les deux passé les heures suivantes à l'hôpital à nous faire recoudre. Cela ne l'a pas empêché de me retrouver dans le dédale des couloirs et de se mettre à me parler de la pluie et du beau temps le jour suivant. Et puisque Austin préfère les hommes, il en a déduit que je serai sa nouvelle meilleure amie pour la vie et qu'il m'aimerait à la folie, mais pas de façon romantique. Sauf les fois où il boit du martini. Austin et le martini, hum, très très mauvaise idée. Cette boisson le transforme en hétéro en moins d'une gorgée !

Je soupire un grand coup, retire mes talons et je ramène mes jambes sous moi.

Un policier est désormais en train de fouiller mon bureau. Enfin, l'un de mes bureaux.

Depuis quelques semaines, ma collègue secrétaire est

en congé maternité. Et le patron étant ce qu'il est (un con), il n'a pas été ravi par cette annonce.

Pour lui éviter de perdre son emploi, j'ai relégué mon travail d'avocate en second plan pour prendre la place de secrétaire de la boîte. L'ironie de la situation faisant que même dans un cabinet prestigieux, perdre son emploi sous prétexte d'être enceinte est justifiable. C'est cela de signer un contrat sans lire les lignes minuscules à la fin du document quand nous sommes engagés par un démon.

J'ai été heureuse de rendre ce service à ma collègue, mais désormais, alors que nous sommes en faillite, l'absurdité de la situation me fait tourner la tête. Spencer ne veut pas employer de femmes enceintes parce que ça coûte trop cher et il s'est permis de nous voler tout notre argent ? C'était un enfoiré avant, mais maintenant, c'est un sale enfoiré de merde. Et je le déteste.

Heureusement, le fait que cette boîte lui appartienne n'influence en rien le bien que nous faisons ici. Spencer & Co. aide les gens honnêtes à se sortir de situations difficiles. Mes mains tremblent toujours face à ce que cet homme est en train de détruire.

– Et si on sortait ce soir ? me demande soudain mon meilleur ami en constatant que je suis bouleversée.

Certes, j'essaie de rester forte, cependant il me connaît trop bien pour ne pas déceler ces indices infimes de mon malaise. Mes doigts sont crispés contre mon ventre. Mon regard est plein de doutes. Et j'ai toujours autant de mal à reprendre mon souffle, tandis que mes yeux suivent les allées et venues des policiers dans le couloir.

Je regarde Austin, les sourcils levés de consternation.

– On est jeudi !

– Oui mais ce n'est pas comme si demain on allait avoir une grosse journée. Je ne sais même pas si on doit encore venir ici. Sérieusement, qui va nous dire ce qui va se passer, à présent ?

Mon haussement d'épaules me donne droit à une petite tape sur la cuisse.

– Tu vois ? On peut tout à fait sortir, rétorque Austin.

Je pèse le pour et le contre. Contre : rien du tout. Pour : sortir, boire, oublier, danser, chanter, boire, se détendre, boire, oublier.

– Bon, d'accord, capitulé-je.

Austin a raison. Est-ce qu'on doit encore venir ici ? Je me considère comme officiellement au chômage depuis que ce fichu policier m'a virée de ma chaise à roulettes. D'autant que les bureaux vont peut-être être investis durant de nombreux jours à cause de l'enquête... Je n'en sais strictement rien.

– Au Blue Ribbon, à vingt-deux heures. On se rejoint là-bas, déclare-t-il avec un grand sourire.

Je hoche la tête et Austin se lève avant de repartir vers les étages inférieurs.

Les quartiers de M. Spencer sont au tout dernier étage de la grande tour Spencer & Co. Il avait la folie des grandeurs, cet homme. C'est l'un des immeubles les plus hauts de la ville, et la vue est spectaculaire depuis son bureau.

Quand je termine assez tard ici, avant de rentrer à la maison, je passe quelques minutes à la fenêtre derrière moi, à admirer la vue sur les buildings illuminés. Ils ressemblent à des étoiles tombées du ciel. Les pièces encore éclairées me rassurent ; elles sont la preuve que je ne suis pas seule au monde tout en haut de ma tour. Les routes sont ponctuées des taches rouges et jaunes des feux des voitures en mouvement. Elles semblent toujours rouler au ralenti, comme si les nuits à Odessa, Texas, se déroulaient dans un autre univers. Un univers chaud, lumineux et poétique que les journées plus agitées effacent tous les matins.

Déjà disponible
dans toutes les bonnes librairies !

Extrait

MON INSUPPORTABLE BOSS

Charlie Lazlo

Dans la collection addictives

1

Rose

– Je vous ai vue…

La bouche pleine des trois canapés au saumon que je viens d'enfourner d'un coup, je dévisage avec des yeux ronds le grand type splendide qui s'adresse à moi.

Note pour moi-même : privilégier la consommation des canapés par paires, c'est moins étouffant en cas de flagrant délit.

Il me fixe sans sourire, d'un air entendu.

OK… captée…

– Je ne vois absolument pas de quoi vous parlez, je rétorque en levant le nez vers son visage viril, aussi dignement qu'on peut l'être avec de la mie de pain plein la bouche.

… et qui vous empêche d'articuler sans cracher.

– Vous savez très bien que si… Vous rougissez et vous avez caché votre main droite derrière votre dos.

Campé devant moi, l'inconnu vient de me répondre avec une assurance désinvolte. Je me décale très légèrement au niveau du buffet et en profite pour laisser prestement tomber sous la table les quatre minifeuilletés que je dissimulais dans ma main droite.

Tant pis, je miserai tout sur le plateau de mignardises.

J'avale tant bien que mal la dernière bouchée de canapés et brandis simultanément deux mains parfaitement vides (quoiqu'un peu poisseuses) devant celui qui me fait face.

– Alors ? On parle de quoi ? demandé-je en le narguant.

Je jurerais voir un début de sourire naître sur ses lèvres closes, et ses iris couleur jais pétiller. J'essaie de ne pas tenir compte du fait que, quand il fait cela, mon rythme cardiaque s'accélère de manière totalement erratique. Ce n'est vraiment pas le moment d'éprouver un *crush* pour un inconnu, même canon, pendant que je m'efforce de me nourrir à l'œil en élargissant une dernière fois mon carnet d'adresses professionnel français.

Je décolle demain soir pour San José, en Californie, avec la ferme volonté d'y demeurer, mais j'ai quand même fait des pieds et des mains pour dégoter une invitation à cette soirée au cours de laquelle les start-up les plus prometteuses du pays vont être récompensées.

D'abord, parce que cela pourrait effectivement me permettre de développer mon réseau en rencontrant ceux qui comptent déjà ou compteront demain.

Ensuite – et surtout –, parce que cela m'évite de croupir seule chez moi et de manger aux frais de la princesse en prime. Ce qui n'est pas négligeable puisque toutes mes économies et mon budget courses du mois ont été dévolus à payer un aller simple pour les États-Unis et le déménagement qui va avec.

Rectification : ça me permet effectivement de ne pas croupir seule chez moi, mais ça AURAIT DÛ me permettre de manger aux frais de la princesse…

Parce qu'avec le grand ténébreux debout devant moi, il devient extrêmement difficile de continuer à m'empiffrer d'amuse-gueule pour compenser un mois d'alimentation en dents de scie. Et carrément impossible de planquer ce que je comptais emporter avec moi dans mon grand *tote bag*.

Tote bag qui paraît fasciner le beau brun puisqu'il semble se délecter en contemplant la petite licorne mauve et rose qui surplombe la mention « Quand je serai grande, je serai vétérinaire de licornes[1] ».

Top crédibilité.

En même temps, il porte son jean bas sur les hanches, des tennis et un sweat à capuche gris. Même si le milieu des start-up est particulièrement cool et que le style *nerd* y est presque un parti pris politique, il est davantage habillé pour aller au skate park que pour assister à une remise de prix par des leaders du CAC 40 et du e-commerce en présence du gratin de la presse économique.

1. En langage de la presse économique, la licorne est le terme qui désigne une start-up valorisée à au moins un milliard de dollars.

– Je pars dans une grosse start-up de la Silicon Valley pour devenir *Chief Happiness Officer*[2]. C'est encore assez peu considéré ici, mais, là-bas, le bien-être au travail est fondamental.

C'est tout moi, ça… Au lieu de feindre l'indifférence, je ne peux pas m'empêcher d'en faire des tonnes et lui fournir une explication qu'il n'a même pas demandée. Une explication valorisante, évidemment…

Je ramène derrière mon oreille droite une des mèches courtes qui encadrent mon visage, tic habituel qui révèle toujours mon trouble à mes proches. Rien que m'en apercevoir m'énerve, mais je table sur le fait que Canon-en-baskets n'aura rien remarqué de l'effet qu'il me fait.

Et que je ne m'explique pas.

Enfin, à bien y réfléchir, j'imagine que c'est probablement parce que j'ai repéré sa haute stature et son torse, manifestement aussi large que musclé, dès mon arrivée dans la grande salle de réception du Palais Tonquin, alors qu'il discutait avec deux hommes cravatés. Ou parce que j'ai plusieurs fois noté qu'il m'observait de son regard pénétrant, tandis que je regardais autour de moi. Ou parce que, avec cette expression pas commode qui met en valeur la pureté de ses traits virils, c'est tout simplement le plus beau mec ce soir – et même, que j'ai vu de toute ma vie –, et que je ne comprends pas ce qu'il vient faire ici à côté de moi, devant la table la plus reculée de la salle, juste éloignée comme il faut de l'estrade sur laquelle trône un micro.

2. Chef du bonheur.

Du genre idéalement située pour pouvoir m'empiffrer et voler des petits fours.

– Je vois. Donc vous allez être chargée d'acheter le baby-foot et la table de ping-pong sans lesquels les start-up américaines ne peuvent plus fonctionner ? Sans vouloir vous faire perdre trop vite toutes vos illusions, je crains de trouver ça…

Il marque une pause, je comprends soudain ce que peut ressentir l'agneau juste avant d'être croqué par le loup.

– … juste totalement nase.

Quoi ? J'ai bien entendu, là ?

– Je vous demande pardon ? (ma voix est un tantinet altérée…) Je viens de vous dire que j'allais devenir *Chief Happiness Officer* pour aider les gens à travailler dans de meilleures conditions, à se sentir bien sur leur lieu d'activité, et vous estimez malin de vous payer ouvertement ma tête et m'agresser ?! Je ne vous connais pas et je ne vous ai pas demandé votre avis !

– Sérieusement, vous croyez vraiment à ces inepties ? Vous ne jugez pas qu'il y a des causes plus importantes à défendre ? La préservation de notre environnement, par exemple ?

Hein ? Mais quel rapport, putain !? Il y a toujours plus important, plus grave, plus triste, plus urgent… Il se prend pour qui, le donneur de leçons ?

Je m'apprête à lui dire tout le bien que je pense de lui, après avoir respiré un grand coup pour éviter de balbutier ou d'avoir la voix qui se brise comme elle sait si bien le faire dès que j'ai besoin de m'affirmer, mais Monsieur Donneur-de-leçons poursuit son monologue, son regard noir plongé dans le mien sans que j'arrive à m'en détacher :

– J'ai bien l'impression qu'il n'y a pas une once de cynisme ni de second degré en vous... Vous y croyez vraiment, à votre truc...

Je suis éberluée. Évidemment que j'y crois, pourquoi je ferais ça, sinon ?

Il continue sur sa lancée :

– Vous n'avez pas compris que ces jobs permettent juste de trouver de nouvelles méthodes pour rendre les employés plus performants et donc plus rentables ? Sérieusement, un patron n'en a rien à foutre que son employé s'éclate au baby-foot. Mais, en revanche, votre baby-foot va détendre l'employé qui sera beaucoup plus efficace quand il reprendra son poste avec le sourire. Ne me dites pas que cela n'avait pas traversé votre adorable tête de linotte ?

– Mais vous n'êtes pas bien, vous ! je lui lance en fulminant, tandis que mon débit s'accélère de manière extrêmement inquiétante. Vous feriez mieux de vous taire, vous êtes beaucoup plus à votre avantage quand vous la bouclez, croyez-moi !

Il est trop tard pour retirer cette remarque inutile et probablement envoyée à mon cerveau par mon clitoris. Et encore trop tard pour éviter qu'elle ne fasse naître sur le visage de ce crétin un insupportable demi-sourire goguenard.

– Je ne suis ni adorable, ni de linotte.

Évidemment, cela ne veut rien dire.

Hélas, à voir se relever un peu plus la commissure des lèvres de Connard-canon, je crains que ma formidable maîtrise de la syntaxe ne lui ait pas échappé.

– Allez profiter de la soirée ailleurs et laissez-moi manger en paix, à la fin !

L'autre idiot s'appuie calmement contre le mur voisin de la table et me regarde m'énerver toute seule. Jambe droite devant sa jambe gauche, il croise les bras, et j'essaie d'occulter le fait que cette posture le rend terriblement sexy.

Comment peut-on avoir cette coiffure d'après-baise, un visage si séduisant, une stature aussi athlétique, et être à ce point con et suffisant ?

– Non.

Je lui adresse un regard que j'espère aussi fulminant que moi. Sauf que lui est en train de promener le sien sur mon corps et que cela me perturbe affreusement.

– Quoi, « non » ?

J'avale quasi cul sec le verre de vin que je réussis à voler au serveur qui passe à côté de nous. Il m'énerve tellement qu'il me faudrait quelque chose de beaucoup plus fort pour me calmer. Et la chaleur que la posture nonchalante de ce sale type fait naître entre mes cuisses ne m'aide pas du tout à m'apaiser. Je me sens minuscule, et même si ça n'est pas la première fois que ça m'arrive, puisque je mesure un mètre soixante-deux, eh bien là, je trouverais presque la situation excitante.

Presque, j'ai dit. Pour qu'elle le soit vraiment, il faudrait qu'il la ferme. Ou parle une langue que je ne comprenne pas.

Ou m'embrasse.

Oubliez.

– Je ne bougerai pas.

Connard-en-baskets me sourit. Il a l'air content de lui, en plus.

– Vous avez décidé de me pourrir ma soirée, c'est ça ? Vous êtes venu avec un pote, vous choisissez une proie, il y a un défi comme « être le premier à se faire gifler en public » ou quelque chose dans ce genre ? Alors, considérez que vous avez gagné, mais que je préfère économiser mon énergie.

Observation totalement contre-productive puisque le sourire goguenard de ce crétin trop beau s'élargit et qu'il persiste à me contempler avec intérêt.

Comme un entomologiste contemplerait un spécimen rare de papillon tropical dont il aurait percé l'abdomen pour l'épingler à son tableau de liège. Vous voyez le genre ? Une expression passionnée… mais sadique.

Ou perverse ?

Je chasse rapidement l'idée de toutes les perversions auxquelles j'ai subitement envie de m'adonner avec ce type. Et j'en profite pour essuyer discrètement mes mains de plus en plus moites sur la petite robe tube que j'ai choisi de porter ce soir – avec mes Converse, soirée start-up oblige. En essayant de faire abstraction de la tension improbable que le regard sombre qu'il persiste à poser sur moi fait naître dans le bas de mon ventre.

– Vous voulez quoi, au juste ?

Il ne sourit plus, mais se détache du mur pour se rapprocher de moi. Croyez-le ou non, j'aimerais être capable de différentes réactions intelligentes, mais je suis statufiée.

– Vous.

Rose ?

Rose, tu es là ? Si oui, tu décampes immédiatement !

Il pose sa main sur la mienne, celle qui est en train de tortiller nerveusement la petite mèche près de mon oreille. Et anticipe mon geste en replaçant la mèche derrière l'oreille en question.

Je meurs.

– Je ne suis pas certaine d'avoir précisément compris ce que vous venez de dire.

– Pourtant il n'y avait qu'un mot de quatre lettres.

Certes.

J'imagine que je devrais trouver quelque chose de pertinent à lui rétorquer, mais c'est à nouveau sa voix profonde, un peu métallique, qui s'élève :

– Vous venez ?

Je devrais dire non. Je devrais refuser, crier même, lui demander de me lâcher et d'aller voir ailleurs. Je présume qu'il m'a hypnotisée. Ou que j'appartiens à cette catégorie pathétique de femmes faibles qui ne répondent plus de rien lorsqu'elles tombent sur un type magnifique, au sourire sarcastique, qui leur fait une proposition aussi déplacée que tendancieuse ?

J'imagine, parce que, à dire vrai, mon expérience en la matière (et en matière de mecs en général) est assez limitée. Et mon cerveau a manifestement décidé de lâcher l'affaire après avoir commandé à ma main de prendre celle tendue par Canon.

Il semblerait que, sans aucune contrainte et pour la toute première fois de ma vie, je sois en train d'accepter ce truc invraisemblable qui consiste à suivre un inconnu croisé dans une soirée publique pour aller baiser.

OMG.

Et à en croire les palpitations de mon bas-ventre, je crains même que cela m'excite au plus haut point.

Je lui emboîte le pas alors qu'il m'emmène d'un air décidé à travers la salle, sans un regard pour les visages souriants qui se lèvent vers lui. Tout mon corps tremble, la tête me tourne, et je suis à peu près certaine que le verre de vin, même bu trop vite, n'y est pour rien. Je suis incapable de résister à sa poigne ferme – à dire vrai, je n'en ai pas envie. Mais comme s'il pressentait que de telles pensées pouvaient me traverser l'esprit, il renforce encore, si c'est possible, son emprise sur moi. J'ai l'impression que ma main est prise dans l'étau sec et chaud de ses doigts, qu'elle est aussi minuscule dans cette grande main brune que je le serai moi-même dans ses bras.

Est-ce que j'ai déjà eu autant envie de quelqu'un ? Quelqu'un que je ne connais pas ? Dont j'ignore même le prénom ? Et dont je sais juste qu'il est grand, brun avec des yeux sombres qui me font frémir et me donnent envie, pour une fois, de suivre une impulsion, moi qui ai toujours été une fille sage doublée d'une étudiante studieuse.

– N'importe quoi ! Tu ne le connais pas. Il veut peut-être te découper et faire un collier avec tes os.

– Fonce, on n'a qu'une vie, tu pars demain et tu ne le reverras

plus jamais ! Au moins, tu auras calmé tes pulsions avant de commencer ton job et tu pourras te consacrer sereinement à la montagne de travail qui t'attend.

Nous venons de traverser toute la salle de réception et je suis incapable de dire si cela a duré cinq minutes ou une demi-heure. Ce qui est certain, c'est que nous sommes désormais seuls sur le seuil d'une pièce assez peu éclairée. Canon-arrogant s'est arrêté et me dissimule l'intérieur.

Je le dévisage, troublée, alors qu'il se tourne vers moi. Il est immense, non ? Et vraiment magnifique, avec ce regard sombre qui me dévore. Ou c'est moi qui prends mes désirs pour la réalité et qui rêve ce qui est en train de se passer ?

– Allez-y ! Faites-vous plaisir !

Je redescends sur terre d'un coup. Il me demande quoi, là ? De me déshabiller et de… ? Toute seule ??

Canon-connard me regarde avec un très léger sourire, aussi imperceptible qu'indéfinissable, alors qu'il se décale un peu de côté pour me permettre de voir la salle qu'il cachait à ma vue – et je sens que je vais déchanter.

– Pas la peine de faire ça devant tout le monde.

Heu oui… Sur ce coup, je suis d'accord avec lui…

Il s'écarte, désignant le reste de la pièce d'un geste délibérément théâtral :

– Je vous ai directement amenée à la réserve. On dit merci ?

J'ai traversé tout le hall de réception main dans la main avec ce sale type en pensant, le cœur battant et les jambes molles, qu'il me proposait un plan cul, et lui m'emmenait juste dans la réserve du traiteur ?

Je découvre médusée la table couverte de plateaux destinés à être servis et essaie tant bien que mal de dissimuler ma surprise.

Et mon dépit.

Mais, merde, je n'ai pas rêvé ce qu'il m'a dit ?

Si ?

J'avance à mon tour, sans trop savoir sur quel pied danser, alors qu'il m'observe, le visage indéchiffrable, et que mon regard oscille entre le bout de mes Converse (sales), les victuailles et lui.

J'ai l'air bête, non ?

– Ne faites pas cette tête.

Il s'est rapproché et cela me donne l'occasion de constater combien sa mâchoire forte s'harmonise avec ses lèvres pleines, son nez droit, son regard sans équivoque et cette chevelure un peu trop longue et en bataille, qui me donne envie d'y passer la main pour vérifier qu'elle est aussi dense et soyeuse qu'elle en a l'air.

– Je pensais que vous vouliez pouvoir piocher plus largement et en toute discrétion dans le buffet…

Oui merci, j'avais compris. Tu as dû bien rigoler avec ton air impénétrable.

Pauvre mec.

Déjà disponible
dans toutes les bonnes librairies !

addictives

Romans déjà parus et à paraître

Rose Becker
Le Bébé, mon milliardaire et moi (aussi en poche)
Torride, sexy & dangereux
Forever You – saisons 1 et 2
Dangerous

Phoebe Campbell
Tes ordres sont mes désirs – poche
Lui résister… ou pas – l'intégrale
You Again
Single Daddy. Try Me if You Can

Mia Carre
Bad for You
Teach Me Everything
Charmant connard !

Mélodie Chavin
Campus Rules

Olivia Dean
À lui, corps et âme – volumes 1 et 2 – poche

Ann Fox
Spring Break – l'intégrale

Emma Green
Toi + Moi : L'un contre l'autre (aussi en poche)
Toi + Moi : Envers et contre tout (aussi en poche)
Toi + Moi : Seuls contre tous (aussi en poche)
Call Me Baby – volumes 1 et 2
Call Me Bitch
Love Me if You Can
Kiss Me if You Can
Bliss. Le faux journal d'une vraie romantique – volumes 1 et 2
Jeux interdits

Jeux insolents
Jeux imprudents
Une toute dernière fois
Fallait pas me chercher! – volumes 1 et 2
Corps impatients (aussi en poche)
Cœurs insoumis (aussi en poche)
Âmes indociles
Cent facettes de Mr Diamonds – l'intégrale
Bliss. Le faux journal d'une vraie romantique – l'intégrale
(Im)parfait
Love Me if You Can – l'intégrale
Kiss Me if You Can – l'intégrale
It's Raining Love!
The Boy Next Room
Call Me Baby – l'intégrale
Call Me Bitch – l'intégrale
PS: Oublie-moi!
Fallait pas me chercher! – l'intégrale
Recherche coloc: emmerdeurs, râleurs, lovers... s'abstenir!
10 bonnes raisons de te détester!
Just 17
Love & Lies on Campus

Kim Grey
Insolent Bastard

Megan Harold
Sublime-moi! – poche
Breaking the Rules
Initiation with my Boss

Amy Hopper
Gone Boy
Le Coloc

Julie Huleux
Alpha Player

Kate Jacobson
Révèle-moi – volumes 1 et 2

Charlie Lazlo
Mon insupportable boss

Sienna Lloyd
Mords-moi !

Caroline Mongas
Mariage forcé. Un contrat indécent

June Moore
Étreinte – volumes 1 à 3

Zoé Murat
Stepbrother Love
Boss Me Around

Clara Oz
Arrogant
Te séduire, te trahir

Lise Robin
Infiltrée. Sex, Drugs & Danger
Love Scandal
Forbidden Stepbrother – poche

Alex Roussel
The Casting

Gaëlle Sage
Kiss, Kill & Ride

Ana Scott
Dark Ride
Last Ride
Vicious Ride
The Dominant

Camilla Simon
Le voisin parfait est un enfoiré
Initiation with my Enemy

Ève Souliac
Sexy Mistake

Liv Stone
Love Lessons

Lisa Swann
Adore-moi ! – l'intégrale

Louise Valmont
Toi & moi, c'est compliqué !
Mine Again

Chloe Wilkox
Ordonne-moi ! – l'intégrale
Extreme Lover – l'intégrale
Immoral
Your Game, My Rules – poche
Dominant Boss. Apprends-moi
The Virgin's Price

Luv

Romans déjà parus et à paraître

Ana K. Anderson
Indompté
Scottish Bastard

Sophie Auger
Be with Me

Laura Black
Dark Initiation
Games of Desire
H.A.R.D. - Hot, Arrogant, Rebelle, Déterminé

Margot D. Bortoli
Too Young

Juliette Brunel
Delicious

Anne Cantore
On the Road with You
Promets-moi. Louise et Marco

Sarina Cassint
Avec toi… peut-être
Insolent Boss

Mary Ann Davis
Coach Me Love !

Nora Davy
Absolute Boss
Don't Resist

Gwen Delmas
Noël, toi & moi
Perfect Boss

Cléa Dorian & Ninon Vars
Dark Love

Laurie Eschard
Love Naked

Lil Evans
Savage Rider
Crash & Burn
Boss Affair

Alexandra Gonzalez
Shades of You

Erin Graham
Teach Me Love
The Boss
Secret Stepbrother
Strong Addiction

Joh Harper
Crazy Love

Marie Hayle
Under Control

Iris Julliard
Prends-moi contre toi
Catch & Shoot

Lucie F. June
Fight with Darkness

Sara June
Rider in the Dark
Sexy Wild Rider

Lena Jung
Mon coloc, mes désirs & moi

Emily Jurius
Love to Hate You

Pauline Libersart
Tiger. Entre ses griffes

Ella Lores
Mariée par accident à un connard arrogant rencontré la veille…

Jessica Lumbroso
Emma X. Secrète et insoumise

Mila Marelli
Dark Man in Love

Mag Maury
Fast Games
No Love, No Limits
My Hipster Christmas

Jeanne Pears
Insupportable coloc
Colocs & Sex Friends

Jeanne Périlhac
Only You… & Me

Alexia Perkins
Arrogant Fake Lover

Sophie S. Pierucci
L'Inconnu de l'ascenseur & Moi (aussi en poche)
My Stepbrother. L'initiation

Silvia Reed
Darkest. La dernière heure
Too Close

Anita Rigins
No Rules

Avril Rose
Coffee, Sex & Law

Jana Rouze
Effet de vague – saisons 1, 2 et 3

Wendy Roy
Une seule fois (ou presque)

Ana Scott
À corps brisés

Léana Soal
Fight & Hope

Cara Solak
Perfect Obsession

Liv Stone
Initie-moi. Mes jours contre tes nuits

Lena K. Summers
Perfect Bad Boy

Kaly Swann
Austin. Breathe with Me

Lily Tortay
Dance for Me

Flore Valier
Ta peau contre la mienne

Anna Wendell
Arrogant Bad Boy
Apprends-moi le désir

Under Control
Marie Hayle

Il domine tout sauf elle.

Tyler Cole est respecté, secret et froid. Rien ni personne ne lui résiste, il impose ses décisions en toutes circonstances.
Samantha est une sage-femme attentionnée, vite déstabilisée, mais déterminée à ne laisser personne lui marcher sur les pieds.
Quand Tyler la croise au cours d'une soirée, il croit pouvoir la soumettre aux mêmes règles que les autres, l'utiliser et la garder à distance avant de la jeter.
Il n'avait pas prévu qu'elle serait une adversaire à sa mesure…
Elle le bouleverse, le trouble, révèle ses failles cachées et lui donne envie de croire à des sentiments interdits…
Est-il prêt à baisser les armes pour elle ?

Pour des news exclusives, des bonus
et plein d'autres surprises, retrouvez-nous sur :
Facebook : **facebook.com/editionsaddictives**
Twitter et Instagram : **@ed_addictives**
et sur notre site **www.editions-addictives.com**

Auteure : Zoé Murat

Edisource – Éditions Addictives
100, rue Petit, 75019 Paris
Imprimé par FINIDR – Lipova cp. 1965 – 73 701 Cesky Tesin,
République tchèque
Dépôt légal : mars 2021 – Achevé d'imprimer : janvier 2021
ISBN : 978-2-37126-410-6
Réf. contrat : ZLON_001